D1865206

Aus Freude am Lesen

btb

Buch

Die Åland-Inseln gegen Ende des 17. Jahrhunderts. Mehrere der Hexerei angeklagte Frauen warten im Gefängnis auf ihren Prozeß. Richten soll sie Nils Psilander, dem allerdings schon bald Zweifel an den Vorwürfen kommen. Eigentlich reichen die Beweise für eine Verurteilung nicht aus; doch obwohl er alle erreichbaren Rechtsbücher und Berichte zu Präzedenzfällen wälzt, fühlt er sich juristisch nicht in der Lage, die Frauen einfach so gehen zu lassen. In seiner Verunsicherung bittet er den protestantischen Priester Bryniel Kjellinus um Hilfe, den er bei früheren Gelegenheiten als nüchternen, gerechten und vernünftigen Mann schätzen gelernt hat. Dieser bietet sich an, die Frauen selbst zu befragen, wobei es ihm gelingt, ihnen die Geständnisse abzuringen, die sie schließlich auf den Richtblock bringen. Wenig später wird die nächste angebliche Hexe vor Gericht gebracht. Diesmal aber ist alles anders – denn der Richter verliebt sich in die »Hexe«, obwohl Kjellinus, der Priester, vehement auf ihre Verurteilung dringt. Nils Psilander beginnt sich Fragen zu stellen, die ihm die Nachtruhe rauben. Doch es dauert lange, bis er seinen eigenen Anteil an den Fehlurteilen erkennt und bereit ist, die Konsequenzen daraus zu ziehen.

Autorin

Leena Lander, geboren 1955, ist eine der bedeutendsten Schriftstellerinnen der finnischen Gegenwartsliteratur. Die mehrfach preisgekrönte Autorin schreibt auch für Hörfunk, Fernsehen und das Theater; ihre Bücher wurden in neun Sprachen übersetzt, darunter auch ins Amerikanische, Französische und Lettische. Mehrere Verfilmungen ihrer Romane sind in Arbeit. Leena Lander lebt mit ihrem Mann und ihren drei Söhnen im Südwesten Finnlands, bei Turku.

Leena Lander

Der Schatten des Richters

Roman

Aus dem Finnischen
von Angela Plöger

btb

Die Originalausgabe erschien 1986 unter dem Titel
»Lankeaa pitkä varjo« bei Kirjayhtymä Oy, Helsinki

Umwelthinweis:
Alle bedruckten Materialien dieses Taschenbuches
sind chlorfrei und umweltschonend.

btb Taschenbücher erscheinen im Goldmann Verlag,
einem Unternehmen der Verlagsgruppe Bertelsmann

1. Auflage
Deutsche Erstveröffentlichung Januar 1998

Umschlaggestaltung: Design Team München unter
Verwendung einer Illustration von Petteri Kivekäs
Satz: Filmsatz Schröter GmbH, München
Lektorat: Regina Kammerer
Herstellung: Augustin Wiesbeck
Made in Germany
ISBN 3-442-72216-0

Wenn ein Zwerg einen langen Schatten wirft,
ist die Zeit des Sonnenuntergangs nah.

Giosuè Carducci

Stellen Sie sich eine locker bewölkte Meeresbucht vor. Es ist weder stürmisch noch völlig windstill. Dies ist kein Tag, an dem das Meer angreift, aber auch keiner, an dem es sich scheu dem Strand nähert. Nein, die Landschaft ist wie ein Gemütszustand, und dieser Anblick muß dämmerig sein und ein wenig melancholisch, aber nicht finster.

Am Strand stapft ein Mann in geschlossenen Schnürschuhen und schlecht sitzenden Kleidern durch den nachgebenden Sand. Sein Hemd ist bläulich, und an einem anderen sähe es vielleicht gar nicht schlecht aus; die Hosen sind braun und hoffnungslos veraltet.

Das Bild ist noch nicht komplett. Nicht ohne den Strohhut, der auf einem Sandhügel liegt; gerade hat der Mann bemerkt, daß er ihn dort vergessen hat, als er sich landeinwärts wandte. Nun geht er zurück, um ihn zu holen.

Ein Strohhut? Wenn in unseren Tagen ein Mann einen Strohhut aufsetzt, muß er entweder leicht spleenig sein oder er ist ein Snob. Vielleicht bildet er sich ein, er sei Vincent van Gogh, und mimt den Künstler.

Sie selbst stehen auf der Terrasse eines Sommerhauses, von wo aus Sie die Anstrengungen des Mannes in dem weichen

Sand verfolgt haben. Es ist Ihnen unangenehm, daß er direkt auf Sie zukommt, gerade jetzt, wo Sie gedacht haben, Sie könnten mit Ihrer Familie eine ruhige Woche verbringen. Ein unfreiwilliges Gespräch mit einem Unbekannten ist das letzte, was Sie jetzt wollen.

»Ich bin der Mann, den Sie suchen!« verkündet er dreist, bevor Sie überhaupt dazu kommen zu grüßen. Sie überlegen, ob Sie jemanden gesucht haben, können sich aber an nichts dergleichen erinnern. Er läßt sich auf dem nächstbesten Stuhl nieder und wischt sich das Gesicht mit einem Stofftaschentuch ab, das die Initialen seines Namens trägt. Mit einem Stofftaschentuch? In dieser Zeit der samtweichen Papiertaschentücher?

»Ich habe Sie erwartet, aber dennoch sind Sie störend eingebrochen!« sagt er. Nunmehr müssen Sie die Möglichkeit in Betracht ziehen, daß er vielleicht der Vermieter ist, den Sie noch nicht kennengelernt haben, weil Sie den Vertrag mit einem Makler geschlossen haben.

»Wo bin ich störend eingebrochen?« fragen Sie.

»In das Schurren einer Muschel über einen Uferstein!« versetzt er ernst. »Und das Schreien der Möwen im Nebel!«

Sie bekommen einen Lachanfall. Vor Erleichterung und wegen der unfreiwilligen Komik, die seiner Feierlichkeit innewohnt.

»Ist das alles?« fragen Sie gutgelaunt.

Der Mann nimmt seine Brille aus der Tasche, wischt den Sand von den Gläsern und setzt sie auf. Es ist keine Sonnenbrille, sondern eine Lesebrille. Wozu braucht er die?

»Und das sachte Verwittern des Granitberges!« fährt er eigensinnig fort.

Allmählich werden Sie ärgerlich.

»Alles, was ich jetzt sage, kann gegen mich verwendet werden, und Sie müssen es auch verwenden, denn genau deshalb bin ich hier!« sagt er.

Spätestens jetzt fahren Sie zusammen. Er muß verrückt sein.

Sie sind immerhin so kultiviert, daß Sie ihm nicht direkt ins Gesicht lachen, aber Sie werden sich weigern, ihm weiterhin Gesellschaft zu leisten.

Sie fürchten jetzt, daß Ihr Urlaub wegen dieses Mannes in die Binsen geht. Sie ahnen, daß er Ärger machen wird. Sie vermuten, daß er Sie, und nur Sie, zum Adressaten seiner abscheulichen Bekenntnisse auserkoren hat.

Sie haben recht.

Auch wenn es regnet, können Sie die mittelgroße Gestalt dieses Mannes in mittleren Jahren auf der Terrasse sitzen sehen. Er setzt sich immer wieder in den Gartenstuhl. Es stört ihn nicht, daß ihm von den Lobelien in der Blumenampel Wasser auf die Schultern tropft.

Können Sie sich das vorstellen?

Dies ist mein Alptraum.

Und ich werde Ihr Alptraum sein. Ich habe meinen Part in dieser Ereigniskette akzeptiert, weil ich keine andere Möglichkeit habe. Aber sind Sie bereit, mir das Recht einzuräumen, das auch dem erbärmlichsten kleinen Spitzbuben gewährt wird: die Möglichkeit zu gestehen?

Belächeln Sie meine Worte nicht. Es ist sehr wichtig, daß man bekennt. Wenn einem Verbrecher erlaubt wird, seine Sicht der Sache vorzutragen, hat er die Chance, sich von seiner Schuld zu befreien, auch wenn er sich nicht von seiner Tat befreien kann. Außerdem ist das Seelsorge: Während er redet, läßt er alles Gemeine und Falsche aus sich heraus, und indem er sich selbst verurteilt, erlangt er Vergebung.

Um die Bekenntnisse in ein Licht zu rücken, das ihrer Natur gerecht wird, brauche ich die entsprechenden Schauplätze. Ich lese alte Bücher, arbeite mich durch die Archive, blättere in vergilbten Handschriften, und wenn ich einen Handlungsfaden finde, der schaurig genug ist, beginne ich mein Innerstes damit zu verweben.

So wie auch bei dieser, der Geschichte des Richters Psilander. Nils Psilander verurteilte sieben unschuldige Frauen zum

Tode. Es war ein Prozeß, in dem es ein merkwürdiges Sammelsurium gefälschter Beweise, unter der Folter erpreßter Lügen, verwischter Spuren und juristischer Inkonsequenz gab.

»Diese Geschichte ist nichts für mich«, sagte ich, als ich bereits wußte, daß sie mich schon fest im Griff hatte.

Wider besseres Wissen zerre ich den verwesten Leichnam des Kreisrichters Nils Psilander aus dem Erdboden der Ålandsinseln und beginne, ihn neu zu erschaffen. Er soll keinen Tag mehr ruhen, weil auch ich nicht ruhe. Über sein Leben gibt es viele Dokumente, und ich verwende sie alle: Ich lasse ihn all das noch einmal tun, was er einst bei Lebzeiten getan hat. Und doch wäre es dumm zu behaupten, mein Nils Psilander sei derselbe Nils Psilander, von dem die Dokumente berichten.

Es mag sein, daß Massenmörder überhaupt nicht fähig sind zu Reue, nicht fähig dazu, an schlechtem Gewissen zu leiden. Wir gewöhnlichen Sterblichen, die wir unseren Kindern Ohrfeigen geben, unsere Mitmenschen kränken, unsere Alten vernachlässigen, streiten, intrigieren, neidisch sind, zuviel trinken – wir wissen, wie Reue und Selbstverachtung an uns nagen können. Aber die wirklichen Monster wissen das nicht. Wenn Sie meinen, Tränen in den Augen des Generals zu sehen, der den Befehl zur Hinrichtung der Kinder von Ayacucho gab, dann irren Sie sich. Beim Nürnberger Kriegsverbrecherprozeß zeigte man den führenden Nazis Filme über die Konzentrationslager. Rudolf Hess saß mit unverblümtem Gleichmut da, hielt zwischendurch ein Nickerchen oder las in einem Roman, lachte sogar an witzigen Stellen laut auf. Nichts hätte ihn weniger interessieren können, als welche Verbrechen man ihm zur Last legte.

Mein Richter aber sucht nach einer Möglichkeit zu gestehen. Seine Gedanken knurren unzufrieden wie Füchse im Käfig. Genauso wie meine. Der Unterschied besteht nur darin, daß ich beabsichtige, meinen letztlich das Fell über die Ohren zu ziehen, sobald ich mir erst einmal vorstellen kann, wie sie aussehen, wenn sie frei herumlaufen dürfen.

Deshalb geht der Mann am Strand entlang, und der Tag ist so wolkenverhangen wie sein Gemüt. Der Mann geht den Strand entlang, und er hat einen Strohhut auf dem Kopf, der nicht zu seinem Wesen paßt. Es ist weder stürmisch noch völlig still. Der Mann hält den Strohhut fest, den er beinahe im Sand vergessen hätte.

Er will sich Ihnen anvertrauen, weil er auf diese Weise etwas erlangen kann, was für ihn lebenswichtig ist.

Warum sollten Sie ihm diese Chance nicht geben?

ERSTER TEIL

Der Schatten ist die verhüllte, verdrängte, meist minderwertige und schuldhafte Persönlichkeit, welche mit ihren letzten Ausläufern bis ins Reich der tierischen Ahnen hinaufreicht und so den ganzen historischen Aspekt des Unbewußten umfaßt.

C. G. Jung

1. KAPITEL

Erstes Kapitel, in welchem der Richter gesteht, sich mehrerer Morde schuldig gemacht zu haben, und einige interessante Hinweise auf den menschlichen Charakter gibt.

Ich bin der Mann, den Sie suchen. Ich habe auf Sie gewartet, aber dennoch sind Sie störend in etwas eingebrochen: in den Schrei der Möwen im salzigen Nebel, das sachte Verwittern des Granitberges, das Schurren der Muschel über den Ufersand. Alles, was ich jetzt sage, kann gegen mich verwendet werden, und Sie müssen es auch verwenden, denn gerade deswegen bin ich hier. Sie haben lange auf sich warten lassen; ich hatte mich schon an die schmerzlose Form meines Daseins gewöhnt, die Jahre haben meine Unruhe ebenso abgeschliffen wie jene dunkelroten Felshänge.

Sie haben sicherlich Ihre Gründe für die Verspätung, und was hätte Sie auch zur Eile antreiben sollen: Mein Verbrechen verjährt nicht. Eigentlich sollte ich dankbar dafür sein, daß ich so lange das matte Dröhnen der Schritte über mir und das Rauschen des Meeres hinter mir genießen durfte, bevor mein Name besudelt und von allen verachtet sein wird. Aber, wie gesagt, ich hatte mich an das Warten, die sanfte Abscheu vor mir selbst, schon gewöhnt und es gelernt, das Mysterium des Zerfalls zu genießen. Daß ich mich jetzt zusammennehmen und zu einem vollständigen Bekenntnis aufraffen muß, das schmerzt und bereitet mir Pein.

Ich habe den unnötigen Tod von sieben Frauen verschuldet. Das ist wahr. Aber sind Sie sicher, daß es nicht doch in Ihrem eigenen Interesse wäre, sie ruhen zu lassen? Wenn Sie nun auch diese Frauen aus ihrer Schwerelosigkeit herausreißen, die ihnen vollkommene Befreiung und Frieden gebracht hat, bürden Sie sich eine enorme Last auf. Sie werden dann eine Beteiligte, Mitschuldige sein.

Ich bezweifle nicht, daß Sie imstande sind, die Folterungen mitanzusehen. An dergleichen sind Sie zur Genüge gewöhnt; Sie haben so etwas auch früher schon als Außenstehende beobachtet, haben die Schreie gehört und die entgleisenden Gesichtszüge, die hilflosen, komischen Zuckungen, die verspielten Muster von Speichel und blutigen Rinnsalen auf schweißiger Haut gesehen. Was aber, wenn Ihnen klar wird, daß Sie auch die Höllenqualen jener anderen Frauen wiedererschaffen haben, damit sie sie erneut durchleben; wenn Anna B. Sie anfleht, Sie möchten sie wenigstens ein einziges Mal zu ihrem Kind lassen, wenn Sie sehen, wie sie gegen die gefühllosen Steinwände anrennt, wenn sie dieselbe unmögliche Forderung immer wieder aufs neue wiederholt und Sie wissen, daß in ihrem Innern ein unsichtbarer Finger verborgen ist, der direkt auf Sie zeigt!

Bedenken Sie, daß dann Sie ihr Gott und Schöpfer sind, daß aber sie sich keinen Deut um Ihr Mitgefühl, Ihren Gerechtigkeitssinn schert, sondern Sie beschuldigt, Sie hätten ihr das Leben nur gegeben, um es ihr wieder zu nehmen!

Und sollten Sie auch bei Anna die anklagende und schrille Hysterie des Muttertiers noch ertragen, so ist doch Margreta H.s scheue Hoffnung schier unerträglich. Sie wird direkt aus dem Kindbett ins Gefängnis gebracht, sie muß außer dem Neugeborenen noch vier andere kleine Würmchen allein zu Hause zurücklassen.

Und wie wird Ihr Rechtsempfinden mit Kjellinus' Triumph fertig? Ich kann Ihnen nicht die Genugtuung bereiten zu berichten, es sei ihm schlecht ergangen. Vielleicht tröste ich Sie mit irgendeiner ausgedachten Kleinigkeit, die nicht unbedingt wahr ist. Ich kann Ihnen zuliebe sein pastorales Hinterteil mit unangenehmen Hämorrhoiden, empfindlichen und an blutige Erbsenschoten erinnernden Anhängseln versehen.

Doch all das bereitet einem nur magere Freude, wenn man weiß, was hätte geschehen müssen, wie das Böse seinen Lohn hätte bekommen müssen. Manche bekommen ihn, aber nicht alle, und das wird eine bittere Pille für Sie sein, die Sie da schlucken müssen. Sie hoffen, daß ich den Gang der Ereignisse so verändere, daß er für Sie angenehmer wird, aus irgendeinem Grund sind Sie der Meinung, daß Sie ein Recht darauf haben, das zu erwarten. Aber genau das kann ich nicht tun. Sie müssen begreifen, daß auch ich meine wiederkehrenden Motive habe, von denen ich nicht abweiche, eine Partitur so wie jeder beliebige Dirigent. Meine Partitur ist die Wahrheit, das Wissen, das Leben selbst – daran kann man nicht rühren! Die großen Linien beugen sich meinem Willen nicht. Wenn das Leben Mitleid hat mit Ingeborg, bin ich gerne der erste, der ihr die Freiheit gibt, aber wenn es das nicht tut, bin ich machtlos.

Sie wollen hören, wie ich sieben Frauen in den Tod stürzte. Sie wissen, daß es sich um ein Verbrechen handelt und die Spuren zu mir, Nils Psilander, dem Kreisrichter auf den Ålandsinseln, führen. Sie haben die Gerichtsakten gefunden, abgesehen von einigen herausgerissenen Seiten am Ende, und glauben, daß Sie nun die ganze Wahrheit in ihren Grundzügen verstehen. Sie wollen sie nur noch aus meinem Munde hören, und verlangen, daß ich endlich meine Schuld bekenne und meine Motive enthülle.

Indes können die Gerichtsbücher nicht die wesentlichen Seiten der Ereignisse wiedergeben. Ganz und gar nicht. Stellen Sie sich vor, Sie finden die Mappe eines Organisten aus jenen Tagen, und das Titelblatt gibt an, sie enthalte die Noten einer

Passion. Begeistert würden Sie das Heft irgendwelchen Musikern bringen und sie bitten, Ihnen die Hauptzüge der Passion vorzuspielen. Die Musiker würden sich die Papiere ein Weilchen ansehen und Ihnen dann mitteilen, daß sie nicht in der Lage seien, die Komposition einfach so mit Hilfe dieser Noten hervorzuzaubern, wie sie seinerzeit gespielt wurde. Sie halten eine Art Notenkurzschrift in Händen, der Komponist hat lediglich den Verlauf der tiefsten Stimme, den als Begleitung der Solostimmen gedachten *Basso continuo*, notiert. Die Solostimmen fehlen also. Und obendrein wurde vom Begleiter noch erwartet, daß er den Klangrahmen des Generalbasses mit selbständigen Zwischenstimmen ausschmückte, indem er die Hauptthemen der Solostimmen nachahmte und einen passenden Hintergrund für sie schuf.

Sie haben den Eindruck, ich dresche leeres Stroh. Sie argwöhnen, ich versuchte schlau Zeit zu gewinnen, um mir einen Fluchtweg zu schaffen oder zumindest ordentliche Verteidigungsargumente. Diese Befürchtung ist unnötig. Nach all diesen langen Jahren, in denen meine Haare vom Staub des Kalksteins aus dem Silur überzogen wurden, den der Wind herangetragen hat, erscheint es mir seltsam, in einen Zustand zurückzukehren, in dem man errötet, in Ekstase gerät, weint, tobt, bereut, sich entsetzt.

Aber ich habe die Absicht, dahin zu kommen. Ich werde Ihnen von jenen Frauen erzählen, die in den Jahren der Gnade 1666 bis 1670 in der Burg Kastelholm den Beschluß des Gerichts erwarteten. Sie verlangen von mir, ich solle von den Frauen erzählen, was bedeutet, daß ich von Männern erzählen muß. Wenn Männer die Hauptpersonen eines Ereignisses sind, handelt die Geschichte meist nur von ihnen, aber wenn von Frauen erzählt wird, sind die wirklichen Hauptpersonen wiederum die Männer. Das gehört zu den Dingen in der Welt, die nicht zu ändern sind.

Also: Alles begann mit einer alten Frau, die nicht zugeben wollte, daß sie alt war…

2. KAPITEL

Zweites, sehr kurzes Kapitel, in welchem der Richter vom traurigen, aber verdienten Schicksal der Karin P. berichtet.

Alles begann mit der alten Karin P., die es satt hatte, nichts als eine alte Frau zu sein.

Die Alte hatte ihre heimische Hütte verlassen, weil sie ihr nichts anderes zu bieten hatte als den Hungertod. Sie hatte versucht, sich durch Betteln zu ernähren, aber auch auf diese Weise wollte sich kein Auskommen finden lassen. So hatte sie schließlich einen Pakt mit dem Teufel geschlossen. Satan gab ihr die Gaben einer Hexe, und Karin P. begann, weissagend und hexend von Haus zu Haus zu gehen.

Die weise Frau wurde immer dann herbeigerufen, wenn jemand meinte, Unrecht erlitten zu haben. Wenn im Haus ein Schaf gestohlen worden war, verlangte Karin P., man solle ihr die Verdächtigen nennen. Wenn der richtige Name fiel, erschien Satan in Gestalt eines schwarzbunten Hundes zu Füßen der Frau und bellte mit höllischer, wenn auch für gewöhnliche Sterbliche unhörbarer Stimme.

Im November 1665 erschien eine Schar von Nachbarn vor meinem Amtsgebäude, um einen Diebstahl anzuzeigen: Von einem Ackerschlag des Bauern Mats Pålsson waren acht Roggengarben entwendet worden. Der Schuldige war dank dieser Bettlerin bekannt.

Karin P. verstand, daß sie eine wichtige Zeugin bei der Aufklärung des Verbrechens war. Sie war stolz auf ihre Künste, und es machte einen großen Eindruck auf sie, daß ein richtiger Herr sie nach ihren Geschäften fragte und eine große Volksmenge rundherum zuhörte. Beim Wintergerichtstag in Finström gab sie prahlerisch alles zu, was man von ihr wissen wollte, und dazu noch einiges, wonach niemand gefragt hatte.

Als sie bemerkte, daß wir besonders an dem Höllenhund interessiert waren, war sie nach kurzem Zögern bereit, uns die Sache von Grund auf zu erklären. Der Vernehmungsführer sagte ihr während des gesamten Prozesses kein böses Wort, von Folter war nie die Rede.

Es bedurfte keiner großen Ermutigung, und schon bekannte Karin, auf dem Blocksberg, dem Berg des Teufels, gewesen zu sein, wo die Sünderinnen auf allen vieren herumkrochen und die behaarten Teufel sich mit ihnen balgten. Bald saßen sie ihnen auf dem Rücken, bald hingen sie an ihrer Bauchseite und machten, daß die Frauen kreischten vor unnatürlicher Wollust, nicht vor Angst, wie man leicht hätte denken können!

Im nachhinein, jetzt, wo ich das Alter kennengelernt habe, glaube ich, daß Karin P. in diese Erzählung ihre ganze Trauer darüber legte, daß die Zeit der Genüsse für sie vorbei war, bevor sie bereit war, darauf zu verzichten; erst wenn das Wasser ausgetrocknet ist, erkennt man den Brunnen.

Bei den Einzelheiten war sie erstaunlich genau, weil sie sich der Gefährlichkeit bestimmter Geständnisse bewußt war. Da eine andere Frau eine Kirchenstrafe erleiden mußte, weil sie sich Butterglück gezaubert hatte, bestritt Karin hartnäckig, dieselbe Sünde begangen zu haben. Irgendwie erschien es ihr wahrscheinlich sinnlos, über Butterfaß und Butter Beschwörungen auszusprechen, die jede Hausfrau kannte; etwas anderes war es, an einer Zusammenkunft auf dem schwarzen

Berg teilzunehmen, wo Beelzebub selbst mit seinem feurigen Kolben in den Butterfäßchen zwischen den Beinen der armen Frauen kirnte.

Meine verblüffte Miene, das Ach und Oh der Schöffen und die geschwind über das Papier fliegende Hand des Schreibers bliesen Wind in die geblähten Segel von Karins Phantasie: Es fiel ihr ein zu erzählen, wie der schwarze Mann ihre selige Tante zu den Orgien auf dem Blocksberg mitbrachte. Als Karin in schönstem Eifer delikate Einzelheiten des Hexensabbats schilderte, mußte ich sie, mich räuspernd, unterbrechen, denn das Geständnis war reiner Humbug.

»Durch das Wort Gottes weiß man genau, wie diejenigen, welche wegen ihrer Unverbesserlichkeit leiden, nicht in eine solche Situation geraten, wie sie (Karin P.) sie jetzt schilderte und wie zweifellos Satan sie ihr beschrieben hatte, vielmehr kamen sie in die Peinkammer, die sonst Hölle genannt wird…« wurde im Protokoll vermerkt.

Es war nicht ratsam, in Karins freiwilliges Geständnis einzugreifen, aber ich war ein Mann von Überzeugungen und konnte eindeutige Lügen nicht gutheißen. Jetzt ärgerte sich außer den Schöffen, die man um eine saftige Geschichte gebracht hatte, auch Karin P. selbst. Sie nahm das sehr übel; wenn ihre Geständnisse dem gnädigen Herrn Richter nicht paßten, dann würden der gnädige Herr Richter und die naseweisen Schöffen selbst vielleicht bessere Aussagen erfinden! Warum taugten für den Blocksberg gewöhnliche Landfrauen ebensogut wie behaarte Teufel, nicht aber ihre selige Tante? Der Familienstolz drohte dazu zu führen, daß Karin auch ihre früheren Erzählungen widerrief.

Der Pfarrer war klug genug, um zu begreifen, daß eine erfolgreiche Fortführung der Sitzung es nötig machte, Karin P. zu begütigen. Er erklärte der Alten, warum ihre Behauptung Unwillen erregt hatte: Niemand wollte Karins Aussage schlecht machen noch ihre selige Tante, die für den Blocksberg gewiß voll tauglich gewesen wäre. Aber die Tante war doch tot. Wenn der Mensch das Zeitliche segnet und er in die Hölle kommt, dann bleibt er nach Gottes Regeln auch dort. Es konnte also keineswegs sein, daß Karins selige Tante, egal, was sie nun für ein Mensch gewesen war, eine Ausnahme bildete!

Karin war besänftigt. Aber sie begann offenbar zu argwöhnen, daß es bei der Geschichte noch um etwas anderes ging als um die Verurteilung eines Roggendiebs. Sie erzählte, sie habe gesehen, wie der Pfarrer den Teufel aus einem Fallsüchtigen austrieb, und gab an, auch selbst krank zu sein: »Der Teufel fährt in mich, und ich kann nichts dagegen tun«, sagte sie. Dadurch wurde mir klar, daß Karin P. glaubte, wir behandelten ihren Fall als eine seltene Krankheit. Sie verstand nicht, daß sie schon selbst auf der Anklagebank saß.

Noch zu dem Zeitpunkt, als sie festgenommen wurde und die Sache an ein außerordentliches Gericht überwiesen wurde, wiegte Karin P. sich in dem Glauben, daß es sich keineswegs um ein sehr schlimmes Vergehen handelte. Ich vermute, sie begriff den Ernst der Sache erst, als das Urteil verlesen wurde.

Nach Karin P.s Geständnissen bestand kein Zweifel daran, daß sie alle Bedingungen der *Magia divinatoria* erfüllte. Nur ein einziges Urteil kam in Frage: Das Heilige Gesetz Gottes, das Gesetz Mose Exodus 22:18 bestimmt, daß eine Hexe nicht leben darf. Karin P. mußte mit dem Beil hingerichtet und ihr Körper verbrannt werden.

Als der Urteilsspruch verlesen wurde, begann die Alte zu schreien und zu weinen, sie flehte uns an, einer alten, verwirrten Frau gegenüber Gnade walten zu lassen, sie bat um Verzeihung, falls sie mich oder die Schöffen gekränkt haben sollte, sie verwünschte ihre Lästerzunge, sie flehte die Menschen an, sich zu erinnern, wie sie ein kleines Mädchen ohne alle Zauberkünste aus dem Eis gerettet hatte, sie bespuckte die Wachleute, ihr versagten die Beine, sie verfluchte mich.

Vielleicht erregte sie in diesem Augenblick mein Mitleid. Es ist schwierig, so etwas Jahre später zu sagen, aber meinen Nachtschlaf vermochte sie nicht zu stören. Ich fand es zutiefst abstoßend, daß sie dem Bösen ihre Seele und ihren Leib verkauft hatte. Aus dem letztgenannten hätte sich niemand sonst noch etwas gemacht. Ihre Frivolität entsetzte mich: Wie konnten in diesem alten, runzligen Körper noch so starke Säfte brodeln! Ihre Häßlichkeit war herzzerreißend: Aus der gebeugten Gestalt lugte ein eingefallenes Gesicht hervor, das von einer dunkelroten Narbe verunziert wurde. Was an ihr hätte irgend jemanden milde stimmen sollen?

Am sechsten August des Jahres 1666 wurde sie geköpft und verbrannt. Und in den vier Monaten, die sie auf dem sauer riechenden Stroh ihres Verlieses schmachtete, bekam sie die Gelegenheit, sich zu rächen. Mir kam es nicht in den Sinn, daß ich die Leute hätte daran hindern müssen, in die Burg Kastelholm zu gehen. Ich tat es nicht, und auch der Gefängnisaufseher führte nicht Buch über die Besucher.

So denunzierte Karin P. vor der Vollstreckung des Urteils dreizehn Frauen als desselben Verbrechens schuldig wie sie selbst.

3. KAPITEL

Drittes Kapitel, in welchem der Richter Maria N., eine wegen ihres kleinen Sohnes an die Angel gegangene arme Frau, kennenlernt und eine peinliche, aber unvermeidliche Vorführung des Prinzips von Daumenschrauben beobachtet.

Maria N. war die erste, die aufgrund der Denunziation von Karin P. festgenommen wurde. Sie hatte hohe Backenknochen und große Brüste, und sie war Mitte Vierzig.

Einige Tage vor Karin P.s Hinrichtung wurden alle Denunzierten gemeinsam mit Karin vernommen. Das Ergebnis war eher ein hysterischer Marktauflauf als eine Gerichtsverhandlung. Ich ließ die anderen gehen, aber Maria N. konnte ich nicht freilassen, weil neben den Hexenbeschuldigungen auch noch andere Beweise gegen sie vorlagen.

Der Fall Maria N. wurde drei Wochen später auf einem außerordentlichen Gerichtstag verhandelt, der im Hause des Amtmanns von Emkarby stattfand. Die Angeklagte fuhr in meiner Kutsche dorthin.

Zuerst sagte die Frau nichts. Ich sah, wie sie heimlich an ihren Achselhöhlen schnüffelte. »Hat man dir nicht erlaubt, dich zu waschen?« fragte ich, und sie verneinte. Einen Augenblick später fügte sie hinzu, daß sie sich zwar habe waschen dürfen, aber nur ein einziges Mal, und auch dann habe sie nicht die frischen Kleider anziehen dürfen, die ihr Mann ihr gebracht hatte.

Während des größten Teils der Reise betrachtete sie das Meer. Es leuchtete blau zwischen den Kalksteinblöcken, und auf seiner Oberfläche spielten Sonnenflecken. Auf dem Weg kam uns ein Mann entgegen, der einen Strohhut trug. Mit jedem Schritt wirbelte er eine Staubwolke auf, so als hätten seine nackten Füße im Sand etwas gesucht. »Was mag der Mann wohl suchen?« fragte ich, nur um etwas zu sagen, und die Frau erwiderte, er suche wahrscheinlich nichts, aber es mache sicherlich Spaß, den Staub so aufzuwirbeln. Sie schaute zum Meer hinüber, und ihr Gesicht legte sich in Falten, aber sie gab nicht den geringsten Laut von sich. Der Eisenring hatte in ihr Handgelenk kleine rote Mondsicheln gescheuert.

Sie hatte keine Schuhe. Als sie in den Wagen kletterte, sah ich, daß ihre Beine bis zu den Waden gebräunt und von da an aufwärts weiß waren. Während der Fahrt zog sie die Zehen ein, so wie kleine Kinder es zu tun pflegen.

Vor dem Hause des Amtmanns von Emkarby stand eine Menge Leute. Als die Gefangene vom Wagen stieg, drängte sich ein alter Mann mit blutunterlaufenen Augen zu ihr durch, aus dessen Mund gelbe Zahnstummel ragten.

»Elleri selleri alte Hexe, nur vom Schwitzen wird's nicht besser!« sagte der Alte, während er sich duckte und sich scheu umsah.

Ich stieß den Alten beiseite und führte die Frau, die verschreckt wirkte, so schnell wie möglich ins Haus.

Die Türen wurden geschlossen, aber die Gesichter der Schöffen, zwölf Bauern aus Finström, waren genauso neugierig, böse und schweißtriefend wie die des draußen wartenden Publikums.

Elias Hasselgren, Kaplan von Getha und Bruder des Pfarrers von Finström, der Maria N. verdächtigte, sich durch Zauberei am Vieh seines Bruders bereichert zu haben, stellte mich dem Profos vor. Hasselgren war ganz begeistert von den Daumenschrauben, deren Funktionsweise der Folterknecht ihm schon vor unserer Ankunft erklärt hatte.

»Etwas Bleibendes haben sogar die Papisten zustande gebracht«, sagte der Profos, während er mir die Daumenschrauben zeigte.

»Es ist ganz einfach, hier kommt der Finger rein und dann wird gedreht!« erklärte Hasselgren, schon ganz der Fachmann.

Der Profos versicherte, daß dieses so bescheiden wirkende Ding ein unglaublich wirkungsvoller Apparat sei. Ich erwiderte, ich hätte diesbezüglich keine Zweifel.

Gegen Maria N. lagen schwerwiegende Beweise vor: Karin P. hatte ihre Mutter auf dem Blocksberg gesehen und auch, wie Maria selbst von dort kam. Außerdem hatten einige Nachbarn erzählt, Maria habe Silber ins Wasser geworfen und Zaubersprüche gemurmelt. Obendrein hatte sie einen Jungen geheilt, indem sie ihm die Krankheit durch Beschwörungen austrieb. Da die Beweise von dieser Kategorie waren, erschien die Anwesenheit des Folterknechts wohlbegründet. Falls die Verdächtigte die Zusammenarbeit verweigern sollte, würden die Daumenschrauben das einzige Mittel sein, die Wahrheit herauszufinden.

Erwartungsgemäß gestand Maria N. zunächst gar nichts. Sie behauptete, die Denunziation sei eine Lüge, und mit Tränen in den Augen weigerte sie sich, von ihrer Mutter schlecht zu sprechen.

»Wie kannst du annehmen, daß Karin aus Emkarby bereit gewesen wäre, mit einer Lüge auf dem Gewissen zu sterben?« fragte ich.

»Das weiß ich nicht!« antwortete sie.

»Und das Kind, das du vor fünf Zeugen gerettet hast?« beharrte ich.

Die Angeklagte sah mich in schlauer Demut an. »Gott hat das Kind geheilt!« sagte sie.

»Aber du hast Silber ins Wasser geworfen?« fragte ich.
»Vielleicht aus Versehen!« gab sie zu.
»Nicht absichtlich?« wollte ich wissen.
»Nicht absichtlich!« versicherte sie.

Auf Elias Hasselgrens Erkundigungen nach dem Vieh seines Bruders gab sie ebenso hochmütige Antworten. Auch alles andere leugnete die Angeklagte, oder sie wich den Fragen aus. Es war völlig klar, daß sie uns nicht ernst nahm. Wir wußten nicht, wer uns zum Narren hielt, sie selbst oder der in ihr steckende Dämon, aber zum Glück hatten wir die Mittel, um das herauszufinden.

Als die Angeklagte die Daumenschrauben sah, begann sie zu weinen, obwohl sie gar nicht wußte, was ihr bevorstand. Sie versuchte, den Profos abzuwehren, aber dieser sprach in freundlichem Ton zu ihr und sagte, daß ihr nichts geschehen werde, wenn sie die Wahrheit sagte.

Zuerst wurden die Schrauben vorsichtig angezogen. Die Frau stöhnte und wand sich und rief stotternd, man solle sie lösen, sie werde alles erzählen. Aber als die Schrauben gelockert wurden, begann Maria zu weinen und zu jammern, daß sie die Netze nicht mehr würde flicken können, weil ihre Finger zerquetscht worden waren. Der Profos beruhigte sie und sagte, daß die Finger keinesfalls so verdorben seien, daß sie nicht heilen und fast wieder so sein könnten wie zuvor. Die Frau schneuzte sich mit der freien Hand, zwischen Daumen und Zeigefinger, so wie es die Bauersfrauen zu tun pflegen. An ihren Fingern blieb eine glänzende Schleimspur zurück, die der Folterknecht sogleich mit seinem roten Tuch sorgfältig abwischte. Augenscheinlich hielt der Mann es für eine Ehrensache, daß sein Werkzeug tadellos sauber blieb.

Jetzt gestand Maria N., sie habe den Jungen, der Jakob hieß, mit Hilfe von Zaubermitteln geheilt. Sie gab an, Silbermünzen ins Wasser geworfen und dazu Zaubersprüche gemurmelt zu haben.

»Wenn jemand sein Wasser in der Sauna gelassen hat, können die Wassergeister das übelnehmen, und dann muß man sie besänftigen«, erklärte sie.

Aber als man sie drängte, etwas über Carolus Hasselgrens Vieh und das Treffen mit dem Teufel zu sagen, leugnete sie, etwas davon zu wissen. Deshalb mußte sie noch mehr gefoltert werden.

Nach einer abscheulichen halben Stunde legte sie ein volles Geständnis ab. Als der Profos den blutigen Apparat von ihren Fingern löste, erzählte sie, sie habe Satan in Gestalt eines schwarzen Seemanns getroffen und sich mit ihm vereinigt.

»Du gibst also zu, dem Bösen von Angesicht zu Angesicht gegenüber gestanden zu haben?« »Ja, ja!« »Und du hast Hurerei mit ihm getrieben?« »Ja, so wahr mir Gott helfe!« »Du lügst nicht, um der Folter zu entgehen?« »Ich lüge nicht.« »Was hatte er an? Beschreibe es.« »Das weiß ich nicht mehr!« »Dann können wir dir nicht glauben.« »Nein, ich weiß es doch noch: Er trug schwarze Hosen und einen schwarzen Lodenmantel.« »War es wirklich so?« »Ja, sie rochen nach Kautabak und Schnaps und Meer.« »Was roch?« »Die Kleider, sie rochen nach Jöns, meinem verstorbenen Mann, und er trug auch denselben Hut!« »Welchen selben Hut?« »Jöns' Hut, denselben, den Jöns an dem Morgen aufgesetzt hatte, als er ertrank. Die Jungen fanden ihn später in den Zweigen einer ins Wasser gestürzten Kiefer.« »Wie hat denn der Satan die Kleider deines verstorbenen Mannes tragen können?« »Ich weiß es nicht, aber so hat er mich herumgekriegt. Ich hielt ihn für Jöns.« »Eine Teufelslist?« »Den Mantel habe ich Jöns in unserem ersten Sommer gemacht, als er in die Stadt fuhr.« »Das glauben wir dir ja, aber es klingt seltsam …« »Als er zurückkam, hatte er im Ärmel einen Triangel und am Revers Erbrochenes.« »Der Teufel?« »Nein, Jöns, damals, als er noch lebte.«

An den Sauftouren ihres seligen Mannes waren wir nicht interessiert, aber wir verstanden, daß die Folter sie vielleicht um den Verstand gebracht hatte. Deshalb war es wichtig, sie so gründlich wie nur möglich ins Kreuzverhör zu nehmen, damit wir ein wahrheitsgemäßes Geständnis und keine in der Not erfundenen Geschichten zu hören bekamen.

»Wo bist du Satan begegnet?« »Am Strand, das hab ich doch schon gesagt, am Strand.« »Du bist also eigens zu dem Stelldichein gegangen?« »Nein, ich wollte die Netze säubern. Als ich sie in den Bootsschuppen gebracht hatte, setzte ich mich auf einen Stein und...« »Du hast ihn also erwartet?« »Nein, nein, ich wollte nur gern ein wenig dort sitzen und auf das Meer schauen.« »Eigenartig. Na, und dann erschien er?« »Ja, ich wagte nicht, ihm ins Gesicht zu sehen, weil ich Angst hatte, die Spuren vom Dregghaken würden noch zu sehen sein.« »Vom Dregghaken?« »Der hat ihm das eine Auge ausgerissen. Der arme Jöns! Er war doch zu Lebzeiten so schön!« »Hast du einen Pakt mit ihm geschlossen?« »Er stand lange da, sein Schatten fiel auf meine Füße, ich wagte es nicht aufzuschauen, aber ich erkannte ihn am Geruch.« »Du hast erkannt, daß das der Teufel war? Roch er nach Rauch?« »Nein, nach Meer und Schnaps und Kautabak!« »Der Böse nahm die Gestalt deines seligen Mannes an und schloß mit dir einen Vertrag?« »Er sagte nichts, ich faßte ihn am Hosenbein, weil ich es nicht mehr aushielt... er fiel auf die Knie wie ein angeschossenes Pferd!« »Er muß doch irgend etwas gesagt haben!« »Nein, nichts, aber er tat mir so leid, obwohl ich wußte, daß es nicht Jöns war...« »Du hattest Mitleid mit dem Satan, Frau!?«

Sie war keine Frau. Ein Mädchen nur, obwohl sie schon zum zweiten Mal verheiratet war, obwohl sie Mutter war, obwohl sie auf die Vierzig zuging. Eine Frau ist ein Mädchen, das sich seiner selbst bewußt geworden ist, aber auf diese hier traf das nicht zu. Sie hatte gesehen, daß die Männer Verlangen ergriff, aber sie wußte nicht, warum. Wir hatten ihre Finger zerquetschen wollen, und als ihr das klar wurde, akzeptierte sie es. Sie war auf das Übelste mißhandelt worden, aber sie haßte uns nicht. Wir waren Männer, wir hatten das Recht. Wenn Jöns von den Toten auferstand, hatte auch er das Recht. Und jeder beliebige andere auch, der sich mit ihr so viel Mühe machte. Sie war nicht dafür geboren, irgend jemanden zu kränken, sie war dafür geboren, auf ewig ein Mädchen zu bleiben.

Später im Gefängnis erzählte sie eine andere Geschichte. Der Schwarzgekleidete, der in Jöns' Kleidern steckte, war ihr Mann Axel. Axel war Jöns' Freund gewesen, damals, als er noch am Leben war. Axel hatte am Tisch gesessen und zugesehen, wenn Jöns sich betrank, wenn Jöns sein Wasser abschlagen ging und die Knöpfe offenließ, wenn Jöns sich erbrach und neben der Pfütze einschlief, wenn Jöns erwachte und seine Frau wecken wollte, um sie zu besteigen, wenn Jöns anfing zu weinen, nachdem seine Frau mit dem Kind ins Haus der Schwiegermutter geflüchtet war. Und Axel hatte Maria gesehen, die zurückkehrte und ihren Mann versorgte und sagte, daß dieser in nüchternem Zustand der beste Mann auf der Insel sei. Axel hatte Maria gesehen, der die Tränen kamen. Wie ein auf der Harke aufgespießter Frosch! Das hatte Axel gesagt, nachdem er Maria betrachtet hatte, die Frau seines guten Freundes.

»Als Jöns ertrunken war und Axel uns besuchte, fingen die Leute an zu reden!« erzählte Maria.

»Was redeten sie denn?« fragte ich.

Maria schob ihre Finger zwischen die nackten Zehen. Sie sah mich an, das Kinn auf den Knien. »Der Hund am Zaun, der Schwanz in der Zaunritze!« erwiderte sie.

»Und das hieß, daß ihr …?«

»Ob das ein anständiges Benehmen sein sollte, wenn ein Mann ins Haus einer Witwe läuft!«

»War es das denn?« hakte ich nach.

»Ja, das war es, wir haben vor der Trauung nicht miteinander geschlafen!«

Man war häßlich zu dem Mädchen gewesen. Was konnte man machen, die Situation hatte Mißfallen erregt: der Mann stirbt im passenden Moment, der Verehrer hat keine Geduld sich fernzuhalten, sofort nach dem Ende der Trauerzeit gehen sie zum Pfarrer. Die Leute tuschelten, nachts wurde das Fenster eingeworfen, die Schwiegermutter schrie und heulte im ganzen Dorf, das Hurenpack habe ihren Sohn mit vereinten Kräften aus dem Weg geräumt. Das Mädchen war empfindsam, sie glaubte, die anderen wüßten es besser, sie glaubte, daß allein der Wunsch ihn hatte töten können, und sie wurde von Entsetzen gepackt vor dem Mann, der Jöns' Stelle eingenommen hatte.

»Als er zu uns kam, solange Jöns noch lebte, mochte ich ihn, hatte ihn sehr gern, weil er nicht trank und nicht boshaft war, ich dachte, wenn ich doch nur solch einen Mann bekommen hätte…«, erklärte Maria.

»Damals wolltest du ihn?« fragte ich.

Maria hielt sich die Hand vor den Mund. »Mir wurde so seltsam zumute, wenn er lächelte… aber ich bin wegen des Kindes an die Angel gegangen, damit es einen Vater bekam…«

»Und als du ihn dann bekamst?« half ich ihr weiter.

Maria wandte sich von mir ab: »Nachts beschimpfte er mich. Er schlug mich und schimpfte mich eine Kuh und sagte, daß ich auch seinen Tod wollte und mir Jöns zurückwünschte!«

»Na, hast du ihn dir zurückgewünscht?«

»Nein! Tote bekommt man nicht zurück! Ich wäre ja mit Axel ausgekommen, aber er war immer böse!«

Und einmal war die Schwiegermutter mitten in der Nacht gekommen und hatte versucht, das Kind mitzunehmen. Damit ihr Sohnessohn nicht diese Hurerei mitanzusehen brauchte, die seine Mutter, eine Mörderin, betrieb! Und wie dieser gewissenlose Halunke, der sich als Freund ihres Sohnes aufgespielt hatte, das Bett des Toten besudelte! Obendrein hatte jemand Axels neues Boot mit der Axt beschädigt, das er so lange und sorgsam gebaut hatte.

Männer haben ihre eigene Art, sich zu rächen. Der Mann ist aufrichtig, aber wenn er nicht weiß, wer sein Feind ist, dann wählt er das schwächste Wesen. Axel hatte sie zu den Seehunden mitgenommen.

»Keine Sorge, diesen fangen wir lebendig!« hatte Axel gesagt, als Maria beobachtete, wie der kleine Seehund in seinen

Händen zappelte. Armes Robbenbaby! Es hatte mit allen Mitteln versucht, ins Meer zu entwischen, seine Augen hatten voller Angst geblickt, ein Kinderweinen war ihm in die Kehle gestiegen. »Laß es los! Laß es wieder ins Eisloch!« hatte seine Frau ihn gebeten. Dieses Mädchen, das fand, die Kleinen dürfe man nicht quälen. »Ich laß es los, ich laß es los, darf ich die Dame um ein wenig Geduld bitten!« hatte Axel geantwortet, während er das Tier an die Leine legte.

Axels Bart war weiß bereift gewesen. Das hatte ihm ein anderes und, wie Maria fand, furchterregendes Aussehen gegeben. Durch seine bläulichen Finger war die Leine gelaufen, deren anderes Ende um den kleinen Seehund geschlungen war. Als das Tier im Eisloch verschwunden war, hatte er sie raten lassen: »Was tut eine Mutter, wenn ihr Kind Angst hat?« Und selbst geantwortet: »Sie kommt es trösten, drückt es ganz fest an ihre Brust. Verstehst du, ganz fest!« Und Maria hatte verstanden: Die Robbe würde zu ihrem gefangenen Jungen kommen, um es zwischen ihren Flossen fortzutragen, und dann würde der an der Leine befestigte Haken sich in ihren Bauch bohren.

Nachdem Axel die Robben auf das Eis gezogen hatte, die ineinander verstrickt waren und noch lebten, hatte er nach der Keule gelangt und dabei Maria angelacht. »Bist du wegen deines Sohnes an die Angel gegangen?« hatte Axel gefragt und das Töten der Tiere, die sich in ihrer Qual wanden, hinausgezögert. »Hast du geglaubt, daß dein kleiner Sohn in mir einen Vater finden würde? Hast du gedacht, ich würde Jöns' Sohn ein Vater sein?« hatte er gefragt. Maria hatte nicht gewußt, was für eine Antwort der Mann von ihr erwartete. »Warum tötest du sie nicht?« hatte sie in ihre wollenen Fäustlinge geweint. »Warum töte ich nicht euch?« hatte Axel gefragt und die Robben getötet. Erst die Mutter, dann das Junge.

Maria vertraute sich mir offen an. Sie verstand nicht, daß sie mich hätte fürchten müssen. Zu ihrer Rolle hätte es gehört, mich mißtrauisch und feindselig anzusehen, und zu meiner, der verstockten Verbrecherin die Wahrheit mit allen Mitteln zu entreißen. Ich aber mußte mit diesem Mädchen ringen. Ich mußte Aufrichtigkeit mit Falschheit, Freundlichkeit mit Schroffheit, Dummheit mit Schläue, Hoffnung mit Erbarmungslosigkeit beantworten. Meine Bosheit war natürlich nicht gegen sie gerichtet, sondern gegen den Dämon, der schlaue Mittel erfand, um meine Ermittlungen zu behindern.

Der schlimmste Prüfstein war ihre Geschichte von der zweiten Begegnung mit dem Bösen. Daß das Axel gewesen war und nicht Satan. Daß Axel in seiner Verzweiflung so weit gegangen war, die Kleider seines toten Rivalen anzuziehen, um von Maria das zu bekommen, was er wollte!

Eine unsinnige Geschichte. Wir Männer würden uns nicht in dieser Weise erniedrigen, nicht wegen einer Frau und schon gar nicht wegen eines so nichtssagenden, bedeutungslosen Mädchens! Niemand von uns, nicht einmal Axel N., würde an den Strand zu den Fischerbooten gehen, um in den Kleidern eines anderen Mannes die eigene Ehefrau zu verführen.

Für Axel war es der Gipfel der Schande, daß der Trick nicht verfing. Wenn es nicht einmal nachts gelingen wollte, wie dann überhaupt? Wenn der tote Mann zwischen ihnen stand, wie konnte man ihn beseitigen? Einem Toten konnte man nichts anhaben, nur einem Lebenden.

»Und dann?« fragte ich.

»Er ging ins Wasser, warf die Kleider ab und sagte, er würde nicht zurückkommen«, fuhr Maria fort.

Auch das noch, Selbstmitleid und Selbstmord. Nein, das war zuviel.

»Und was hast du gemacht?« erkundigte ich mich.

»Was konnte ich da machen? Ich sagte zu ihm, geh, wenn du mich zum zweiten Mal zur Witwe machen willst!«

Ein Ehedrama, das zu einer Farce wurde, so wie meistens! Weil es solche Frauen gibt, die keine Frauen, sondern Mädchen sind. Mädchen verstehen nicht, daß ein Mann um Liebe bettelt, wenn er sagt, er ertrinke, auf Knien so darum bettelt, wie ein Mensch nur betteln kann. Eine richtige Frau folgt dem Mann ins Wasser und fleht ihn an zurückzukommen, gibt ihm die Chance, wieder aufzustehen, weil es so schwer ist, auf Knien zu gehen.

Ehrlichkeit ist eine Tugend der Mädchen; eine Frau weiß, daß man dem Mann damit das Rückgrat bricht. Und was fängt man mit einem invaliden Mann an? Dieses Mädchen brachte ihren Mann dazu, auf allen vieren naß, nackt und zerbrochen zurückzukriechen, obwohl sie glaubte, ihn zu mögen!

»Und dann?« fragte ich.

Maria betrachtete ihre mißhandelten Finger, drehte und wendete sie verwundert hin und her: »Ich glaube, er hat mich angezeigt.«

Das also glaubte sie. Warum auch nicht? Erst tötet man die Mutter, und dann metzelt man das Junge nieder.

Ihr, der Gefangenen gegenüber, äußerte ich meine Überlegungen nicht. Ich war nicht naiv und ehrlich. Außerdem interessierte mich in erster Linie ihr Verhältnis zu Dämonen, Teufeln und anderen außerirdischen Geistern und nicht das zu ihrem unglücklichen Ehemann. Ich hätte Axel vor Gericht schleppen, ihm Hölzchen unter die Nägel treiben und ihn dann so lange am Marterpfahl hängen lassen können, bis die Wahrheit über den Possen mit den Kleidern und den Badeausflug in aller Gründlichkeit ans Licht gekommen wäre, aber das hätte nichts an der Tatsache geändert, daß Maria möglicherweise eine Hexe war.

Heinrich Institoris schreibt in seinem *Hexenhammer*, daß eine Hexe danach strebt, den Geist eines Menschen zu vernichten. »Sie vernichten den Geist des Menschen, treiben ihn in Wahnsinn oder Haß oder in eine ungewöhnliche Liebe.«

Lassen Sie mich die Bücher zitieren, dann werden Sie verstehen. »Das Geschlecht der Hexen ist eine verachtenswürdige Schar, unter ihnen besonders die Frauen, die mit Hilfe böser Geister oder eines Hexentranks dem Männergeschlecht unermeßlichen Schaden zufügen. Zumeist verhexen sie die

Menschen und lassen sie durch die Dämonen unerhörte Qualen erleiden. Sie haben sogar geschlechtliche Beziehungen zu den Dämonen.« So schrieb der Abt Trithemius in seinem Werk *Antipalus maleficorum.*

Mädchen oder Hexe? fragte ich mich. Dämon oder ehrliches Weib? Und welches davon für uns Männer die bessere Alternative war, das wußte ich auch nicht. Das einzige, dessen ich mir sicher sein konnte, war, daß es immer Hexen gegeben hatte. Die Bücher bestätigten das.

Der Kirchenvater Augustinus spricht in *De civitate Dei* von bösen Geistern, die zerstörerisch in der Welt wirken. Seiner Ansicht nach geschehen alle von Magiern vollbrachten Wunder nach Anweisung und mit Hilfe von Dämonen. Augustinus berichtet von Faunen und anderen unnatürlichen Wesen, die besonders die Frauen plagen, um deren Gunst sie buhlen und mit denen sie schlafen.

Der hochgeehrte Thomas von Aquin bestätigt das: Zwischen Dämon und Mensch kann es zu einer geschlechtlichen Beziehung kommen, ein Dämon hat die Fähigkeit, den Samen eines Mannes in eine Frau zu übertragen. Er schreibt auch, daß die Hexen mit Hilfe des Bösen fliegen, Trugbilder von der Verwandlung eines Menschen in ein Tier erzeugen und Sturm aufkommen lassen können.

Die Geschichte hat bewiesen, daß all diese Theorien auf Wahrheit beruhen, nachdem durch die Inquisition erst einmal die wirklichen Voraussetzungen für die Untersuchung von Hexen geschaffen worden waren: Papst Gregor IX. berief besondere Personen, die Ketzer verhören und bestrafen sollten. Unter die erweiterte Ketzerkontrolle gerieten die Hexen fast zufällig, nachdem anfangs nur die Juden dazu gehört hatten.

In den Pyrenäen und in der Alpenregion wurden die Hexen verfolgt, in Spanien die Juden. Da die Juden viel leichter zu erkennen waren als die Hexen, sorgten sie bald überall für Vollbeschäftigung der Inquisitoren, und so konnten sich die Hexen vermehren. So stellten die Gelehrten zu Beginn unseres Jahrhunderts fest, daß die Lage außer Kontrolle geraten war: Zwar war der Schwarze Tod noch eindeutig von den Juden heraufbeschworen worden, aber die Glaubenskriege waren schon das Werk der Hexen.

Wie sehr Martin Luther vom Glauben des Papstes auch abwich, auch er mußte einräumen, daß Rom in bezug auf das Hexenwesen recht hatte. Der Mensch war schlecht und konnte nur Schlechtes wollen. In der Welt trieb eine Legion von Dämonen ihr Unwesen, die die Schwäche des Menschen ausnutzten.

Die Hexerei traf den Kern der Sache genau. Wir sind nicht Herren unserer Handlungen, sondern deren Sklaven. Die Natur ist notwendigerweise schlecht. Güte und Schönheit, die kommen nur von Gott.

Der Hexenhammer von Sprenger und Institoris ist unbestreitbar ein schauriges Buch, ein Einführungskurs in das Foltern sondergleichen, aber es besitzt eine wissenschaftliche Grundlage. Die Autoren bezeugen, daß eine Frau wegen ihrer unersättlichen fleischlichen Begierde und der Neigung, sich zu verlieben, mehr zur Hexerei neigt als der Mann. Diese Mönchsbrüder behaupten, die Liebe sei eine Form von Krankheit, die mit Geistesschwäche gleichzusetzen sei. Von der Schwäche der Frau zeugt ihrer Ansicht nach schon die Etymologie des Wortes Frau (femina), denn es setze sich aus den Wörtern für »Glauben« (fe) und »weniger« (minus) zusammen. Auf den Glauben zu verzichten falle einer Frau leichter.

Die Behauptung des Hexenhammers, daß die Männer Umgang nach Art der Götter pflegen würden, wenn es keine Frauen gäbe, glaubte ich natürlich nicht. Ich sah trotz allem, daß das Mönchsgelübde Sprenger und Institoris in die Orgien eines irregeführten Liebeshungers gestürzt hatte, der sie von Frauen das Allerschlechteste denken ließ. Und als ein Inquisitor aus den Lehren des Hexenhammers die extreme Schlußfolgerung gezogen hatte, daß der Körperbehaarung der Frau dämonische Kraft innewohnte, und er deshalb siebenundvierzig Frauen vom Haupthaar bis zur Schambehaarung kahlrasierte, bevor er sie verbrannte, wußte ich, daß es sich bei ihm um Wahnsinn handelte und nicht darum, daß er die Welt beschützen wollte.

Aber es gibt andere, sachlichere Darstellungen, die die Hexentheorie bestätigen. Es gibt Balduins scharfsinnige Gesetzesphilosophie, Carpzovs strenge und erschöpfende Übersicht, Loccenius' zögerliche Schlußfolgerungen und viele andere.

Als ich aus Maria N.s Verlies heraustrat, machte ich mich über die Bücher her und suchte darin nach den richtigen Antworten.

Nachdem ich auf dem Feldzug nach Schöps Seine Majestät davon hatte überzeugen können, daß es keinen Sinn hatte, einen Sekretär wie mich als Ballast der Truppe mitzuschleppen, und aus seiner geliebten Hand das Amt des Kreisrichters der Ålandinseln entgegengenommen hatte, schwor ich mir, daß mein Leben ein Loblied auf die Göttin des Rechts werden sollte. Jemand anders hätte das Amt auf der abgelegenen Insel vielleicht als Verbannung empfunden, aber für mich war es eine Befreiung. Ich hatte das Amt des Sekretärs selbst dann nicht geliebt, als der König sich von den Schlachtfeldern fernhielt. Die Hofdamen hatten Muttermale an den richtigen Stellen, aber sie waren nicht echt, und auch wenn das Backwerk gut war, so machte es doch die Zähne gelb.

Nein, ich liebte die Bücher und die Heiligkeit der Gesetze, die ich während meines Studiums in Dorpat kennengelernt hatte. Als junger Mann hatte ich mir geschworen, daß ich für jedes Urteil, das ich fällen würde, eine Grundlage im Schrifttum suchen wollte, und wenn es noch so schwierig sein sollte.

Ich hatte schlechte Richter erlebt. Ich hatte Richter erlebt, die Stellvertreter oder Gesetzeskundige beschäftigten, ich hatte bestechliche Richter erlebt und wollte keiner von ihnen sein. Mein Kommilitone Gustaf Idman hatte eine höchst ironische Einstellung zur Rechtsprechung. Seine Briefe enthielten hauptsächlich Leckerbissen aus den Protokollen der Untersuchungskommissionen: »Ein Amtmann wurde zum Tode durch Erhängen verurteilt, aber da er nicht am Galgen hängen wollte und die Kavalleristen, die mit uns zur Grenze ziehen sollten, keine ordentlichen Kleider hatten, so gewährten wir ihm im Namen des gnädigen Königs das Recht, sich durch Zahlung von fünfundneunzig Rubeln vom Galgen freizukaufen, obwohl sein Sohn ihn dazu überreden wollte, sich aufhängen zu lassen, damit er das Geld behalten konnte. Aber der Vater widersetzte sich und sprach: ›Wenn ich gehängt werde, mußt du mir an den Galgen folgen, denn du hast den Diebstahl mit mir gemeinsam begangen!‹ Da dauerte es nicht lange, und der Sohn holte das Geld hervor, für das im Namen seiner Majestät Kleider für die Kavalleristen und andere notwendige Dinge beschafft wurden, wie die Quittungen belegen …«

Ich wollte Maria N. nichts Geringeres als Recht zuteil werden lassen, ebenso wie ich in all diesen Jahren Kindsmördern, Mägden, die sich der Hurerei schuldig gemacht hatten, verrückten Knechten, Menschen, die ihre Nachbarn verleumdet oder sich mit Kühen eingelassen hatten, und Roggendieben hatte Recht zuteil werden lassen.

Daran änderte auch die Tatsache nichts, daß ich längst eingesehen hatte, daß die Åländer keinen Pfifferling auf meine Anstrengungen gaben. Fällte ich ein mildes Urteil, verachteten sie meine Schwäche; war ich streng, haßten sie mich. Das Wesen des Rechts blieb ihnen von Grund auf fremd: In rasender Wut konnten sie ihren besten Freund anzeigen, aber dann, wenn sie es am nächsten Tag bereuten, hätte ich den Angeklagten ihrer Ansicht nach ohne Ansehen der Art seines Verbrechens freilassen sollen.

Sie würdigten es nicht, daß ich für jedes Verbrechen aus dem Schrifttum die rechtlichen Grundlagen heraussuchte. Niemand würdigte das. Gustaf Idman fand es amüsant. Meine Frau empfand es einerseits als rührend, andererseits als himmelschreiende Zeitverschwendung. Auch die Angeklagten würdigten es nicht. Als ich einen Mann freiließ, der einsaß, weil er sich mit einer Kuh eingelassen hatte, machte er sich nicht einmal die Mühe, sich zu bedanken, obwohl ich drei Tage über den Büchern gebrütet hatte, bevor ich in Arnoldo Mengerings *Informatorium conscientiae Evangelicum* auf Seite 286 auf einen Präzedenzfall gestoßen war, der bewies, daß die Sache eine vom Satan verursachte optische Täuschung war. Bis zuletzt plagte mich der Gedanke, daß er doch schuldig sein könnte, aber für diese Ansicht fand ich keinerlei Bestätigung.

Jetzt hatte ich Maria N., eine Frau, die der Hexerei beschuldigt wurde. Und ich hatte einen Stapel Bücher, die alles über sie wußten. Ich konnte den Fall nicht aus meinem eigenen Blickwinkel deuten, denn das Ich ist für einen Richter ein allzu einengendes und begrenztes Guckloch.

4. KAPITEL

Viertes, ein wenig heikles Kapitel, in welchem der Richter mit seinem Knecht, einem Frauenhasser, spricht und beinahe seine eigene Frau vergewaltigt.

Als ich vom Verhör der Maria N. kam, saß mein Knecht Torsten ohne Hemd auf den Stufen des Speichers und hatte, nach seinem konzentrierten Gesichtsausdruck zu urteilen, gehörig einen zur Brust genommen. Ich setzte mich neben ihn, und er schob mir die Branntweinflasche in die Hand.

»Wenn man dir ein Pferd anbietet, kauf es!« sagte er, ohne mich mit seinen Worten im speziellen zu meinen. »Wenn du feststellst, daß es hinkt, kannst du es erschießen!« fuhr er fort, ohne zu lächeln. »Und wie ist es mit einem Boot?« fragte der Knecht und nahm einen Grashalm in den Mund.

Ich sagte nichts, weil ich wußte, daß er keine Antwort von mir erwartete. Statt dessen nahm ich einen Schluck Schnaps.

»Kauf auch das! Du kannst es verbrennen, wenn es undicht ist!« machte Torsten weiter.

Es folgte eine lange Stille. Die Flasche wanderte von mir zu ihm und wieder zurück.

»Da kommt eine Frau daher, bietet sich als Ehefrau an!« sagte der Knecht. »Was tust du dann?« fragte er. Der Grashalm flog zusammen mit der Spucke auf den Sand. »Du entwischst ihr nicht, wenn nicht eine Krankheit oder sonst ein Mißgeschick ihr den Garaus macht!« antwortete er.

»Und wenn es nun eine gute Ehefrau ist?« fragte ich.

Der Knecht musterte mich. »Die Ehefrau? Die ist immer dein Untergang, ein halber Teufel ist es!«

Ich verstand seine Verbitterung. Er hatte eine Frau gehabt, aber sie war mit einem Seemann durchgebrannt. »Du bist nur neidisch, weil du selbst Pech hattest!« versetzte ich ärgerlich.

»Und hast du es denn etwa gut?« provozierte mich Torsten. Im Suff hatte er vor niemandem Respekt; es kam ihm gar nicht in den Sinn, daß ich ihn davonjagen könnte. »Dir sieht man an, daß du dasselbe weißt wie ich«, sagte er.

»Was denn?« fragte ich verwundert.

»Wenn die Frau kalt ist, dann ist sie wie Eis, wenn sie heiß ist, dann ist sie wie glühende Kohle aus der Hölle; im einen wie im anderen Fall läßt man besser die Finger davon!«

Ich brach in schamloses Gelächter aus. Torsten war nicht zum Lachen zumute.

»Du hast ja vielleicht eine Arbeit!« sagte der Knecht. »Gehst dir nackte Frauen ansehen, faßt ihre Titten an, untersuchst, ob der Teufel sie gebissen hat, begutachtest ihr Hinterteil!«

Ich überlegte, ob ich böse werden und meine herrschaftliche Autorität herauskehren sollte. »Wir betatschen sie nicht, das ist eine sachdienliche Untersuchung zur Beschaffung von Beweisen im Sinne der *Magia divinatoria!*« antwortete ich.

»Paß auf, daß du ihnen nicht verfällst; wenn ein Weibchen verzweifelt ist, verbreitet es Brunstgeruch«, sagte er.

»Konzentrier du dich besser auf die Pferdepflege, von meinem Amt verstehst du überhaupt nichts!« sagte ich.

»Ich werd schon die Scheiße von deinen Pferden wegräumen, sei unbesorgt!« Torsten war gekränkt und nahm die Flasche an sich.

Ich stieß ihn provozierend an: »Du Mistphilosoph!«

»Was?« fragte er blöd.

»Mistphilosoph«, sagte ich und begann wieder zu lachen.

Torsten saß schweigend da, trank und sann auf Rache. Er pflegte zu überlegen, was er sagen wollte. Darin unterschied er sich gänzlich von dem übrigen Landvolk, das ich im Gerichtssaal kennengelernt hatte.

»Du bist sechsundvierzig Jahre alt und sehnst dich nach einer Frau, hab ich nicht recht?« fragte er. Die Stimme war freundlich und versöhnlich.

»Du hast recht damit, daß ich sechsundvierzig Jahre alt bin, im übrigen sprichst du von dir selbst!« erwiderte ich.

»Du bist sechsundvierzig Jahre alt und sehnst dich nach einer Frau, denn deine Frau hat dir fünf Kinder geboren und will keine mehr haben, zumal sie es beim letzten Mal so schwer hatte«, fuhr er fort.

So spricht kein Knecht zu seinem Herrn. So spricht kein Mann zu einem anderen. Ich hätte das nicht zulassen dürfen, aber ich ließ es dennoch zu.

Was mich vielleicht am meisten kränkte, war, daß Elsa anscheinend nicht unter der Situation litt. Als Hauptmann Berg uns besuchte, hatte Elsa ihren Spaß daran, mit ihm anzubändeln. Aber es lag etwas Tragikomisches in der Art, wie die ehemalige Schönheit wie ein junges Mädchen herumkokettierte. Eine Mutter von fünf Kindern! Zum Glück war der Hauptmann ein feiner Herr und reagierte höflich auf Elsas Tändelei, oder er sah in Elsa wirklich etwas, was mich nicht mehr berührte.

»Beneidest du jeden Mann, der eine Frau hat, oder bin ich der besondere Gegenstand deiner Verbitterung?« fragte ich ihn.

Die Flasche bot er mir nicht mehr an; er verbarg sie eifersüchtig, und wenn er trank, kehrte er mir den Rücken zu.

»Du bist mein Herr, du erniedrigst und beleidigst mich!« antwortete Torsten.

Wenn ich ihn bat, das Gras zu mähen, ging er aufs Feld, wenn ich ihm auftrug, den Stall auszumisten, war er gerade dabei, den Zaun zu reparieren. Er arbeitete wie ein Verwalter, nicht wie ein Knecht. Hauptmann Berg hatte einmal einen Wortwechsel zwischen mir und Torsten mitangehört und gefragt: »Warum verprügelst du ihn nicht? Wenn meine Bediensteten sich so verhielten, hätten sie keinen heilen Knochen mehr im Leib. Keinen einzigen!«

»Willst du etwa behaupten, daß es keine Begierden in dir weckt, wenn du diese Frau nackt siehst?« fragte Torsten.

Ich verstand nicht, was er meinte.

»Diese Hexe, diese Frau von Axel aus Markusböle, löst bei dir nichts aus?« bedrängte er mich.

»Natürlich löst sie etwas in mir aus. Gedanken.«

»Ja, natürlich, sie hat Brüste wie Feldflaschen, aber du, Junge, denkst nur an Magie und Dämonen!«

»Du armer Kerl verstehst nichts vom Wesen der Rechtsprechung, unter deinem stinkenden Schopf rumort nur ein und derselbe Gedanke! Nimm dir um Gottes willen eine neue Frau, damit wir vernünftig miteinander reden können!«

»Weißt du was?« fragte Torsten.

Ich machte mir nicht die Mühe, ihm zu antworten. Ich nahm mir vor zu gehen, weil die Unterhaltung in offenen Streit auszuarten drohte.

»Einmal saßen wir mit unserer Truppenabteilung vier Monate an einer Stelle fest. Es war höllisch kalt, Frauen gab es keine, sie hatten keine Lust, mit uns zusammen zu frieren. Als ich auf einem Erkundungsgang im Wald war, fand ich im Schnee die Fußspur einer Frau. Ich nahm sie mit zum Zelt, legte sie in den Schnee unter ein Stück Stoff und zeigte sie für Geld denjenigen, die sie sehen wollten. Von den Offizieren nahm ich einen Taler. Rate, wie das ausging?« Er sah mich spöttisch an.

»Ich bin kein Offizier, im Krieg war ich nur als Sekretär dabei«, antwortete ich.

»Rate trotzdem!«

»Sie haben deine Spur zertreten und gelacht!«

»Nein, sie stahlen die Spur und verordneten mir Prügel wegen Profitmacherei«, sagte er und lachte über meine Miene. »So tief kann kein Mann sinken, daß er wegen einer Frau nicht noch tiefer sinken könnte!«

In Deutschland würde man einen solchen Knecht zwischen vier Pferde spannen und zerreißen, daß die Funken und die Knochen nur so fliegen, sagte Hauptmann Berg, der es bedauerlich fand, daß es in Schweden keine Leibeigenschaft gab.

»Was ist denn das, eine Rechtsprechung, die ich nicht verstehe?« fragte Torsten. Ein stattlicher Mann, der ohne Frau sitzengeblieben war.

»Wenn ich die Richterrobe anlege, bin ich nicht mehr dein Herr Nils Psilander, sondern Werkzeug des Geistes, der sich darum bemüht, daß diese Welt besser und gerechter wird!«

»Warum ist die Welt dann so schlecht, obwohl ein guter und vollkommener Gott sie geschaffen hat?« wunderte er sich.

Ich lächelte zögernd. »Damit sie vollkommen ist, muß es in der Welt auch das Böse geben. Ohne das Böse würde es viele Stufen der Vollkommenheit nicht geben.«

»Na, warum stocherst du dann darin herum und änderst die von Gott geschaffene Ordnung?« bedrängte mich der Knecht.

»Der Mensch soll nach dem Guten streben, darin besteht der ewige Widerspruch in unserem Leben«, sagte ich.

»Das verstehe ich nicht. Erst sind wir mit bestimmten Eigenschaften erschaffen worden, dann sollen wir uns bemühen, anders zu sein«, klagte oder stichelte Torsten.

»Ich habe es dir doch gerade gesagt: Du verstehst es sowieso nicht!« entgegnete ich.

Es gab noch eine andere Seite, von der ich ihm nichts sagte. Die Menschen brauchten einen Richter, sie dürsteten, ja schrien nach ihm, wenn sie Böses getan hatten. Niemand ertrug seine Schuld. Man schleppte eine Mutter vor mich, weil sie in ihrer Unachtsamkeit einen Kessel mit kochendem Wasser auf einem Stein hatte stehen lassen und gegangen war, um mit der Nachbarin zu plaudern. Ihr Kind, das im Krabbelalter war, hatte den Griff des Kessels gepackt und ihn über sich gezogen. Ich bewertete die Sache als Unglücksfall, aber die Frau war nicht bereit, den Gerichtssaal ohne Urteil zu verlassen. Sie wurde hinausgeworfen, aber sie ging zum Pfarrer, der sich bereitfand, eine Kirchenstrafe über sie zu verhängen. Beim Sonntagsgottesdienst wurde die Frau vor der ganzen Gemeinde an den Pranger gestellt. Ihre erschütterten Mitschwestern bedachten sie mit ihrem Mitleid: Wie konnte man die arme Frau in so demütigender Weise für eine Tat bestrafen, die ganz offenkundig ein Unglücksfall gewesen war? War es nicht schon Strafe genug, daß die Frau ihr Kind verloren hatte? Das Wesentliche der Sache bestand darin, daß die Frau keine Verbitterung über sich selbst zu empfinden brauchte; sie konnte ihren Abscheu auf jemand anders, auf den Pfarrer, richten, der das Urteil vollstreckt hatte!

Ich ließ den Knecht auf den Stufen des Speichers zurück und ging ins Haus, um mich in die Welt der Bücher zu vergraben. Elsa empfing mich und war anderer Meinung.

»Wir haben versprochen, heute zu den Bergs zu gehen, weißt du das etwa nicht mehr?« fragte sie herausfordernd.

»Ich habe zu arbeiten, morgen findet ein wichtiges Verhör statt!« antwortete ich.

»Wir können das jetzt nicht mehr absagen, was denkst du dir eigentlich?« rief sie.

Ich versicherte Elsa, daß der Hauptmann meine Erklärung sehr wohl annehmen und nicht gekränkt sein würde, so daß sich Elsa ebensogut beruhigen könnte.

»Natürlich, dieser Plan hat den Fehler, daß er auch mir die Möglichkeit geboten hätte, mich einmal zu amüsieren!« tobte Elsa und schleuderte ihre Näharbeit zu Boden. »Ich bin dir doch egal, solange du rennen und nackte Frauen begrapschen und dich mit ihnen über viel interessantere Dinge unterhalten kannst als mit mir!«

Sie stürzte in die Küche, wo die Kinder ihr Abendessen verzehrten. Sie schalt sie, weil sie kleckerten, gab den Mägden Anweisungen, nahm dem Jüngsten sein Spielzeug weg und befahl Märta, ihren Teller leer zu essen und nicht das Essen der Katze hinzuwerfen. Als sie zurückkam, tobte sie weiter mit einem braunweißen Holzpferd unter dem Arm. Ich bemerkte, daß ihr kastanienbrauner Taftrock so hauteng saß wie ein Strumpf, er war nicht so weit geschnitten, wie er hätte sein sollen, und sie tat mir leid.

»Ich muß also mehrere Stunden mit einem öden Brettspiel vergeuden, um dich zufriedenzustellen?« fragte ich.

»Du spielst doch gern!« erwiderte Elsa.

»Nein, aber ich weiß auch nichts anderes, was ich mit deinem Hauptmann anstellen könnte«, sagte ich.

»Er ist nicht mein Hauptmann, und du spielst sehr wohl gern. Warum mußt du mir immer etwas vorlügen?«

Ich sagte Elsa, daß ich nur dann zu dem Besuch bereit sei, wenn ich nicht mit dem Hausherrn zu spielen brauchte.

»Natürlich brauchst du das nicht«, versicherte Elsa. »Ich glaube, daß er gar nicht gern spielt!«

»Warum schlägt er dann immer vor, eine Partie zu spielen?« fragte ich.

Elsa steckte ein paar Strähnen mit einer Haarnadel fest und lächelte: »Dir zu Gefallen. Er ist doch Soldat, und Soldaten können sich nicht wirklich für solch kindische Vergnügungen begeistern.«

»Das ist ja erheiternd, denn ich meinerseits habe immer nur eingewilligt, um ihm eine Freude zu bereiten!« sagte ich.

»Du bist der schlechteste Menschenkenner, der mir je begegnet ist«, stellte Elsa fest.

Der Besuch verlief so unangenehm, wie ich es erwartet hatte. Je häufiger Elsa sich so plazierte, daß ihr roter Rocksaum auf dem Stiefel des Hauptmanns ruhte, desto schlechter schien es der kränklichen Frau des Hauptmanns zu gehen.

Wir unterhielten uns über Hexerei, das war selbstverständlich das Gesprächsthema des Tages. Ich erläuterte meine Auffassung, wonach jede Hexe eine Flamme sei, die sich zu einem Waldbrand ausweiten und die empfänglichen Seelen des Volkes zu einem vernichtenden Feuer entzünden konnte. Einmal war ich Zeuge gewesen, wie ein Waldbrand wegen zweier schlecht bewachter Brandherde außer Kontrolle geriet. Die grauenhafte Situation hatte sich mir ins Gedächtnis gebrannt. Zu Anfang plaudert eine Schar Männer und Frauen gemütlich auf der Wiese und steuert dabei mit halber Aufmerksamkeit den Verlauf der Flammen, am Ende schreien und weinen sie, und die brennenden Haustiere zertrampeln vor Schmerz alles, was ihnen in den Weg kommt.

Die Damen waren entsetzt, so wie es sich gehört, der Hauptmann nickte und gab einen Vorfall aus dem Baltikum zum besten, wo er gesehen hatte, wie einer Hexe das Gesicht weggeschnitten und die Rückenhaut abgezogen wurde. Elsa schlug vor, wir sollten diese unerfreulichen Dinge vergessen und uns an einem kleinen Duett erfreuen, das sie und der Hauptmann vortragen könnten, weil ihre Stimmen so gut zueinander paßten. Frau Kristina erklärte, sie sei krank und brauche Ruhe, aber wir könnten den angenehmen Abend auch ohne sie fortsetzen.

Auf der Heimfahrt schnaubte Elsa vor Wut. Die Frau des Hauptmanns hatte uns etwas vorgespielt und mit ihrem frühen Zubettgehen gekränkt. Ich widersprach nicht, und einen Augenblick später bezichtigte Elsa sich selbst der Boshaftigkeit und Dummheit. Sie lehnte sich an mich an und sagte, es habe sie geärgert, daß der schöne Abend auf diese Weise vorzeitig enden mußte, und ich tätschelte sie und versicherte ihr unaufrichtig, daß ich derselben Meinung sei.

»Der Hauptmann war sehr enttäuscht, daß wir schon gingen!« sagte ich.

»Ja?« fragte Elsa interessiert. Ich bemerkte, daß sie lächelte. Sie ließ es zu, daß ich meinen Arm um sie legte. Wir betrachteten die vom fahlen Mondlicht verzerrten Senken und Hügel, die unwirklichen Schatten und geheimnisvollen Vertiefungen, und ich fand, daß die Nacht etwas Besonderes hatte.

»Sieh dir mal die Sterne an!« bat ich. »Sie sind sehr schön«, erwiderte Elsa.

Vor der Tür ermannte ich mich und fragte Elsa, was sie dazu sagen würde, wenn ich sie in ihrem Zimmer besuchte. Sie wich zurück und fragte scharf, ob ich verrückt sei, ob denn jeder schöne Augenblick in mir nur den Wunsch wecke, ihr Leiden zu verschaffen! Und als wir hineinkamen, stürzte sie ins Kinderzimmer, um sich in den Schutz der unschuldigen, schlafenden Wesen zu begeben.

Es ist mir peinlich zu bekennen, daß ich wegen der vielversprechenden Heimreise irgendwie aus der Fassung geraten war. Ich schmiedete einen rücksichtslosen Plan und setzte ihn in die Tat um, kurz nachdem ich hörte, daß Elsa sich in ihr Zimmer zurückgezogen und ihre Nachtsachen angezogen hatte.

Ich ging an ihre Tür und sah zu, wie sie ihr Haar bürstete.

»Ich komme nicht, um dich zu verführen, sondern ich möchte nur über meine Arbeit sprechen«, sagte ich.

Sie ließ die Bürste in den Schoß sinken und deutete auf einen freien Stuhl. Ohne die Geste zu beachten, setzte ich mich auf ihren Bettrand. Ich wußte, daß Elsa an den Inhaftierten, besonders an Maria N., interessiert war.

Im Laufe der Jahre war mir klargeworden, daß eine Frau, der der Mann tagsüber als seiner Ehefrau begegnet, kaum etwas zu tun hat mit dem Wesen, das in der Nacht erblüht. Die Tages-Elsa war eine puritanische, sich aufopfernde Heilige, die Nacht-Elsa eine falsche Dirne.

Ich erzählte, wie anstrengend es war, die Hexen zu untersuchen. Was für ein widerwärtiges Geschäft das sein konnte; wie Karin P. ihre teigartigen Brüste vor mir angehoben hatte, um damit zu prahlen, daß der Teufel in sie hineingebissen hatte. Ich erzählte, daß ich diese Arbeit mitunter haßte wegen all der widerlichen Züge, die sie annehmen konnte.

Elsa sah mich unter den Brauen hervor an. Und Maria N.? Wie war es, sie zu untersuchen? Diese Hexe war ja vergleichsweise jung, ungefähr in ihrem Alter und Mutter nur eines einzigen Kindes. War es auch in ihrem Fall langweilig und unangenehm, sie zu verhören?

Sie hatte bodenständige, frische Gesichtszüge, hohe Wangenknochen, große Füße und Hände. Vielleicht hatte sie in den Augen der Mistgabelbarone ihren Reiz, aber für einen gebildeten Menschen… nein, überhaupt nicht, keinesfalls!

Elsa kam und setzte sich neben mich. Ich spürte ihren Atem an meiner Wange. »Und ihre Körperformen? Die Taille und die Brüste?« Und wo waren die Spuren des Teufels, was hatte die Angeklagte über deren Entstehung erzählt?

Ich antwortete ausweichend und versuchte zugleich, mein Bein allmählich neben Elsas zu schieben und gleichsam in Gedanken den Saum ihres Hemdes anzuheben. Ich bemerkte bald, es war Elsa nicht recht, daß ich Maria N.s Reize herunterspielte. Sie wollte ihre Eifersucht nähren. Ich fand es eigenartig, daß sie so in ihrem Minderwertigkeitsgefühl schwelgen wollte, aber ich gedachte unbedingt, ihr das zu bieten. Ich beschrieb Maria, und Elsas Wangen röteten sich vor Ärger.

»Du bist ein widernatürlicher und scheußlicher Ehemann, du bewunderst stumpfsinnige Häftlinge mehr als deine Frau!« beschuldigte sie mich.

»Meine Güte, ich bewundere sie doch nicht, die Hexen!« antwortete ich entsetzt.

»Jawohl, du bewunderst sie!« beharrte sie. »An mir siehst du nichts Schönes!«

»Sie hat keine so herrlichen Brüste!« beteuerte ich, holte ihre eine Brust hervor und drückte meine Lippen zum Zeichen inniger Bewunderung darauf. Elsa versuchte mich daran zu hindern, jedoch recht matt. Ich zog das Hemd hoch, jetzt von hinten, so daß sie es nicht bemerkte, und bei der ersten besten Gelegenheit suchte ich in dem wütenden Durcheinander von Fingern und Schamhaaren hoffnungsvoll den Weg zu meinem endgültigen Ziel.

So brachte ich Elsa dazu, sich zu ergeben, denn wenn sie auch immer noch jammerte und mich einen Schweinigel nannte, wollte sie mich doch in sich haben.

Eine halbe Stunde später weckte ich sie und sagte, ich hätte vergessen, ihr eine Einzelheit zu erzählen, die sie interessieren könnte.

»Ich habe es satt, deine Frivolitäten zu hören«, antwortete Elsa mit verschlafener Stimme.

»Dies ist bestimmt eine Sache, von der ich nicht außerhalb des Gerichtssaals sprechen dürfte, wenn überhaupt«, raunte ich ihr ins Ohr.

»Na gut, dann erzähl sie mir, wenn du willst!«

»Du hast mich einmal gefragt, wie Beelzebub eine Hexe nimmt. Erträgst du es, das zu hören?« fragte ich.

Elsa drehte den Kopf auf dem Kissen herum. Ich hörte, wie sie schluckte. »Na, wie?« flüsterte sie.

Ich handelte, bevor ihr etwas dämmern konnte. Ich drehte sie herum, und im Nu war ihr widerstrebendes Hinterteil gefangen und erobert. Und die schwer enttäuschte Elsa riß sich los und schlug mir mit aller Kraft ins Gesicht.

»Du Tier!« schrie sie. Ihre Stimme war voller Verachtung.

»Entschuldige, ich dachte, du wolltest das«, erklärte ich. Noch einmal schlug sie zu, diesmal auf den Bauch.

Einige Wochen später teilte sie mir mit, daß sie schwanger war. Wir hatten niemals Glück in diesen Dingen.

5. KAPITEL

Fünftes, rührendes Kapitel, in welchem der Richter sich seinen Kindheitserinnerungen hingibt. Eine wichtige Person des Kapitels ist der Vater des Richters, ein Rektor, der nachts eine Bartbinde und einen Pferdeschwanz trägt.

Als ich noch ein Kind war, wohnten wir in Växjö. Mein Vater war Schulrektor. Er kam allabendlich in mein Zimmer, um darauf zu achten, daß ich ein Gebet sprach. »So ein großer Junge hat doch im Dunkeln keine Angst!« sagte der Vater. Er kannte sich aus, denn er war Rektor und lehrte in der Schule, was richtig und was falsch war. Wer ein reines Gewissen hatte, brauchte sich im Dunkeln nicht zu fürchten. Er hatte eine Bartbinde aus weißem Leinenstoff. Darin waren die Anfangsbuchstaben seines Namens eingestickt.

Manchmal kam auch die Mutter. Sie duftete nach Wacholder und sprach nicht viel. »Morgen ist ein neuer Tag!« sagte sie.

Am Vorabend des Erntedankfestes riß sich ein Junge, der bei uns als Knecht arbeitete, an einem Stück Holz den Fuß auf, und er begann anzuschwellen. »Ich kann nicht zur Kirche gehen!« sagte er. Der Vater ließ ihn mit uns im Wagen fahren.

Zwei Wochen später starb der Junge. Man hatte mir nicht erlaubt, das mitanzusehen, aber es fiel auch niemandem ein, mich fortzuscheuchen. Wir sahen, wie sein Rücken sich krümmte wie ein Flitzbogen. Er brach krachend mitten entzwei, und das Gesicht des Jungen verzog sich häßlich. Deshalb hätte ich nicht dort sein dürfen.

Der Vater streichelte mir den Nacken, als ich am Abend weinte. Ich fragte, ob es Gott war, der den Knecht getötet hatte, und mein Vater antwortete, ja, es war Gott. »Hat er das getan, weil Torsten geflucht hat?« fragte ich. Vater antwortete, daß er es teilweise deshalb getan habe, daß aber niemand mit Sicherheit wissen könne, was in Gottes Kopf vorgehe. Als ich an Gottes Kopf dachte, stellte ich mir vor, daß er einen Pferdeschwanz und eine Bartbinde trug, so wie mein Vater. Dieser lachte und verneinte das, nein, so sei es keineswegs. Dann wurde er ernst. »Aber nein, so ist das auf keinen Fall!« sagte er. »Das ist ja Lästerung, aber das verstehst du noch nicht!«

Als er gegangen war, weinte ich lange. Ich betete darum, nicht sterben zu müssen, obwohl ich geflucht hatte. Ich befühlte mein Rückgrat; für Gottes Kräfte mußte es sein wie eine zerbrechliche Fischgräte.

Dann kamen die Blattern, die uns Ambrosia nahmen. Die Leute nannten sie die kleinen Blattern, weil sie nicht allzuviele Menschen dahinrafften, zumeist nur Kinder, aber bei uns rafften sie Ambrosia dahin. Sie war eine Magd, obwohl sie einen gerstengelben Rock trug. Alle anderen Mägde trugen einen dunklen Rock. Ihre Kleider wurden zusammen mit dem Schlafstroh verbrannt, das man auf den Hof geschleift hatte. »Schade um den schönen Rock!« sagte eine der Mägde. »Daß sie nicht einmal einen ordentlichen Sarg bekommt, sondern in einen Futterkasten gestopft wird!« redeten die Leute. Aber der Pfarrer sagte, daß unser Schöpfer nicht auf die Größe oder das Aussehen des Sarges achte und daß eine Blatternkranke schnell begraben werden müsse, damit die Krankheit sich nicht ausbreite.

»Ja, ja!« sagten die Mägde, »aber man mußte ihr sogar den Kopf plattmachen, damit er in den Kasten hineinpaßte!« Und ich erinnerte mich, wie ich auf Ambrosias Schultern geritten war und die Hände um ihren Kopf gelegt hatte. Sie lachte laut. »Ich ersticke ja!« sagte sie. »Wer ist Ambrosias kleines Eichhörnchenjunges?« fragte sie und hielt mich auf dem Schoß.

Als ich noch ein Kind war und die Lateinschule besuchte, wollte mein Vater, daß ich mich den Chorknaben anschloß. Mein Vater brachte mich zu einem schwarzhaarigen Mann, der eine blaue Samtweste anhatte und einen kleinen Hund besaß. Der Hund lag zusammengerollt auf einem Kissen, aus dessen Ecken Federn herausragten. Er rührte sich nicht, als wir kamen. Der Mann legte mir die Hand auf die Schulter. Vater sagte, ich wolle singen lernen. Er nannte den Mann *director cantus*.

Später lernte ich, daß der Mann Nicolaus Marci hieß und ein sehr freundlicher Mensch war. Dennoch wollte ich eigentlich nicht zu seinem Chor gehören. In Wahrheit kam ich nämlich durch einen Betrug hinein: Der Director cantus pflegte neue Sänger so auszuwählen, daß der Junge, der als Kandidat kam, zusammen mit dem Chor singen mußte. Wenn die neue Stimme die Harmonie der anderen nicht zerstörte, durfte er bleiben. Als ich zu der Prüfung ging, begnügte ich mich damit, meinen Mund nur aufzumachen wie die anderen, ohne einen Ton von mir zu geben.

Nicolaus Marci lehrte uns sowohl das einfache Choralsingen als auch anspruchsvolleren Figurativgesang. Vor der Probe stellte er immer dieselben drei Fragen in lateinischer Sprache, die wir im Chor beantworten mußten.

»Quid est musica?« Der Hund wälzte sich auf seinem Kissen und suchte eine bequemere Stellung. Nicolaus Marci setzte sich auf einen Stuhl und legte ein Bein über das andere. »Was ist Musik?« Er hatte schmale Knöchel, aber sehr lange Füße. *»Est ars bene canendi.«* Eine verspätete Jungenstimme wiederholte die letzte Silbe. Das war nicht ich gewesen, aber

war ich es, auf den der Lehrer mit besonderer Aufmerksamkeit blickte? Die Kunst, gut zu singen. Und richtig! Nicolaus Marci schaute auf seine Knöchel und lächelte vor sich hin. Etwa meinetwegen?

»Quid est choralis?« Er fuhr sich mit der Hand durch die schwarzen Haare. So als habe er jemanden am Haar ziehen wollen, sich aber selbst am Haar gezogen. *»Est quae aequalem servat mensuram.«* Ich konnte mit den anderen nicht Stimme halten; wollte er, daß ich das zugab? Vielleicht ließ er uns nur deshalb diese Fragen beantworten, um zu sehen, wie dickfellig ich war?

»Quid est musica figuralis?« Ich nahm die verschwitzten Hände auf den Rücken. Mir war nach Weinen zumute. Der kleine Hund war eingeschlafen. Er hatte keine Sorgen, Nicolaus Marci hatte ihn gern, obwohl er nicht singen konnte. Was ist figurative Musik? Mein schwächster Punkt. Er wußte, daß ich das nicht konnte. Sie alle mußten es wissen. Samuel Busander stieß mich an. Die Sache war sonnenklar. *»Est quae mensuram servat inaequalem.«* Wie hätte ich den Rhythmus wechseln können, wenn ich nicht einmal richtig begriff, was Rhythmus war? Warum sagte er nicht geradeheraus, daß ich hier fehl am Platze war? Lag das daran, daß mein Vater der Schulrektor war?

Abends beschloß ich, die Sache dem Vater zu erzählen. Er kam an mein Bett und legte seine kalte Hand an meine Wange. Ich sagte ihm, ich sei als Sänger nicht gut genug, es habe für mich keinen Sinn, im Chor zu singen. Der Vater zog sich von mir zurück. Er saß da, musterte mich, und die dunklen Haare in seiner Nase schwangen im Takt seines Atems. Hat der Director cantus das gesagt? fragte der Vater. »Nein«, antwortete ich, »es kommt mir nur so vor.« Die rauhe, kühle Hand kehrte an meine Wange zurück. Ich sei ein anständiger Junge, sagte er, aber zu streng mit mir selbst.

Der Vater ging fort, aber ich kam gar nicht dazu, vor Enttäuschung in Tränen auszubrechen, als er überraschend zurückkehrte. Auch er sei manchmal mit sich selbst unzufrieden, aber da helfe nichts anderes als Weitermachen! versicherte er. Ich nickte. Schluchzend hielt ich mir die Hand vor den Mund. »Du kommst nach mir«, sagte der Vater. Er hielt das für eine gute Sache. Das sah ich daran, daß er beim Fortgehen lächelte. Später hörte ich, wie er es der Mutter sagte. »Der Junge kommt in vielem nach mir!« Die Mutter war mit ihm einer Meinung.

Als ich noch ein Kind war, nahm der Vater mich mit auf eine Dienstreise nach Kalmar. Damals sah ich zum ersten Mal das Meer. Vom eintönigen Knarren und Schaukeln des Wagens war ich eingeschlafen. Die Hand des Vaters rüttelte mich. »Wach auf, Junge!« sagte er. »Jetzt ist es zu sehen. Das Meer!«

Das Meer wogte wie ein graues Getreidefeld. Die feuchte Luft ließ das Meer ganz düster erscheinen, aber damals wußte ich nicht, daß es auch anders sein kann. Der Vater hatte oft vom Meer gesprochen, weil er seine Kindheit an der Küste verbracht hatte. Er sprach stolz darüber und mit dem Gestus des Besitzers, so als hätte er es teilweise selbst erschaffen. Ich hatte etwas Großes erwartet. »Was sagst du, Junge?« fragte er. »Das ist aber viel Wasser!« erwiderte ich. »Ja, nicht wahr!« sagte der Vater. Das klang so, als hätte er selbst das Wasser in dieses Meer getragen. »Was sagst du zu dem Meer, Nils?« fragte er mich viele Male. Und immer antwortete ich in derselben Weise: »Das ist aber viel Wasser!«

Als wir den Uferweg entlangfuhren, hielt uns eine Schar kreischender Leute an. »Habt ihr eine Waffe?« fragten sie. Natürlich hatte Vater eine, aber es entsprach nicht seiner Gewohnheit, irgend etwas ohne weiteres zuzugeben, ohne die Sache genauer geprüft zu haben. Frauen, die sich mit seltsamen Krempenhüten herausgeputzt hatten, erzählten, daß am Strand ein tollwütiger Hund lauere. Sie wollten, daß Vater ihn erschoß.

Vater überlegte ein Weilchen. Vielleicht hatte er Angst? Vielleicht wäre er weitergefahren, wenn ich nicht dabeigewesen wäre? Damals dachte ich nicht so, sondern nahm an, daß er über die vernünftigste Art nachdachte, die Sache anzugehen, oder daß er abschätzte, ob die fremden Leute die Wahrheit sagten.

Er befahl mir, beim Wagen zu bleiben. Ich lehnte mich gegen das Rad und beobachtete, wie der aufgeregte Menschenschwarm ihn in seinen Kreis nahm und sich immer weiter entfernte. Plötzlich durchfuhr mich ein Schreck bei dem Gedanken, ihm könnte etwas zustoßen, ich könnte ihn zum letzten Mal sehen. Ich wollte rufen, aber im selben Augenblick wandte sein Kopf sich in der Menge nach mir um. Vaters Augen sahen mich an. Sie warfen mir eine unsichtbare Leine zu, und ich wußte, daß er ihr Ende nicht loslassen würde. Ich sah, wie er hinter den Sandhügeln verschwand, aber ich hatte meine Leine.

Lange mußte ich warten. Ich hockte im Sand und zeichnete darin mit einem Stöckchen Muster, die sich sofort wieder mit Sand füllten. Das Meer veränderte sich, es wurde blauer und schöner. Ich freute mich für meinen Vater, daß das Meer nicht mehr so farblos und trist war.

Da erblickte ich den Hund. Er näherte sich vom Birkenwäldchen her. Zwischen den schwarzweißen Stämmen war ein rötlicher Fleck zu sehen, der bisweilen im hohen Gras verschwand. Er verließ das Wäldchen und nahm torkelnd Kurs auf mich und den Wagen zu. Aus seinen Lefzen troff Speichel, und er starrte hartnäckig in eine Richtung, so als verfolge er ein Tier.

Ich schrie nicht. Ich wußte, daß das nichts helfen würde, denn es gab keinen Menschen, der nahe genug gewesen wäre. Die Tür des Wagens war verschlossen. Der Vater hatte den Schlüssel mitgenommen, damit keine Räuber an unsere Sachen herankamen. Ich wagte es nicht, unter den Wagen zu kriechen, weil ich fürchtete, die Pferde könnten durchgehen und mich zertrampeln. So stand ich da und preßte die Leine, an deren anderem Ende sich Vaters schützende Kraft befand.

Der Hund kam. Er sah mich mit gelbem, abwesendem Blick

an. Er trat näher. Ich hielt den Atem an und preßte mit aller Kraft die Leine. Der Hund blieb stehen. Sein rötliches Fell war zottig, und hier und da hatte es kahle Stellen, wo man die schuppige Haut sah. Schleimfäden fielen auf die Stelle, wo ich noch einen Augenblick zuvor versucht hatte meinen Namen zu schreiben.

Der Hund duckte sich. Zuerst dachte ich, er wollte angreifen. Dann verstand ich. Er sah die Leine vor sich und versuchte darunter hindurchzukriechen. Nachdem er das Hindernis überwunden hatte, setzte er seinen eintönigen, schrägen Weg über das Sandfeld fort. Zuletzt verschwand er hinter einem Felsen.

Als der Vater zurückkam, sprach ich nicht von dem Hund, sondern vom Meer, das blau geworden war. Vater freute sich. Er sagte, wenn wir jemals ans Meer zögen, würde er mir ein eigenes Boot kaufen.

6. KAPITEL

Sechstes Kapitel, in welchem der Richter verworren bald von den Choralnoten spricht, die er aus Deutschland mitgebracht hat, bald von der Sitzung des Gerichts, vor der ihn ein häßlicher Schnupfen plagt.

Wie konnte ich Maria zur Hinrichtung schicken, obwohl ich mir bis zum Schluß ihrer Beziehung zum Teufel nicht sicher war? Wie konnte ich sie immer wieder aufsuchen, obgleich das Ziel allmählich verschwamm, während andere Motive anfingen, mich gefangenzunehmen?

Ich konnte es nicht. Als ich begriff, daß meine eigenen Interpretationen nicht ausreichten, suchte ich die kirchliche Autorität, damit sie die Verantwortung mit mir teilte. Mir fiel Bryniel Kjellinus, der Pfarrer von Sund, ein, den ich flüchtig kannte. Denn seinerzeit, als ich versuchte, in Mariehamn ein Musikleben auf die Beine zu stellen und in Stockholm eine transportable Orgel besorgte, kam es mir so vor, als hätte er sie sehr gern in der eigenen Kirche gehabt und bemühte sich auch, den Küster dafür zu begeistern. In Dorpat hatte ich Choräle und das Manuskript einer Passion gekauft und nährte die vage Hoffnung, irgendwann einmal einen Teil davon auf unserer rückständigen Insel zu hören. Natürlich war mir klar, daß ich niemals das würde erleben können, was mich während meiner Studienjahre in der uralten Jaani-Kirche beeindruckt hatte, als die Gewölbe sich mit dem inbrünstigen Kanon der Geigen über dem Basso ostinato füllten. Das war eine Passion, in der mich jedes Instrument mit seinem besonderen Ausdruck ansprach, deren Arien in ihrer Pathetik schöner waren als alles, was ich je gehört hatte, in der das Zartgefühl des Rezitativs tief und wahrhaftig war. Und der Chor? Ich verstehe nicht, wie die Jungen, die den Stimmbruch noch nicht hinter sich hatten und die also auch sonst das Leben noch nicht kennengelernt haben konnten, es fertigbrachten, Qual und Mitgefühl so anrührend auszudrücken.

Aus meinem Musikprojekt wurde nichts, weil niemand richtig Noten lesen konnte, und auch wenn es jemand gekonnt hätte, so fehlte es doch an guten Sängern. Bryniel Kjellinus schwor, er werde selbst geeignete Sänger ausbilden, aber aus irgendeinem Grund scheiterte die Sache und geriet in Vergessenheit. Dennoch führten wir einige interessante musiktheoretische Gespräche, und dadurch hatte ich von ihm die Vorstellung gewonnen, er sei ein scharfsinniger und konsequent denkender Mann.

Jetzt erklärte ich ihm den Hintergrund meiner Probleme. Bryniel Kjellinus bewies, daß er sich in Carpzovs *Practica* auskannte, als er sagte, daß es für das Urteil keine wesentliche Rolle spiele, ob der Pakt der Hexe mit dem Teufel eingebildet oder tatsächlich sei. »Satan erzeugt Phantasiegebilde«, sagte Kjellinus mit Carpzovs Worten, »aber die Hexe ist dafür verantwortlich, weil sie nach den Dingen verlangt, die sie in der Illusion erlebt hat.«

Kjellinus' feste Meinungen weckten in mir sowohl Erleichterung als auch Besorgnis. Irgendwie hatte ich gehofft, Maria helfen zu können, aber dieser Standpunkt führte sie zu Beil und Scheiterhaufen. Ich erzählte Kjellinus, ich hätte den Verdacht, daß Marias Bekenntnisse Lügen seien, die durch die Folter erzeugt worden waren. Der Pfarrer erwiderte, er glaube schon, er werde die Sache klären können, indem er Maria an die Seligkeit ihrer Seele erinnere. Er fügte noch hinzu, daß Hexerei das entsetzlichste Verbrechen sei, das man sich denken könne, und es geschehe so im Verborgenen, daß man nur einen von tausend Verbrechern erwische. Übermäßiges Zartgefühl in dieser Sache sei also nicht angebracht.

Ich dachte, er habe recht. Er verhielt sich höflich und feinfühlig, und das beeindruckte mich.

Marias Verhöre hatten im August begonnen, und sie wurden im Dezember abgeschlossen. Bryniel Kjellinus' Hilfe kam zur rechten Zeit, denn ich erkrankte in der zweiten Dezemberwoche an einem bösen Erkältungsfieber, und die Krankheit machte, daß ich auch über die Feiertage noch in schlechter Verfassung war. Als eine schier übermenschliche Anstrengung erschien mir der Gedanke, an dem zweiten Hexenprozeß teilzunehmen, den ich für den 13.12.1666 anberaumt hatte. Die Anklage betraf Lisbeta S., die ebenfalls von der alten Karin angezeigt worden war. Lisbeta war aufgrund weiterer Zeugenaussagen vor einiger Zeit ins Gefängnis gebracht worden. Ich hatte sie aufgrund der Zeugenaussagen verhört, aber sie hatte alles abgestritten, und ich fand die Aussagen gegen sie nicht so belastend, daß man deshalb die Folter hätte einsetzen können. Deshalb richtete ich eine Anfrage an das Hofgericht, wieviel Bedeutung man überhaupt den Aussagen von Hexen, die dem Tod geweiht waren, beimessen konnte, und außerdem wollte ich absegnen lassen, daß Angeklagte, die unter starkem Verdacht standen, mit angemessenem Zwang unter Druck gesetzt werden durften, damit sie die Wahrheit sagten.

Das alles ist in den amtlichen Papieren festgehalten. Sie sehen also, daß ich keineswegs irgendwelche Lügen daherplappere, um meinen Anteil an der Sache zu beschönigen. Mit zwiespältigen Gefühlen erwartete ich den Beschluß des Hofgerichts. Wenn man sich dort gegenüber Karin P.s Enthüllungen ablehnend verhielt, bedeutete dies, daß Marias Fall trotz der bereits erfolgten Urteilsverkündung neu bewertet werden und Lisbeta S. sofort freigelassen werden müßte. Die Sache würde in sich zusammenfallen und ich nicht mehr um meine Nachtruhe gebracht werden, weil ich mich durch das Gestrüpp der Argumente für und wider hindurchkämpfte. Ich verstand wohl, daß ich mir dann nicht ganz sicher sein konnte, ob ich nicht der Verbreitung der Dämonen auf dieser erbärmlichen Insel Vorschub leistete. Und ob ich nicht von meinem Gewissen gebeutelt würde, falls eine Pestwelle oder ein Ungewitter über sie hereinbrach, das Vieh vernichtete, unsere Kinder tötete und unsere Häuser fortriß.

Vielleicht lachen Sie jetzt spöttisch und meinen, meine tatsächlichen Beweggründe zu kennen. Sie fragen, warum ich nicht zugeben kann, daß ich mir mit diesem Prozeß, der allmählich anschwoll und an Bedeutung gewann, eine Feder an den Hut stecken und die Aufmerksamkeit auf den Richter lenken wollte, der an einen Ort verbannt worden war, wo Fuchs und Hase sich gute Nacht sagen, und der unermüdlich für das Recht kämpfte? Sie fragen, warum ich nicht eingestehen kann, daß ich in der uneingeschränkten Anwendung der Hexendoktrin die Gelegenheit sah, die Wellen des Vergessens zu brechen. Denn ich habe ja gerade erst gesagt, daß man mich hier nicht schätzte, daß niemand es mir dankte, daß ich aus den Prozessen eine Wissenschaft und zugleich eine Kunst machte, obwohl ich, von niemandem gestört, den Bauerntölpeln und einfältigen Fischern die Urteile wie Mistklumpen hätte hinschmeißen können.

Nein. Gerade das kann ich nicht eingestehen, weil es nicht wahr ist. Es lockten mich weder Ruhm noch Ehre. Natürlich wünschte ich mir, von den Menschen, unter denen ich lebte, geschätzt zu werden, aber ihr Dank war mir dennoch nicht das wichtigste. Das wichtigste war für mich, daß ich selbst mit meiner Arbeit zufrieden war.

Vom Hofgericht kam Ende Oktober die Antwort. Sie bestätigte die Beweiskraft der Anzeige und hielt den Einsatz der

Daumenschrauben für sachdienlich. Das Hofgericht Turku wurde mein Mittäter, der erste, aber nicht der einzige.

Wegen der Geringfügigkeit der Beweise im Fall der Lisbeta S. hatte ich Grund zu der Annahme, daß es sich bei ihr nicht um Hexerei, sondern um nachbarliche Mißgunst handelte. Ich beschloß, die Gerichtsverhandlung nicht wegen meiner Krankheit zu verschieben. Ich glaubte, die Sitzung würde kurz und von Erleichterung geprägt sein – hatte doch die Frau schon mehrere Monate in Haft gesessen, und Weihnachten rückte näher.

Als ich am 13. Dezember das Haus des Amtmanns von Tossarby betrat und trompetend gelben Rotz in die Falten des von Elsa so kunstvoll bestickten Taschentuchs schnaubte, war ich sicher, daß die Sache für die Angeklagte günstig ausgehen würde. Die Schöffen waren in Sund deutlich aufgeweckter und geradsinniger als in Finström, wo ich ihre Unfähigkeit so satt hatte, daß ich die ganze Sache praktisch selbst abwickelte. Ich nahm an, daß auch die Schöffen sich gern für eine Kirchenstrafe einsetzen würden.

Bryniel Kjellinus, den ich erst einige Tage zuvor mit Marias Fall bevollmächtigt hatte, kam wegen kirchlicher Angelegenheiten ein wenig verspätet zu der Verhandlung. Als Mann von rascher Auffassungsgabe mußte er bald begreifen, in welche Richtung die Sache trieb. Ich sah, daß er einige Male die Stirn runzelte und den Kopf schüttelte, wie um anzudeuten, daß ich mich auf dem Holzwege befand.

Sein seltsames Verhalten irritierte mich. Da ich gleichzeitig dem Gang der Verhandlung folgen, seine undeutlichen Botschaften interpretieren und darauf achten mußte, daß mir ja keine vollgeschneuzte Stelle des Taschentuchs an die Finger kam, wurde ich so nervös, daß ich eine Pause anordnete.

Als der Hammer gefallen war, kam Kjellinus hinkend zu mir. Trotz seiner vierundfünfzig Jahre war er von schlanker Gestalt, jünglingshaft, aber sein Gang verriet, daß er nicht in so guter Verfassung war, wie es den Anschein hatte. Er war der Sohn eines värmländischen Bauern, und ich wundere mich nicht, daß sein Vater ihn seinerzeit zu einem Pfarrer in die Lehre geschickt hatte, denn ihm fehlte die Robustheit, die man bei der Landarbeit braucht.

Ich glaubte zu bemerken, daß er einen Blick auf das Taschentuchknäuel in meiner Hand warf, der Ekel ausdrückte, und so steckte ich die Taschentücher mit einem entschuldigenden Lächeln in die Westentasche.

»Ein unangenehmer Schnupfen, die Nase wund und die Ohren verstopft«, versuchte ich mich zu verteidigen.

Er schien nicht interessiert. Er lehnte sich über den Tisch und sagte mit tiefer Stimme, daß wir dabei seien, den Fall in die falsche Richtung zu führen, daß die Verhöre mit allem Ernst von vorne begonnen werden müßten.

»Maria hat Lisbeta angezeigt!«

»Maria?« fragte ich und schüttelte den Kopf.

»Ja«, sagte Bryniel Kjellinus, »Maria hat ausgesagt, sie habe Lisbeta S. auf dem Hexensabbath gesehen. Auch Lisbeta ist eine Hexe, daran besteht kein Zweifel!«

Die Nachricht überraschte mich. Sie kam mir nicht gelegen.

»Warum hat sie mir das nicht mitgeteilt?« fragte ich.

Kjellinus antwortete, ich sei krank gewesen, und das Geständnis ganz frisch. Das bedeutete, daß wir die ganze Sitzung neu und in einem ganz anderen Geist beginnen mußten, und der Gedanke behagte mir nicht.

»Es versteht sich wohl von selbst, daß wir in einer so ernsten Angelegenheit nicht einfach etwas fälschlicherweise behaupten können, um ein Geständnis zu erlangen?« versicherte ich mich.

»Natürlich nicht«, sagte Kjellinus, »das versteht sich von selbst!«

7. KAPITEL

Siebtes Kapitel, in welchem der Richter versucht, der widerspenstigen Lisbeta S. Einzelheiten zu entlocken, jedoch bemerkt, daß er damit keinen Erfolg hat, während Pfarrer Kjellinus eine reiche Ernte einfährt.

Lisbeta S. war fünf Jahre jünger als ich. Eine blonde, magere, zähe Frau. Ihre langen Haare waren in straffe Zöpfe geflochten, die fest um den Kopf gelegt waren, aber als sie sie vor der Hinrichtung löste, damit man ihr den Kopf kahlscheren konnte, sah sie sowohl wie ein alternder Engel als auch wie ein Freudenmädchen aus.

Als sie begriff, daß das Gericht gar nicht auf ihre Freilassung hinarbeitete, teilte sie mit leiser Stimme mit, daß niemand von ihr ein Geständnis bekommen werde. Ich sagte, die Wahrheit komme stets früher oder später ans Licht. Sie behauptete, daß es auch nichts ändern würde, wenn man Hackfleisch aus ihr machte. Außerdem sagte sie, ihr Blut würde gerächt werden und ihre Unschuld sich zeigen, wenn man versuchen würde, ihr mit Gewalt etwas zu entlocken. Ich warnte sie, daß Drohungen im Gerichtssaal weniger nützten als schadeten. Lisbeta entgegnete, sie habe nicht gedroht, sondern versprochen. Ich lächelte und sagte, das würden wir ja sehen.

Kjellinus verlangte, Lisbeta solle einer neuerlichen Leibesvisitation unterzogen werden, weil ihre Dreistigkeit zeige, daß sie schützende Teufelsamulette bei sich verberge. Ich widersetzte mich dem, denn nichts an Lisbetas Körper hatte Veranlassung zur Vermutung gegeben, daß der Teufel sie gebranntmarkt habe, und die vom Profos durchgeführte Untersuchung war nicht nachlässig gewesen.

»Aber hat er den Hinweis von Carpzov beachtet, daß sich das Zeichen auch an verborgenen Stellen wie der Innenseite der Lippen, in den Achselhöhlen, an den Lidern et cetera befinden kann?« fragte Kjellinus.

Und da er sich auf eine Autorität berief, die ich achtete, mußte ich nachgeben.

Bei der Leibesvisitation war ich nicht anwesend. Hinterher erfuhr ich von Lisbeta, daß Kjellinus sie in höchst demütigender Weise durchgeführt und sie in Positionen gezwungen hatte, die alle Körperhöhlen bloßlegten. Aber selbst als ich das hörte, glaubte ich noch, Kjellinus habe im Geiste Carpzovs gehandelt. Ein Zeichen wurde nicht gefunden, auch keine Zaubermittel.

Als man anfangen wollte, Lisbeta S. zu foltern, verweigerten die Daumenschrauben wegen eines technischen Fehlers ihren Dienst.

»Seht ihr, die habe ich auch verhext!« sagte die Angeklagte ironisch.

»Das nehmen wir als Geständnis!« antwortete ich.

»Nehmt es, als was ihr wollt!« zischte sie.

Der Profos machte eine jämmerliche Figur, wie er da mit dem Werkzeug kämpfte. So etwas war ihm noch nie passiert. Wenn nun die Gefangene das Gerät tatsächlich verhext hatte? Irgend etwas höchst Ungewöhnliches ging hier vor, denn zuletzt hatte er alle Teile am Abend zuvor überprüft und festgestellt, daß sie in Ordnung waren. Lisbeta S. fror und hatte blaue Lippen. Ich befahl einem Diener, ihr eine Decke überzuwerfen.

Die Daumenschrauben wurden repariert. Lisbeta schrie, fluchte und wand sich, gestand aber nicht. Die Decke fiel von ihr herab, ihre Beine schlotterten wie im Schüttelfrost. Sie gestand nicht.

Der Profos wunderte sich. Solch ein Widerstand war ihm noch nicht untergekommen, und er wußte nicht, wie weit er gehen konnte. Da schlug Bryniel Kjellinus vor, das Verhör abzubrechen. Er würde versuchen, die Frau unter vier Augen zur Vernunft zu bringen. Ich willigte ein. Der Diener des Amtmanns wischte die Blutspuren vom Fußboden auf, und ein Knecht führte die blasse Lisbeta hinaus.

Später, mehrere Wochen danach, sagte Lisbeta mir, sie habe keinen Stolz empfunden, weil sie dem Schmerz widerstanden hatte.

»Selbstzufriedenheit ist die schlimmste Sünde!« stellte Lisbeta fest. »In den Augen der Menschen ist sie die schlimmste Sünde.«

Sie erzählte, daß sie die Gesichter der Schöffen beobachtet habe, als man sie folterte. Solange sie still gewesen war, waren sie kalt und hart geblieben. Erst als sie anfing zu schreien und zu beten, trat eine Andeutung von Verständnis in ihre Augen. Lisbeta fand, dies sei die wichtigste Lehre ihres Lebens gewesen. »Leider kam sie zu spät«, fügte sie hinzu.

Als Lisbeta bei einer außerordentlichen Gerichtsverhandlung zum zweiten Mal verhört wurde, teilte sie mit, sie habe nicht vor, bei der Wahrheit zu bleiben, da sie doch von keinerlei Nutzen für sie sei. »Ich werde Unsinn reden, ehe ich mich quälen lasse!« sagte sie. Sie berichtete ungefähr dasselbe wie Maria und wurde zum Tode verurteilt. Ich sandte die Papiere nicht sofort an das Hofgericht, weil ihre Aussagen vor der Folter Anlaß zu Zweifeln boten. Ich brauchte weitere Beweise.

Ich verhörte Lisbeta im Gefängnis. Sie schien gelangweilt

und fuhr mit dem Finger die Fuge zwischen dem roten Granit der Wand und den Ziegeln entlang. Dort schauten Flechte und vertrockneter Torf hervor, und sie zerkrümelte sie zwischen den Fingern, während sie zu den auf einer Mauer entlangbalancierenden Kindern hinüberschaute.

»Eigentlich habe ich die Menschen nicht gern«, sagte sie. »Was soll ich also großartig betrauern?«

»Warum hast du sie nicht gern?« fragte ich nach. Vor mir auf einem kleinen Schreibbrett hatte ich Feder und Papier liegen.

»Sie haben nie meine Versuche begriffen, Spaß zu haben!« erwiderte Lisbeta.

Sie erzählte, daß sie von klein auf eine gute Schwimmerin gewesen sei. Als sie einmal mit den Kindern des Dorfes am Brückengeländer spielte, ließ sie sich fallen und tauchte so weit unter, daß alle überzeugt waren, sie sei ertrunken. Ihre Eltern wurden herbeigeholt, die Männer kamen mit den Dreggstangen angerannt, die alten Frauen bekamen Herzanfälle, und als Lisbeta, triefend naß und sich das Lachen verbeißend, ans Ufer stieg, stürzten sich alle wütend auf sie, die alten Frauen vorneweg.

»Ein grausames Spiel!« sagte ich.

»Aber auch voller Überraschung!« seufzte Lisbeta. »Wenn das Leben auch hart ist, so könnte es doch großartig sein!«

»Vielleicht ist das zu viel verlangt?« fragte ich.

Sie beobachtete die auf der Mauer herumhüpfenden Kinder. »Wenigstens manchmal!« antwortete sie.

»Bist du deshalb den Verlockungen des Teufels erlegen?« erkundigte ich mich.

Lisbeta begann zu lachen. Hohl und übertrieben. »Ich wäre auf jedes Angebot eingegangen, egal von wem, wenn nur jemand darauf gekommen wäre, mir eins zu machen!« sagte sie. Sie sah mich lange, gleichsam abschätzend an. Ihr Gesichtsausdruck versteinerte. »Was, zum Teufel, bearbeitest du mich, ihr habt doch schon ein Geständnis!«

Als junges Mädchen hatte sie mitten bei der Feldarbeit das Pferd aus dem Pflug ausgespannt und war davongeritten.

»Als mein Vater uns eingeholt hatte, schlug er mich und das Pferd. Aber das schlimmste war, daß der Gaul nur so dahintrottete wie ein Hund und nicht wie das Roß meiner Träume!« sagte Lisbeta.

»Natürlich, wenn es nun mal ein Arbeitspferd war«, bemerkte ich lächelnd.

»Ja, aber ich hatte mir vorgestellt, daß auch das Pferd von der Freiheit träumte!« klagte sie.

Sie erzählte von ihrem ersten Abenteuer mit einem Mann: »Ich war so fürchterlich verliebt in diesen Burschen und bereit, für ihn durchs Feuer zu gehen! Dann führte er mich in den Wald und setzte mir eine Weile ächzend zu. Er wollte mich heiraten. Als ich sah, wie er seine Hosen hochzog, um seinen nackten Hintern zu bedecken, war ich niedergeschlagen. Mehr war das also nicht!«

Ich legte die Feder beiseite, weil Lisbeta nichts sagte, was des Aufzeichnens wert gewesen wäre. Sie war enttäuscht. Vom Leben und von den Männern und von den Menschen im allgemeinen.

Sie war wie ein Huhn, das laut gackernd ein Ei legte, aber nur ein Windei zustande brachte. Und andere wegen ihres Unglücks beschuldigte. Wenn das Mädel auf einem Ackergaul den Marschall spielen will, wem muß man dann die Schuld für ihren Mißerfolg geben? Es nützt nichts, wenn man den Pokal des Lebens bis zum Rand zu füllen versucht, wenn man nur Wasser einzuschenken hat!

Der Gefängnisaufseher berichtete, daß Lisbeta nachts schrie: Ihr Kopf hätte sich losgelöst und lauerte auf sie in der Ecke des Kerkers. Oder sie weinte und schrie wie ein kleines Kind. »Einige zum Tode Verurteilte reagieren so«, erklärte er. Mich wunderte, daß Lisbeta am Tage so ruppig und störrisch war.

»Jetzt erlebst du etwas Ungewöhnliches!« provozierte ich sie.

»Ja, nicht jedes Mädchen darf zweimal sterben, durch Enthauptung und auf dem Scheiterhaufen«, antwortete sie und sah mir dabei unverwandt in die Augen.

Während ihres ganzen Gefängnisaufenthalts trug sie ihr Haar sorgfältig in Zöpfe geflochten. Während wir über ihren Tod sprachen, öffnete sie überraschend einen Zopf und riß ein Büschel Haare heraus.

»Bewahr sie auf oder gib sie jemandem!« bat sie. Sie wollte nicht ganz und gar verbrannt werden. »Gib sie vielleicht Per, dem dicken Dummkopf!« sagte sie und meinte damit ihren Mann.

Ich warf die Haare fort, als ich das Gefängnis verließ. Die Frau des Aufsehers erzählte, daß Lisbeta das aus dem Guckloch des Gefängnisses mitbekommen habe und daraufhin in Wut ausgebrochen sei. Zu mir sagte Lisbeta nichts.

Bryniel Kjellinus erbot sich, die Nachuntersuchungen zu führen. Wieder erwies sich sein Geschick als phänomenal: In vier Tagen bekam er aus Lisbeta weitere unglaubliche Beweise heraus, von denen die Hexensalbe der entscheidende war. Der Pfarrer brachte die Gefangene dazu, ihm zu erzählen, daß Satan ihr eine Tube mit Salbe gegeben hatte, mit der sie sich ein Tier gesalbt und zu dem Fest auf dem Blocksberg geritten war. Kjellinus hatte die Hexensalbe im Ofen des Gefängnisses verbrannt. Lisbeta hatte auch eine weitere Hexe denunziert.

Ich besuchte Lisbeta drei Tage vor ihrem Tod. Sie erzählte, daß sie sich danach sehnte, zu Hause zu erwachen.

»Es war so schön, als ich nicht wußte, was der Tag bringen würde«, sagte sie. Gleich darauf räumte sie ein, daß jeder Tag dasselbe wie der vorhergegangene gebracht hatte.

»Der Mensch sollte Zeitpunkt und Ort seines Todes nicht kennen«, erinnerte sie mich unter Anspielung auf die Bibel. »Aber ich kenne beides!«

»Das hast du dir selbst zuzuschreiben!« antwortete ich.

»Unsinn«, versetzte sie, »wenn es nach mir ginge, würde ich diese Tür aufmachen und nach draußen gehen!«

»Was würdest du dann tun?« fragte ich.

Sie zuckte die Achseln. »Ich würde schuften und darauf warten, daß etwas Schönes passiert.«

Lange Zeit schwieg sie. »Und bestimmt würde eines Tages etwas Schönes passieren!«

8. KAPITEL

Achtes Kapitel, in welchem der Richter baß erstaunt ist: Ebba K. ist sich ihrer Schuld so sicher, daß der Richter beginnt, daran zu zweifeln. Weiterhin lernen wir eine vortreffliche Person kennen, die auf den Namen Rucksack-Mats hört, sowie einige bedauernswerte arme Teufel.

Niemand hatte über Ebba K. auch nur ein einziges schlechtes Wort zu sagen. Außer den Anzeigen von Karin und Lisbeta war es sehr schwierig, Beweise zu finden. Niemand wollte die Anschuldigungen, die Witwe betreibe Hexerei, bestätigen, sondern im Gegenteil, die Nachbarn versicherten, daß man einen anständigeren Menschen im Dorf nicht finden werde.

Ich hätte die Untersuchungen in ihrem Fall nicht so eifrig betrieben, wenn nicht der Scharfrichter mich hätte wissen lassen, daß er die Fahrt nicht machen würde, wenn es nur eine oder zwei Verurteilte gebe und wahrscheinlich sei, daß noch mehr Opfer zusammenkämen. Er teilte mir mit, daß die Reise von Turku auf die Ålandsinseln so lang und beschwerlich sei, daß er nicht vorhabe, sie mehrmals im Jahr zu unternehmen, und damit mußten wir uns abfinden.

Elsa war wütend, weil die Untersuchung von Ebba K. so viel

Zeit in Anspruch nahm und sie an den Weihnachtsfeiertagen Gäste empfangen und Gegenbesuche machen wollte.

Was war ich nur für ein Mann, daß ich mich vom Bodensatz herumkommandieren ließ? wunderte sich Elsa. Sie erinnerte sich von ihrer Jugend her, daß der Henker der schmuddeligste Mann der Stadt war und faulig stank, weil er auch die Tierkadaver von den Straßen und Höfen beseitigen mußte. »Dieser Scharfrichter ist ein feiner Herr, der sein Handwerk im Ausland gelernt hat!« versuchte ich zu erklären, aber nichts half. Schwangere Frauen sind launisch.

»Wegen dieser liederlichen Frauenzimmer bist du bereit, den Kindern die Weihnachtsfreude zu verderben!« warf Elsa mir vor. So fragte ich Kjellinus, ob er Zeit für die Verhöre habe. Er versprach, die Weihnachtsfeiertage zu opfern, um die Hexen zu untersuchen, weil er die Lage für ernst hielt. Die Worte des Pfarrers bewirkten, daß ich mich schämte, weil ich selbst mich zurückzog, aber ich hatte nicht die Kraft für eine Auseinandersetzung mit Elsa.

Sie denken vielleicht, daß mir die Sache gleichgültig war. Sie finden es unangemessen, daß ich den Launen meiner Frau mehr Gewicht beimaß als der Wahrheitsfindung in einer so wichtigen Sache. Wer verheiratet ist, versteht mich besser, denn er weiß, wie die zärtlich zubeißenden Zähne des Ehelebens an gesellschaftlichem Eifer und Kühnheit nagen.

Und der Fall Ebba K. erforderte einen hart zupackenden Fachmann. Zum ersten Mal geschah es, daß das Landvolk, diese stumpfe, nachtragende Menge, sich der Verhaftung eines Menschen widersetzte. Die Leute von Finnby drohten den Gerichtsdienern mit der Faust und riefen ihnen Unverschämtheiten nach, als sie die erschütterte Witwe zwischen sich abführten. Die Frauen weinten.

Die Lage war insgesamt so angespannt, daß ich Bryniel Kjellinus mehrmals drängte, die Möglichkeit eines Irrtums in Betracht zu ziehen: Wenn nun Lisbeta eine andere Witwe gemeint, wenn sie gelogen hatte? Aber der Pfarrer war sich dessen, was er gehört hatte, sicher. Er teilte mir mit, er werde die Wahrheit bald herausbekommen.

Das Überraschendste war, daß die Heilige der Einwohner von Finnby sofort gestand. Man hatte die Witwe kaum vor den Profos geführt, da legte sie schon freiwillig ein volles Geständnis ab.

Die Witwe hatte sich in vier, fünf dicke Wolltücher gehüllt, unter denen magere Hühnerbeine hervorsahen. Die Hände, die sie nervös gegeneinanderrieb, waren mit braunen Flecken übersät, und die Fingernägel waren dick und rissig. Als ich zu ihr kam, bat sie, ich möge mit ihr einmal um das Gefängnis herumgehen, damit ihre Beine aufhörten weh zu tun. Sie stützte sich auf meinen Arm, und von ihr ging der saure Geruch einer alten Frau aus, den ich nicht mochte.

Man brauchte sie nicht zum Reden zu bringen, sie erzählte unablässig alles Mögliche von sich selbst, angefangen von ihrer Kindheit. Sie war wie eine alte Flasche, aus der man endlich den Korken gezogen hatte, und der bittere Inhalt schäumte über, ohne daß irgend jemand das hätte verhindern können.

Mit acht Jahren war sie als Magd in das Haus Warg gekommen. Ihre Aufgabe war es, ein mißgebildetes Kind zu pflegen, das man in einem fensterlosen Raum vor den Menschen versteckt hielt. Der Pflegling war ein Mädchen ihres Alters, das nicht sprechen und nicht essen konnte. Ebba fütterte sie, wechselte die Lappen, auf die das Mädchen sich entleerte, und versuchte ihr Gesellschaft zu leisten. »Alle wunderten sich, wie gut ich Lisa betreute«, sagte Ebba.

»So?« fragte ich.

»Sie hatte keine Haare auf dem Kopf und keine Augenbrauen, und die Augen wanderten ziellos umher«, erzählte sie. »Anfangs hatte ich schreckliche Angst vor Lisa, ich hatte solche Angst, daß ich die ganze Zeit weinte, während ich sie versorgte!« erklärte Ebba.

Ich hoffte, wir könnten von dem Thema wegkommen; es erschien mir von der Anklage her nicht wesentlich.

»Damals habe ich zum ersten Mal Zaubermittel angewandt!« behauptete die Witwe.

»Wie denn?« fragte ich mißtrauisch. Sie war damals erst acht Jahre alt gewesen.

Ebba erzählte, daß das Kind nach einer Weile Zuneigung zu ihr gefaßt habe. Lisa hatte sich immer an ihr festgeklammert, wenn sie in die Nähe gekommen war, hatte sich zärtlich und unermüdlich an ihr gerieben. Stumpfsinn und Gleichgültigkeit hatte Ebba ertragen, und wenn Lisa ihre von tierischem Geheul begleiteten Anfälle von Trotz bekam, hatte sie sie besänftigt. Die ständigen Entleerungen des Pfleglings hatten ihre Ausdauer nicht beeinträchtigt, aber die Liebe war zuviel.

»Nach einem Jahr konnte ich für zwei Tage nach Hause, und da beschloß ich, nicht mehr zu ihr zurückzukehren!« sagte die Witwe.

»Und, hat sich dein Wunsch erfüllt?« fragte ich. Sie sah mich hochmütig an und ordnete ihr schlammfarbenes Haar.

»Das war kein Wunsch, ich habe sie totgehext!« antwortete Ebba.

Sie hatte Lisas Kanne in der Hand gehabt, mit der sie für das Kind Biestmilch hatte holen sollen, weil bei ihr zu Hause gerade eine Kuh gekalbt hatte. Als sie in den Kuhstall trat, sah sie, wie die Kanne vor ihren Augen in Stücke zersprang. »Ich rief der Mutter zu, daß Lisa gestorben sei, und begann zu weinen«, erzählte Ebba. Die Mutter hatte mit ihr zusammen geweint. Bald darauf war von Warg ein Knecht gekommen, der berichtete, das Mädchen sei aus dem Bett gefallen und erstickt. Alle waren davon überzeugt, daß das kranke Kind Ebba vermißt und versucht hatte ihr nachzugehen. Das seltsamste war, daß die Kanne, die Ebba hatte zerspringen sehen, völlig unversehrt war.

Die Erzählung freute mich nicht. All das lag fast sechzig Jahre zurück. Aus unserer Sicht war es nicht günstig, daß die Leute glaubten, der Böse habe sich schon so früh hier eingenistet.

Ebba wollte wissen, was ich dazu meinte, daß sie so ungewöhnlich früh ein Instrument spielen gelernt hatte. »Hat der Teufel dich das gelehrt?« fragten die Menschen manchmal, wenn sie ihnen an großen Feiertagen aufspielte. Auch ihr Instrument war nicht irgendeines gewesen, sondern eine Geige, wie sie auf der Insel vor der Ankunft des alten Spielmanns noch nie jemand gesehen hatte. Und Ebba hatte die Geige geerbt, als der Alte das Zeitliche gesegnet hatte.

»Damit habe ich mir einen Mann beschafft!« sagte Ebba.

»Mit der Geige?« fragte ich widerstrebend. Ich hatte das Gefühl, daß auch dieses Geständnis nicht von der Art war, wie wir es erwarteten.

»Ganz recht, sieh mal, vom Aussehen her war ich einfach nicht nach dem Geschmack der Männer«, entgegnete sie.

Der Mann wurde Rucksack-Mats genannt, weil er über die Insel wanderte und die Waren, die er aus Stockholm mitgebracht hatte, verhökerte. Die Waren trug er in einem großen ledernen Rucksack.

Rucksack-Mats war ins Haus Warg gekommen, wo Ebba als Küchenmagd arbeitete. Der Händler hatte darauf gewartet, daß die Hausleute vom Feld heimkämen. Während der Mann in der Stube saß, war sein Blick auf die Wand neben der Waffe gefallen, wo die Geige hing. »Wer kann hier Geige spielen?« hatte Mats die Magd gefragt, die das Essen zubereitete.

Ebba hatte lachend abgewehrt, was das denn schon für eine Kunst sei, ob denn in Stockholm niemand Geige spielen könne, daß das den Wanderer dermaßen erstaune. »Dein Herr hat sie natürlich gekauft, um sich mit der ausländischen Erfindung zu brüsten, und weiß nichts Besseres damit anzufangen, als sie am Balken aufzuhängen!« hatte der Händler gespottet. »Was gibst du mir, wenn ich darauf spiele?« hatte Ebba ihn errötend geneckt. Dann hatte sie gelacht, und natürlich hatte der Mann das falsch interpretiert. »Den ganzen Inhalt der Tasche!« hatte er freiweg versprochen und auch gelacht. »Dann würdest du dein Brot verlieren!« hatte Ebba erwidert.

Als er im nächsten Frühjahr wieder vorbeikam, hatte Rucksack-Mats sich an die Kabbelei erinnert. »Du hast doch wohl nicht die Absicht, mich um mein Brot zu bringen, indem du spielst?« hatte er gefragt. Ebba hatte beteuert, ihr tue der Wanderer leid, so daß sie ihm kein so trauriges Schicksal bereiten wolle. Und Mats Henriksson hatte heftig darüber lachen müssen.

Beim dritten Mal war der Mann im Herbst 71 zur Zeit des Erntefests aufgetaucht und hatte den Frauen Tücher und Kämme verkauft. Ebba hatte nichts gekauft. Als Grund hatte sie angegeben, daß niemand so einen grauen Sperling wie sie zum Tanz führen würde, egal, wieviel Kämme sie im Haar hätte. Gutgelaunt wegen seiner erfolgreichen Geschäfte hatte Mats vorgeschlagen, er könne doch Ebba über den Tanzboden schwenken, wenn das der Grund sei, daß sie nichts kaufen wolle. »Das ist nicht nötig, und außerdem spiele ich dort Geige!«

Abends, bevor der Tanz begann, hatte Ebba den Händler auf dem Festplatz gesehen, einen Arm um ein Mädchen gelegt. Auch betrunken war Mats gewesen. Ebba war auf der Stelle zu der Geige gegangen, die auf dem Tisch auf sie wartete. Sie hatte gebebt und gezittert, sie wußte selbst nicht, warum, und als sie mit verschwitzten Händen die Geige ans Kinn hob, hatte sie Mats' abscheulich grinsendes Gesicht gesehen.

Ebba hatte angefangen zu spielen. Sie war sicher, daß Mats sie ansah. Das genügte, und sie spielte, als hätte der Teufel es sie gelehrt.

Hinterher hatte sie sich geärgert. Sie hatte begriffen, daß das Zittern vom Zorn und vom Triumph, von der Freude kam, daß sie es geschafft hatte, den fliegenden Händler, der sich um sie bemühte, in Verlegenheit zu bringen.

Am nächsten Tag war der Mann in die Stube getreten und hatte seinen Rucksack vor Ebba hingeworfen. »Da hast du, was dir gehört!«

Ebba hatte sich gewundert, was das für eine Wette war, bei der nur der eine Part etwas zu verlieren hatte. Mats hatte darüber nachgedacht und ihr dann das Recht eingeräumt, den Inhalt des Rucksacks zurückzuweisen, aber das hatte ihn nur noch mehr gedemütigt, weil er schon wieder den kürzeren gezogen hatte.

Als ich Ebba betrachtete, während sie sprach, bemerkte ich, daß sie mit den Händen Griffe auf einer unsichtbaren Geige ausführte, und mir schien, als hörte sie Musik, die meine Ohren nicht vernahmen. Aber die Geschichte selbst mußte man für ein verworrenes und schlechtes Beweismittel halten, denn es war nicht recht vorstellbar, daß eine besondere Begabung des Menschen vom Teufel stammen sollte. Ich sagte Ebba das auf den Kopf zu, und sie nahm es übel.

»Na, und die Tatsache, daß ich nicht bereit war, Mats Kinder zu gebären, obwohl er so gern welche gehabt hätte?« fragte Ebba.

»Warst du nicht zum Eheleben bereit?« wunderte ich mich.

»Das schon, aber ich beschloß, keine Kinder zu bekommen, weil die ebenso werden konnten wie Lisa, und so habe ich auch keine bekommen!« antwortete Ebba stolz.

Außerdem starb Mats Henriksson, der mit der Zeit ein mächtiger Kaufmann geworden war, auf seltsame Weise, sagte die Witwe aus. Der Mann hatte geholfen, die Kirchenglocke aus dem halbverbrannten Glockenturm zu bergen, als die Glocke den Trägern aus der Hand rutschte und der gewaltige Rand Mats' Brustkorb unter sich zermalmte. »Ich wette, daß du keine solche Menschenmenge um dich versammeln wirst, wenn deine Stunde schlägt!« waren die letzten Worte gewesen, die er an seine Frau richtete.

»Ich hätte es ihm so gegönnt, daß er mich wenigstens einmal irgendwie übertroffen hätte!« seufzte Ebba.

»Ja, das verstehe ich«, gab ich zur Antwort.

Inkonsequenterweise weigerte sich Ebba, die unmittelbare Verantwortung für das Unglück zu übernehmen.

»Seinen Tod habe ich nicht herbeigewünscht, aber keiner anderen Frau ist der Mann auf diese Weise umgekommen!« sagte die Witwe. Darüber hatte sie viel nachdenken müssen. »Stellen Sie sich das mal vor, Herr Richter! Eine Kirchenglocke! Die Kirchenglocke erschlägt einen Mann! So etwas geschieht nicht alle Tage!«

Manchmal erzählte sie von den Pfleglingen, die sie überall im Kirchspiel zu betreuen hatte und deren Schicksal sie jetzt mit Sorge erfüllte. Die meisten waren gebrechliche alte Leute oder kranke Kinder, die von den eigenen Eltern vernachlässigt wurden. Im selben Atemzug lachte sie über ihren Ruf als Wohltäterin.

»Ich hab mich um sie gekümmert, um Nutzen daraus zu ziehen!« versicherte sie.

»Wie das?« fragte ich.

»Man hält mich doch für eine Heilige. Ist das nicht Antwort genug?« schnauzte sie.

»Warum trauerst du dann um deine Schützlinge?« wollte ich wissen.

»Das ist nur Gewohnheit«, entgegnete Ebba.

»Dann vergiß sie doch!« sagte ich, der ganzen Sache müde.

»Ich kann nicht, und ich will nicht!« beharrte sie und begann zu weinen.

Ich konnte nicht umhin festzustellen, daß ihr Verhalten davon zeugte, daß sie diese armen Menschen gern hatte. Ebba trocknete sich die Augen und wunderte sich, warum ich nicht begriff, daß sie sich selbst bezichtigte, weil sie mit ihrer Güte Eindruck schinden wollte, was ihr nicht gelingen würde, wenn sie sich selbst loben würde.

»Auch Sie sind in die Falle meiner Bosheit getappt!« wunderte sich Ebba. »Schrecklich zu denken, daß ich bald sterben werde und dennoch versuchen muß, Eindruck auf die Menschen zu machen!« sagte sie traurig.

Ich mußte zugeben, daß sie ein besonderer Fall war. Sie stellte sich selbst so beharrlich als schuldig dar. Mit befremdlicher Logik verwendete sie jede ihrer Taten gegen sich. Selbst ihre guten Taten fanden keine Gnade vor ihren Augen. Das warf die eigentümliche, aber zugleich interessante Frage auf, wieviel

Wert man letzten Endes dem Geständnis einer Beschuldigten beimessen konnte, selbst wenn es ohne Folter zustande gekommen war. Ich hatte gelernt, daß es Menschen gab, die lieber krank als gesund waren. Gab es dementsprechend auch Charaktere, die lieber schuldig als unschuldig sein wollten?

Die Verhöre nahmen komische Züge an. Ebba lud haufenweise Fehler auf sich, ich meinerseits spielte sie herunter. Wir brauchten Geständnisse, aber nicht solche Geständnisse.

Ebba erzählte von einem alten Mann, der in einer elenden Hütte hauste, die kurz vor dem Einstürzen war. Sie hatte begonnen, sich um den Mann zu kümmern, weil er sie irgendwie an die mißgebildete Lisa erinnerte.

»Wie kann ein alter Mann an ein Kind erinnern?« fragte ich.

Ebba erklärte es mir. Der Mann war kahl und hatte Glotzaugen. Seine Beine waren unverhältnismäßig kurz, und er konnte nicht gehen.

»Er heißt Otto, und er haßt mich«, erzählte Ebba.

»Wie das, du hilfst ihm doch!« wunderte ich mich.

»Otto sagt, ich könne tun, was ich will, er durchschaue mich doch, und ich versuche ganz umsonst, ihn mit liebevollen Gesten zu täuschen!« sagte Ebba.

Mich empörte die Frechheit des Krüppels, als ich bedachte, wie abhängig er von seiner Wohltäterin sein mußte.

»Wenn der Mann auch gebrechlich und häßlich ist, muß er deshalb noch lange nicht dumm sein!« brauste Emma auf.

»Deswegen braucht er auch noch lange nicht unverschämt zu sein!« warf ich ein.

»Es ist besser, nicht mit einem Pferd zu prahlen, das man nicht geritten hat!« hielt Ebba dagegen.

Ich fragte, ob sie Ottos Schroffheit nicht schon manchmal satt gehabt habe. Ebba gab zu, daß das vorgekommen sei, sogar schon oft.

»Aber Otto wußte, daß ich mich wieder beruhigen und dann begreifen würde, daß er recht hatte«, sagte sie. »Otto wußte, daß ich meinen eigenen Stolz nährte, indem ich ihn pflegte, und deshalb konnte er mich nicht leiden«, behauptete Ebba. Sie glaubte, der Alte habe sie angezeigt, um sie büßen zu lassen.

»Wie hätte das denn vor sich gehen sollen, der Mann kann sich doch gar nicht bewegen?« fragte ich.

Die Witwe war davon überzeugt, daß aufgestauter Groll Mittel und Wege findet.

»Aber warum hätte er sich selbst einen solchen Bärendienst erweisen sollen?« wunderte ich mich.

»Sie haben also überhaupt nichts verstanden, Herr Richter!« sagte Ebba.

»Was habe ich hier nicht verstanden?«

»Das Ganze!« antwortete sie.

9. KAPITEL

Neuntes Kapitel, in welchem der Richter eingesteht, daß ihm seine Kinder manchmal ein Rätsel sind.

Ebbas Kinderlosigkeit war ihr Unglück und ihr Glück. Wenn ich Elsa wegen der Unartigkeit der Kinder tadelte, antwortete sie in bitterem Ton mit einem Sprichwort: Hast du ein Weib, hast du ein Leid; hast du ein Kind, hast du gleich zwei!

Ich habe Ihnen noch gar nicht von meinen Kindern erzählt. Das liegt nicht daran, daß sie mir gleichgültig wären. Kinder sind für einen Mann ein heikles Thema. Zur Zeit der Hexenprozesse waren sie noch klein, nur Hans und Ilia waren schon über zehn. Ich machte mir viele Sorgen um sie. Zum Sommer ließ ich ihnen Lederschuhe machen, ebensolche, wie wir Erwachsenen sie tragen, damit keine Schlange sie beißen konnte und damit sie nicht auf etwas Spitzes traten. Aber als ich sie durch das Fenster meines Arbeitszimmers dann beim Spielen beobachtete, sah ich, daß keins von ihnen die Schuhe anhatte. Ich fand sie unter der Treppe, wo sie zwischen Barbenkraut und Weidenröschen versteckt waren. Nur Ilia, Vaters Liebling, hatte ihre bei sich. Sie hatte sie sich um den Hals gehängt wie ein heidnisches Amulett.

Ich machte mir viele Sorgen um die Kinder, aber ich verstand sie nicht. Als sie hörten, daß Karin P. zum Tode verurteilt worden war, verlangten sie die Erlaubnis, der Alten zum Trost Kringel und Süßigkeiten bringen zu dürfen. Trotzdem waren sie an den Einzelheiten der Hinrichtung interessiert und fragten, wann der Henker auf die Insel komme. »Der Henker darf doch bei uns übernachten, nicht wahr?« »Was ißt der Henker?« »Vater, du erlaubst doch, daß der Henker bei uns ißt?« Karin P. war für sie eine Art Haustier; trotz der großen Zärtlichkeit, die sie dafür hegten, waren sie bereit, es gegen das Wesen einzutauschen, das dem Leben des Haustiers ein Ende setzen würde.

Ich erinnere mich, wie die kleine Märta an einem Augustabend auf meinem Schoß saß, die unzähligen Mückenstiche an ihren drallen Beinen kratzte und das nach Sommerhitze duftende Gestrüpp ihrer Haare gegen mein Kinn lehnte. »Vater, wie möchtest du lieber sterben, im Feuer oder Kopf ab?« fragte sie. »Weder auf die eine noch auf die andere Weise, denn ich habe nichts Böses getan!« antwortete ich. »Ja, aber wenn du müßtest, wenn jemand dich trotzdem zwingen würde zu wählen?« sagte sie. »Niemand zwingt einen, wenn man brav gelebt hat!« sagte ich belehrend. Märta war nicht zufrieden. »Auch Karin sagt, daß sie nichts Böses getan hat, und doch muß sie wählen«, sagte Märta. »Karin lügt!« entgegnete ich. Märta war einen Augenblick still und ließ mich ihre Mückenstiche kratzen. »Und wie würdest du lieber sterben, Vater, im Wasser oder im Feuer?« fragte sie.

Einmal war ich bei einer Beerdigung, bei der alle Angehörigen weinten außer der vierjährigen Tochter der Verstorbenen. Während die anderen klagten und sich in ihr Taschentuch schneuzten, warf das Mädchen Steine auf den Sarg der Mutter und trällerte ihre Liedchen. Zum ersten Mal weinte sie im Trauerhaus, und das deshalb, weil sie kein frisches Weizenbrot bekam. Das Mädchen war das einzige Kind und der Augenstern seiner Mutter gewesen, und alle hatten es immer für ein gutherziges und zärtliches Kind gehalten.

Es ist falsch zu sagen, Kinder könnten nicht trauern, aber über den Tod trauern sie nicht. Sie trauern wegen eigenartiger Dinge, große Verluste verstehen sie nicht. Deshalb fiel es mir manchmal schwer, mich mit den Kindern zu beschäftigen; ihre Inkonsequenz verwirrte und … entsetzte mich. Ich ließ Elsa für sie sorgen und mich mit den Worten beruhigen, sie seien wohlgeratene, drollige Kinder und ich könne stolz auf sie sein.

Mit meinem ältesten Sohn Hans hätte ich gern eine enge Beziehung gehabt. Abends wäre ich gern in sein Zimmer gegangen, so wie mein eigener Vater zu mir gekommen war, aber Elsa brachte ihn zu Bett. Meist war er schon eingeschlafen, wenn ich nach der Arbeit an sein Bett trat. Ich legte Hans die Hand auf die Wange, aber er pflegte sie verschlafen wegzuschieben und zu murmeln, ihm sei heiß. Ich befühlte meine Hand und wunderte mich, warum sie nicht so kühl war wie die meines Vaters.

Als die Verurteilten sehnsüchtig von ihren Kindern sprachen, empfand ich Mitgefühl mit ihnen. Ihr Verbrechen hinderte mich keineswegs daran, ihre menschlichen Eigenschaften zu sehen, aber das, was ich bei der Beerdigung beobachtet hatte, bestätigte mir, daß der Trennungsschmerz für die Mutter realer war als für ihre Nachkommen.

Anna B.s Fall lag anders. Das Trauerspiel, das mit ihrer Festnahme begann, erschütterte mich von Grund auf. Bei der Witwe Ebba hatte ich mich trotz der problematischen Geständnisse mit einer gewissen Zufriedenheit damit beruhigt, daß die Dinge sich gut entwickelten. Bryniel Kjellinus tat wieder einmal Wunder, die mich in Erstaunen versetzten. Als ich Ebba nach anderen Hexen fragte, sagte sie, sie könnte wohl eine Menge Frauen nennen, gab mir jedoch zu bedenken, daß ich nicht wissen könne, ob es sich dabei nicht um ihre angeborene Bosheit handelte, mit der sie andere leiden lassen wollte. Ich verlangte, sie solle mir ihr Wissen mitteilen und nicht die Gründe untersuchen, denn das sei unsere Aufgabe, aber Ebba sagte, sie könne, ohne zu lügen, von niemand anders behaupten, eine taube Nuß zu sein, als von sich selbst.

Der Pfarrer brachte sie zum Reden. Ebba nannte Anna B. aus Högbolstad und erzählte, sie habe sie gemeinsam mit Maria und Lisbeta beim Hexensabbath gesehen. Ich berichtete Bryniel Kjellinus von Ebbas Warnungen, und wir vereinbarten, daß wir in Annas Fall ohne klare weitere Beweise keinerlei Maßnahmen ergreifen würden. Der Pfarrer fand gleich bei der ersten Untersuchung ein klares *Stigma diaboli*, Narben von Bißspuren zwischen den Schulterblättern, die schmerzunempfindlich waren, als der Profos, von der Beschuldigten unbemerkt, eine Nadel hineinstach. Das genügte für die Festnahme. Bis dahin hatten wir es für selbstverständlich gehalten, daß das Vorhandensein eines Hexenmals genügte, um mit der Folter zu beginnen, aber Ebbas Worte hatten in mir Zweifel geweckt.

Ich verbrachte viele Tage damit, um für die Sache eine schriftliche Bestätigung zu finden. Die Erlaubnis des Hofgerichts Turku allein überzeugte mich nicht. Zu Annas Unglück vertiefte ich mich erstmals gründlich in Bernhard Waldschmidts Werk *Pythonissa endorea*, wo er sich Bodin anschloß und schrieb, daß das Zeichen zur Folter berechtige. Er begründete die Sache erschöpfend und logisch, und ich hatte danach keine fadenscheinigen Gründe mehr, um Anna zu verschonen.

Als ich mich nach Annas Festnahme mit Ebba H. unterhielt, versicherte sie, wir seien verrückt, wenn wir allen Ernstes von Anna Schlechtes glaubten. Ich erinnerte Ebba daran, daß sie Anna ohne Folter denunziert hatte. Sie schrie, wir dürften ihre Bürde nicht noch vergrößern, sondern sollten die arme Anna sofort freilassen. Sie jammerte, sie habe Anna durchaus nicht auf dem Blocksberg, sondern in der Kirche von Sund gesehen, und daß es grausam sei, eine unschuldige Frau für ihre Irrtümer büßen zu lassen! Ich sagte, ihre Rede sei ohne Sinn und Verstand, ein Mensch könne keineswegs den Blocksberg mit dem Haus des Herrn verwechseln. Ebba blieb steif und fest bei ihrer Behauptung.

In den ersten Wochen von Annas Gefängnisaufenthalt wurden Ebbas Haare grau. Als ich an einem Februarmorgen zu ihr kam, zog sie sich die Wollmütze vom Kopf und wies auf ihr leblos herabfallendes Haar.

»Ich ertrage ihre Schreie nicht«, sagte die Witwe. »Quält meine Waisen, schändet Mats' Grab, aber tut Anna nichts Böses!« sagte sie und weinte.

»Anna hat nichts zu befürchten, wenn sie unschuldig ist!« antwortete ich beruhigend.

»Warum lügt ihr alle?« fragte Ebba. Ihre Augen waren naß und rollten wild umher wie bei einer Betrunkenen oder einer Kranken. Mir wurde klar, daß sie im Begriff war, von ihrem Wahn verrückt zu werden.

Sie packte mich bei den Schultern und schüttelte mich kräftig, wenn man berücksichtigt, wie klein und gebrechlich sie war.

»Was habt ihr mir angetan, was tut ihr uns an!« schrie sie. Sie sah mich starr an, mit offenem Mund, und eine Speichelblase zitterte an ihrem Zahnfleisch.

»Du solltest dich ausruhen und beruhigen!« sagte ich freundlich. Ich beschloß, Anna in eine weiter entfernte Zelle zu verlegen; das würde Ebbas Dasein erleichtern.

10. KAPITEL

Zehntes, schwarzes und trauriges Kapitel, in welchem Anna B. den bittersten Trank im Leben einer Frau kosten muß. Der Richter trifft eine Magd, deren Bosheit ihn zutiefst erschüttert.

Ich war dabei, als Anna B. verhaftet wurde. Das gehörte nicht zu meinen Aufgaben, es ergab sich nur so, daß ich mitfuhr. Irgendeinen Grund hatte ich wohl dafür, aber ich kann mich absolut nicht mehr daran erinnern, was das für einer gewesen sein mag.

Anna B. war eine Frau von mittlerem Teint und alltäglichem Aussehen. Als wir auf ihren Hof kamen, stand sie am Brunnen. Sie löste mit Schwung den Eimer von der Stange, und der Brunnenschwengel stieg in die Höhe. Während sie nach den Eimern griff, sahen wir, daß unter dem roten Rocksaum Männerstiefel hervorsahen. Die Ärmel ihrer Wolljacke reichten ihr bis an die Fingerspitzen, und an den Wangen hatte sie erfrorene Stellen.

»Joseph ist nicht hier«, sagte sie. Sie stellte die Eimer auf die Erde und kam zum Schlitten. »Joseph ist in Stockholm, aber vor seiner Abfahrt hat er gesagt, er habe die Grundbücher zum

Amtmann gebracht!« erklärte Anna. Auf ihr Haar fielen leichte Schneeflocken, die sofort schmolzen.

Sie erinnerte mich an Ambrosia, die Magd meiner Mutter. Ich weiß nicht, warum. Vielleicht war Ambrosia irgendwann einmal an die Feuerstelle in der Stube gekommen mit Schnee im Haar, und ich hatte das Schmelzen beobachtet, so wie jetzt. Oder hatte es damals geschneit, als man Ambrosia in ihren unpassenden Sarg legte? Ich erinnere mich, daß ich beobachtete, wie die Tropfen die gefurchte Hand entlangliefen, die außerhalb des Futterkastens geblieben war. Einer der Knechte hatte einen langen Stock genommen und damit die Hand auf den Körper geschoben. War es Ambrosias Hand, die sich mir aus dem Nebel der Kindheit entgegenstreckte und zeigte, wie unterschiedlich die winzigen Schneeflocken gemustert waren?

Annas Finger streckten sich nach den Eimern, aber sie ergriffen sie nicht, weil der Amtmann auf ihre Worte nicht antwortete.

Wir stiegen aus dem Schlitten. Der Fuhrknecht ging zu den Pferden, der Amtmann forderte Anna auf, in die Stube mitzukommen.

»Ist Joseph etwas zugestoßen?« fragte die Frau. Ihre Stimme drückte keine Besorgnis aus. »Haben Sie mir etwas mitzuteilen?« fragte sie. Sie folgte uns, dann fielen ihr die Eimer ein, und sie ging sie holen.

»Nimm Kleider mit, du mußt mit uns nach Kastelholm kommen«, sagte der Amtmann.

»Warum?« fragte Anna.

Der Amtmann antwortete nicht. Anna ging hinein und kam mit einem zweijährigen Kind auf dem Arm zurück.

»Ich kann nirgendwohin fahren, der Junge ist krank, und Joseph ist nicht zu Hause«, sagte sie.

»Hast du keine Magd?«

Sie entgegnete, sie habe wohl eine, aber ihr könne man den Jungen nicht überlassen. Und lächelte entschuldigend, während sie das sagte.

Sie begriff den Ernst der Lage nicht. Oder vielleicht war es Selbsttäuschung; die Finger, die sich um die zarten Kinderschultern preßten, verrieten etwas anderes. Der Junge steckte seine Hand der Mutter in den Mund, während sie sprach. Ich fand, das Kind sah nicht krank aus, nur verschlafen.

Der Auftritt, der dann folgte, war so schrill, daß ich bereute, mitgefahren zu sein. Als Anna erkannte, daß wir nicht ohne sie fahren würden, klammerte sie sich an ihren Sohn und flehte uns an zu warten, bis das Kind wieder gesund würde oder Joseph, ihr Mann, heimkehrte. Sie weinte, und das Kind weinte. Der Amtmann fluchte und bat sie, im Guten zu gehorchen.

»Ihr könnt mich nicht mitnehmen!« sagte Anna. »Seht ihr denn nicht, daß ich das Kind jetzt nicht allein lassen kann?« schrie sie.

Der Amtmann befahl den Fuhrknecht herbei und wies ihn an, Anna von dem Kind zu trennen, und die Magd, die hinter dem Pony hervorlugte, sich um den Jungen zu kümmern. Nach zwei matten Versuchen schüttelte der Mann den Kopf: Daraus würde nichts werden. Er wollte weder die Mutter noch das Kind anrühren. Der Amtmann wurde böse. Was, zum Teufel, war hier los? Ein ausgewachsener Mann sollte eine Frauensperson nicht zur Raison bringen können? Warum hatte er nur keine Kavalleristen mitgenommen! Der Amtmann stieß den Fuhrknecht in den Rücken, aber der Mann machte nur ein paar mühsame Schritte in Richtung auf die Frau zu und streckte bittend die Hand aus. Da packte der Amtmann das Kind mit Gewalt und stieß es der Magd in die Arme.

»Frau, jetzt ist Schluß mit diesem Theater!«

Einer von Annas Stiefeln blieb im Schnee liegen, als sie vergeblich versuchte sich loszustrampeln. Ich zeigte ihn dem Amtmann, aber der bemerkte meine Geste nicht. Ich ging selbst den Stiefel holen, der einen Mund voll flaumigem Schnee aufgeschnappt hatte, und schlug ihn an meinem Bein sauber. Von drinnen hörte man lautes Kinderweinen.

Als ich in den Schlitten stieg, reichte ich Anna den Stiefel, aber zu meiner Überraschung schleuderte sie ihn wütend in den Schnee. Ihre Mißlaunigkeit hielt die ganze Fahrt über an. Ich mußte selbst die Pferde lenken, während der Knecht und der Amtmann die wild tobende Frau festhielten. Ich hoffte inständig, daß niemand uns sah.

Während ich Anna beobachtete, lernte ich unzählige Formen der weiblichen Hysterie kennen. Mit ihr konnte man einfach kein vernünftiges Gespräch führen: Jedesmal, wenn ich in ihren Kerker ging, heulte sie, ich solle sie zu ihrem Kind lassen, bevor es zu spät sei. Oder sie wimmerte leise und schüttelte verzweifelt den Kopf und schaukelte ihren Körper eintönig hin und her. Nichts anderes interessierte sie als das zu Hause zurückgebliebene Kind.

»Was bin ich denn für eine Hexe?« schrie Anna. »Mein kleiner Sohn stirbt, während ihr von mir verlangt, ich solle dummes Zeug reden!« sagte sie.

»Die Magd kümmert sich um das Kind, es hat keine Not!« tröstete ich sie, aber sie schüttelte den Kopf.

»Elin haßt den Jungen, das habe ich von Anfang an gesehen!« behauptete sie.

»Ganz sicher nicht!« bestritt ich das. »Warum sollte sie das Kind hassen?« fragte ich.

»Weil sie Josephs Geliebte war, bevor wir heirateten, und sie ist es wohl immer noch!« erwiderte sie.

Ich schwieg. Sie hatte eine schwere Beschuldigung erhoben, und auch wenn sie leichter gewesen wäre, hätte die Sache zumindest eine Untersuchung wegen Verleumdung erfordert. Doch das Mitleid besiegte den Richter in mir.

»Bedauerlich, wenn es so ist!« bemerkte ich voller Mitgefühl.

»Das ist doch nicht wichtig! Wenn ich nur zu dem Jungen komme, ist alles andere unwichtig!« antwortete sie.

»Wirklich nicht?« fragte ich.

»Nein«, antwortete Anna. »Jetzt nicht mehr!« sagte sie.

Auch der Profos war über Anna erstaunt. »Die Frau ist wie ein Stein!« erzählte mir der Folterer. Er beklagte, daß er mit den gewöhnlichen Methoden nichts aus Anna herausbekomme. »Das bedeutet, daß sie unschuldig ist!« antwortete ich erleichtert. »Keineswegs!« mischte sich Pfarrer Kjellinus ins Gespräch ein. Er habe gehört, Anna weigere sich deshalb zu reden, weil sie fürchte, daß sie sich damit endgültig um die Möglichkeit bringen würde, zu ihrem Kind zu kommen. »Aber wie kann sie den Schmerz aushalten, das verstehe ich nicht, wenn sie nicht wirklich unschuldig ist!« setzte ich dagegen. »Wegen ihres Kindes halten die Frauen unendlich viel aus, oft ertragen sie ja auch die Geburtsschmerzen ohne einen einzigen Schrei!« sagte Kjellinus.

Ich vermerkte im Protokoll, daß Anna B. der Folter widerstanden hatte, so als wären ihre Finger aus Stein, daß wir aber noch nicht aufgeben würden.

»Kann mir denn niemand sagen, wie es dem Jungen geht?« schrie Anna, als ich zu ihr ging, um sie zu verhören. »Ist es zuviel verlangt, daß jemand geht und nachsieht, wie es Thomas geht?« weinte sie. Sie packte mich am Ärmel, und ich versuchte ärgerlich, ihren Griff zu lösen. Von ihren zerquetschten Fingerspitzen blieben Flecken auf dem Stoff zurück. Die Frau des Aufsehers erklärte mir, das Blut ginge heraus, wenn man den Ärmel zuerst in kaltem Wasser einweiche und ihn erst dann einseife und wärmeres Waschwasser hinzugebe.

Ich sagte Bryniel Kjellinus, daß ich nicht an Annas Schuld glaubte. Diese Auffassung wollte ich auch den Schöffen mitteilen. Der Pfarrer schlug vor, wir sollten es noch einmal mit einem weiteren Mittel versuchen: Wir sollten ihr versprechen, nach dem Kind zu sehen, unter der Bedingung, daß Anna sich zur Zusammenarbeit bereit erklärte. Wir könnten dann auch eine Frau für die Betreuung des Jungen bereitstellen.

Mir erschien der Vorschlag zweifelhaft: Anna war so verzweifelt, daß sie vielleicht sogar lügen würde, wenn sie glaubte, daß das dem Jungen nützen würde. Schon allein die Menschlichkeit verlangte, daß für das Kind der Angeklagten gesorgt wurde, wenn beide Eltern abwesend waren. Der Pfarrer dagegen glaubte nicht, daß das Kind irgendwie in Gefahr war. Aber da Anna das so hartnäckig behauptete, könnte man diesen Umstand nutzen, um den guten Willen der Ermittler unter Beweis zu stellen.

»Mir scheint, daß wir in diesem Fall im Guten mehr erreichen als im Bösen!« sagte Bryniel Kjellinus.

Nach dieser Beratung vereinbarten wir, Kjellinus sollte Anna versprechen, daß jemand nach dem Kind schaut und sich kümmert, jedoch nur unter der Bedingung, daß Anna ehrlich auf die ihr gestellten Fragen antwortet.

Ich hätte mitgehen sollen. War mir doch schon die ganze Zeit Bryniel Kjellinus' eigenartige Effektivität verdächtig erschienen. Aber in meiner Erinnerung befanden sich auch Bilder, die für das mitleidige Wesen des Pfarrers sprachen.

Eines Abends im Januar war ich bei Kjellinus vorbeigegangen und hatte ihn in seinem Arbeitszimmer angetroffen, wie er eine kranke Katze pflegte. Bei meiner Ankunft war er auf allen vieren über den Fußboden gekrochen und hatte den stinkenden Unrat weggewischt, den die Katze aus irgendeiner Körperöffnung herausgepreßt hatte. »Ist das Scheiße oder was?« fragte ich damals, von Abscheu gebeutelt. Und er antwortete, ja, die Katze beherrsche ihren Darm nicht mehr, so krank sei die Arme! Und ich fragte, warum er das Tier nicht töte oder wenigstens die Magd rufe, damit sie die Spuren beseitigte, aber er erklärte, die Katze sei elf Jahre lang sein Freund gewesen. Es komme gar nicht in Frage, daß er sie im Augenblick des Leidens im Stich lasse!

Er brachte Anna B. zum Sprechen. In Gegenwart der Schöffen gestand die Angeklagte, Viehzauber getrieben und zu verschiedenen Zwecken Zaubersprüche gesagt zu haben. Eine Verbindung zum Teufel gestand sie nicht, aber wir waren für den Anfang zufrieden. Zwischen den Geständnissen leckte Anna ihre Finger; sie hatten angefangen zu schmerzen, erklärte sie.

Ich schlug vor, Läppchen um die Finger zu wickeln, aber Anna sagte, das Pusten verschaffe ihr genug Linderung. Beim Sprechen wiegte sie sich vor und zurück; ihr Körper war nicht mehr aus Stein. Während wir überlegten, wie lange das Verhör fortgesetzt werden sollte, lehnte die Gefangene den Kopf gegen die Rücklehne der Bank und hielt die Augen geschlossen. Aber sie schlief nicht.

»Wenn man doch schlafen könnte!« sagte sie.

Nach dem Verhör wurde Kjellinus zu einem Gemeindemitglied gerufen, das im Sterben lag. Anna schien beunruhigt.

»Und ich?« fragte sie, als Kjellinus gegangen war. »Der Pfarrer sollte mich doch zu meinem Sohn bringen!« sagte sie.

»Aber nein!« entgegnete ich. »Wir haben versprochen, daß sich jemand um den Jungen kümmert, weiter nichts!« korrigierte ich sie.

Annas Blick glitt von mir und den Schöffen auf die rußigen Wände neben dem Kamin. Gab es dort etwas Interessantes? Zwei Steine hatten sich gelöst, dazwischen verlief ein Spalt, der an einen Blitz erinnerte. Hinter dem Spalt glühte ein mattes Feuer.

»Bring ihr eine Gerstensuppe!« sagte ich zum Gehilfen des Amtmanns.

Anna betrachtete konzentriert die Wand. Zwischen ihren Brauen erschien eine dünne Falte.

Als der Diener der Gefangenen die heiße Gerstensuppe in den Schoß stellte, richtete sie ihren Blick darauf und betrachtete sie ebenso eigentümlich wie noch einen Augenblick zuvor die Wand. Die Schöffen waren still. Sie warteten darauf, daß die Beschuldigte anfinge, die Suppe zu löffeln. Oder wenigstens darauf pustete! Und auf das Schlürfen warteten sie, ja, niemand hätte das Schlürfen in dieser Situation als abstoßend empfunden, denn sie wußten, daß diese Frau seit Tagen keine ordentliche Mahlzeit mehr zu sich genommen hatte.

Ich weiß nicht, was zuerst geschah, ob zuerst der Teller flog oder Anna schrie. Plötzlich bekam der Diener die Suppe ab, und auch er fing an zu schreien. Der Teller kullerte über die Fußbodenbretter und prallte gegen den Stiefel eines Bauern aus Sund. Der Diener heulte, man habe ihn verbrüht; ein Schöffe bückte sich, um den Teller aufzuheben, und ließ ihn verwundert zwischen Daumen und Zeigefinger baumeln, während die Suppe langsam zu Boden tropfte. Und über dem ganzen Tohuwabohu ertönte beherrschend der schrille Kanon von Annas Schreien. Nachdem sie einmal angefangen hatte, wiederholte er sich unermüdlich in wechselnden Lagen und Stärken.

Auch als man sie schon fortgebracht hatte, hielt sich das Geschrei in der Gerichtsstube.

Ich verstand, daß man Anna betrogen hatte, und ich wußte auch, wer der Betrüger war: Bryniel Kjellinus hatte der Angeklagten versprechen sollen, daß für ihren Jungen gesorgt werden würde, aber er hatte ihr mehr versprochen. Der Pfarrer hatte erraten, was der Frau die Zunge lösen würde: die Möglichkeit, ihr Kind zu sehen, es in den Arm zu nehmen, ihm tröstliche Worte zu sagen, es zu liebkosen.

All das raubte ich Anna mit einem einzigen Satz.

Und auch das hatte der Pfarrer gewußt!

Später erzählte mir die Frau des Aufsehers, daß Anna B. ihr zehn Taler und mehrere Sack Getreide versprochen hatte für den Fall, daß sie das Kind ins Gefängnis brächte und Anna es dann und wann sehen dürfte. Als ich die Frau tadelte, weil sie mir diese Bitte verheimlicht hatte, erwiderte sie, daß sie nur bereue, das Kind nicht zu seiner Mutter gebracht zu haben. So sind die Frauen: Wenn es um die Kinder geht, ist ihr Trotz durch nichts zu brechen. Sie mißtrauen einander zu sehr, als daß sie zusammenhielten, aber was die Mutterschaft angeht, sind sie heikel.

Ich ging nicht direkt nach Hause. Meinen Teil des Versprechens würde ich halten, dachte ich. Persönlich! Diesmal würde ich weder den Amtmann noch den Pfarrer schicken.

Es herrschte mildes Tauwetter, der Knecht jammerte über die weichen Schneewehen auf dem Weg nach Högbolstad. Ich sagte ihm, wir würden eher das Pferd blutig peitschen als die Richtung ändern. Und er peitschte. Das Pferd tanzte im Schnee, während die Schläge nur so auf seinen Rücken niederprasselten, Schaum troff ihm vom Gebiß. Ich zweifelte keinen Augenblick daran, daß es uns zum Ziel bringen würde.

Ich fand Elin beim Anrühren des Sauerteigs. Als sie uns kommen sah, begann sie mit mehligen Händen ihr Haar zu ordnen. Der Tisch strahlte frisch gescheuert, die Bänke glänzten.

»Ich mache Brot für Anna!« erklärte sie.

Ich nickte.

»Ihr seid wohl noch nicht gekommen, um den Jungen zu holen?« sorgte sie sich.

»Wieso?« fragte ich.

»Ich dachte, sie könnten gleich frisches Brot für Anna mitnehmen, wenn sie den Jungen holen!« sagte die Magd. Sie erklärte gleichsam entschuldigend, es sei so schwierig für sie gewesen, der Hausherrin etwas zukommen zu lassen, weil die Wege in so schlechtem Zustand seien und niemand in der Stadt etwas zu erledigen hatte.

»Was meinst du damit, daß sie den Jungen holen?« fragte ich.

»Der Pfarrer war hier und hat versprochen, ihn abholen zu lassen!« antwortete Elin.

Elin kratzte die Teigkruste von den Rändern des Backtrogs. »Der Pfarrer hat versprochen, sich um den Jungen zu kümmern, wo ich doch allein hier bin!« erklärte sie.

Ich nickte verdrossen. Hinter Elin befand sich ein großes Schrankbett, dessen Tür nur angelehnt war; in jedes der vier Zierquadrate war eine große Blume eingeschnitten, aber die Farbe war verblichen und abgeblättert.

»Wo ist der Junge, ich will ihn sehen!« sagte ich.

Als Antwort auf meine Bitte hob Elin die Augenbrauen. Sie leckte rasch den Teig von ihrem Finger.

»Im Speicher«, sagte sie.

Was redete die Magd da nur?

»Ja, im Speicher, er kann ja nicht gut in der Stube sein!« sagte sie. Sie begann wieder den Teig zu rühren, um nicht meinem Blick begegnen zu müssen.

»Meinetwegen könnt ihr ihn auch gleich mitnehmen, das Brot schicke ich dann später!« sagte sie.

Ich betrachtete die strahlend sauberen Bänke und den Tisch, der so sorgfältig gescheuert war, daß jede Faser leuchtete wie in frischem Holz. Ich sah mir Elins Kleider und die Tannenzweige in der Ecke an. Der Knecht, der mir in die Stube gefolgt war, zog die Nase hoch und nahm die Pelzmütze ab.

»Wußte Bryniel Kjellinus, daß das Kind dort ist?« fragte ich.

Elin unterbrach das Rühren. »Natürlich, er hat es doch selbst eingesegnet!« Sie erzählte, daß der Pfarrer versprochen hatte, sich um die Beerdigung zu kümmern, und zwar unentgeltlich. Kjellinus hatte versprochen, einen Mann zu schicken, sobald seine sonstigen Pflichten es ihm erlaubten.

»Wann?« fragte ich.

Elin bewegte ihre bemehlten Finger. »Vor drei, vier Tagen!« sagte sie.

Ohne Abschiedsgruß wandte ich mich, den Knecht auf den Fersen, zum Gehen. Auf der Treppe machte ich kehrt und ging noch einmal zurück.

»Wie ist das passiert?« fragte ich die Magd, die den Backtrog mit aller Kraft bearbeitete, da sie glaubte, mich losgeworden zu sein.

»Der Tod?« fragte sie.

Ich nickte.

»Ich war allein hier, irgend jemand mußte die Arbeit tun!« verteidigte sie sich.

»Wie ist das passiert?« fragte ich. Seit vielen Jahren hatte ich niemanden mehr geschlagen. In Dorpat hatte ich mich oft geprügelt, und zu Anfang unserer Ehe hatte ich Elsas Schläge erwidert. Jetzt wußte ich, daß ich zuschlagen würde, wenn Elin nicht antwortete.

»Wie ist das passiert?«

»Der Junge war krank, wußten Sie das nicht, Herr Richter?« heulte sie auf.

»Wie ist das passiert?« brüllte ich. Ich rührte sie nicht an, aber ich knallte die offene Tür des Schrankbetts zu.

Elin brach in Tränen aus. »Ich war nicht dabei, ich kam in die Stube, und da lag er dort in der Ecke!« erklärte sie. »Ich hatte ihm gesagt, er solle im Bett bleiben, aber… er hat die ganze Zeit nach Anna geweint!«

Sie hatte ihn allein gelassen! Hatte das kranke Kind wer weiß wie lange allein gelassen.

»Dieses Geschrei war nicht mit anzuhören, und die Arbeit mußte getan werden!« jammerte Elin.

»Wie lange warst du weg?« fragte ich scharf. »Nicht sehr lange, ich mußte gehen und auf dem Schiff Butter verkaufen!« antwortete sie.

»Bist du allein nach Hause zurückgekommen?« Ich hielt sie am Arm gepackt und stieß sie in Richtung Tisch. »Nun?«

Sie weinte und bekam keine Antwort heraus. Ich ließ sie los. »Antworte!« befahl ich ihr.

»Ja, Ehrenwort!« Ihre Stimme war dick und verschnupft.

»Ist das wahr?« drang ich in sie.

»Ja, aber…« Sie begann wieder zu weinen.

»Aber was?« fragte ich.

Sie hielt sich die Hand vor den Mund. »Das Wetter war entsetzlich, ich mußte warten… Man hätte keinen Hund hinausgelassen!«

»Bist du vor Einbruch der Dunkelheit zurückgekommen?« fragte ich jetzt mit so ruhiger Stimme, daß es mich selbst verblüffte.

Sie zog die Nase hoch und wich einige Schritte zurück. »Nein, das hab ich nicht geschafft!« antwortete sie. Sie sah mich furchtsam an, mit feuchten Augen und Teigstreifen im Gesicht. »Das werden Sie doch nicht dem Hausherrn erzählen!« sagte sie.

Ich wandte mich ab und ging. Der Knecht stand mitten auf dem Hof und schlug die Hände gegeneinander, daß es knallte. Erst da bemerkte ich, daß ich meine eigenen Hände immer noch zur Faust geballt hatte.

Ich bin nicht mehr ganz so überzeugt davon, daß die Geschichte einen Sinn ergibt.

Der Mann sitzt nicht mehr im Regen unter der tropfenden Ampel, sondern in meinem Arbeitszimmer. Er wollte erzählen, und ich brauchte eine Geschichte, aber die Zusammenarbeit funktioniert nicht so, wie ich es mir vorgestellt habe.

Seine Demut ist im selben Maß von ihm abgefallen, wie mein Wohlwollen ihm gegenüber zugenommen hat. Er ist selbstsicher, ja dreist, wenn er bemerkt, daß ich ihm zuhöre.

Er bemerkt auch meine Gereiztheit.

»Die Leute gehen Menschen aus dem Wege, die ein schlechtes Gewissen haben. Wahrscheinlich fürchten sie, daß das ansteckend ist«, bemerkt er spöttisch.

Ich antworte ihm nicht, denn so verwirrt bin ich noch nicht, daß ich anfangen würde, mit Geistern zu reden.

Und was sollte ich ihm überhaupt antworten?

Daß mich die Art ärgert, wie er mich irreführt, mir etwas anderes erzählt, als was er vorgibt zu erzählen. Mir scheint, er sagt nicht die Wahrheit. In kleinen Dingen ist er zwar auf exhibitionistische Weise ehrlich (denn er weiß, daß ich sie überprüfe), vielleicht aber nur deshalb, um dann in großen um so hemmungsloser zu lügen! Zum Beispiel ist die Art, wie er den Pfarrer als den wahren Schuldigen darstellt, bedenklich. Hat er überhaupt vor, seine Schuld einzugestehen, oder strickt er an seiner eigenen Räubergeschichte?

Ich lasse ihn allein und gehe ins Untergeschoß, um mir Brote zu streichen und Kaffee zu kochen. In eine andere Welt, dreihundert Jahre später: der vielsagende Wäschestapel vor der Waschmaschine, Spielzeug und Farbkreiden am Fußboden verstreut, mitten auf dem Teppich ein Paar schmutzige Stiefel Größe vierundzwanzig, auf dem Tisch eine Zeitung, die bei der Auslandsseite aufgeschlagen ist: Irakischer Schlag gegen zypriotischen Tanker, Hindus in Indien niedergemetzelt, Israel beschießt Moschee, Touristen auf Taiwan ums Leben gekommen, Gale: Rückkehr in die Sowjetunion, Krawalle in Spanien, Präsidentenwahl in Kolumbien, Wieder Angriff tamilischer Untergrundkämpfer.

Vielleicht ist meine Theorie, wie Romane beschaffen sein sollen, zu restriktiv: In einem Werk der Fiktion lasse ich keine solchen Absurditäten zu, wie ich sie sonst alle Tage erlebe. In einem Roman läßt sich nur eine begrenzte Menge von Leid, Überraschungen, glücklichen oder unglücklichen Zufällen unterbringen; das Leben dagegen kann sie in jeder beliebigen Zahl bereithalten.

Das Telefon klingelt. Die atemlose Stimme einer Freundin erzählt mir, was ihr eifersüchtiger Mann mal wieder angerichtet hat. Sie ist unglücklich. Weint auch ein wenig. Was soll ich tun? fragt sie. Sag mir um Gottes willen, was ich mit diesem Mann tun soll! Vielleicht sollte man einen solchen Mann verlassen? Aber nein. Wie soll ich denn ohne Mann leben, sag mir das! Und sie sind doch alle gleich, es wird nicht besser, wenn man den Mann wechselt, es würde eh nichts Gescheites dabei herauskommen... Wir müssen uns mal wieder sehen, sagt sie, und uns ordentlich aussprechen!

Jeder hat seinen Alptraum: Mein Arbeitskollege ist ein verrückter Mörder, den ich mir selbst ausgesucht habe. Obwohl die Geschichte voller guter und heldenmütiger Menschen steckt! Oben wartet ein alter, irregeleiteter, psychopathischer Mann auf mich, den ich selbst hereingelassen habe. Warum?

Warum hat Robert Koch sich mit den Tuberkelbazillen abgeplagt, obwohl er eine saubere, einträgliche Praxis in einer wohlgeordneten Kleinstadt hatte? Was hatte es für einen Sinn, Stunde um Stunde kranke Meerschweinchen und widerliche Mikroben zu beobachten, während er sich doch auf das Sammeln von Kunst oder auf Opernbesuche hätte konzentrieren können?

Die Nachrufe sprechen von seinem Wunsch zu heilen, der ureigensten Berufung des Arztes. Ich glaube, das ist Unsinn. Auch von Ehrgeiz kann man nicht sprechen; die Möglichkeit, Erfolg zu haben, war allzu gering. Koch wollte überhaupt keine Jagd auf Mikroben, sondern lieber auf große, wilde Tiere in Lahore oder Patagonien machen. Während er mit den lungenkranken Meerschweinchen kämpfte, träumte er insgeheim von Heldentaten im Kampf gegen Tiger und Boas. Das Mikroskop war für ihn lediglich ein Spielzeug, ein Ersatz für die nicht erlebten Abenteuer. Und das alles nur, weil die Frau, die er liebte, ihn nur unter der Bedingung heiraten wollte, daß Schluß sei mit den sinnlosen Phantasien und Reisen in ferne Länder.

Für die Menschheit mag diese Entscheidung ein großes Glück gewesen sein, nicht aber für Koch. Auf seine alten Tage rächte er sich an seiner Frau, indem er mit einem Mädchen vom Ballett ans Ende der Welt durchbrannte.

Nein, nein! Der Fall Psilander beginnt deutlich auf alles abzustrahlen, womit ich mich beschäftige. Ich bin wie ein Maigret vom Lande und grabe unter unschuldig wirkenden Taten niedere Beweggründe, verborgene Motive und trügerische Begierden aus. Warum habe ich mich auf diese Aufgabe eingelassen? Und warum lasse ich mich von ihr terrorisieren? Ich bin es doch, die ihn geschaffen hat, und er muß sich meinen Plänen, die ich mit der Welt habe, beugen: falsche Urteile fällen, wenn ich es so will, und dann trauern, wenn ich es ihm gestatte. Das dürfte doch nicht so schwer sein: als Romanperson aufzutreten verlangt keine Genialität!

Von Kampfeswillen und Selbstsicherheit erfüllt begebe ich mich nach oben. Ich werde bezeugen, daß die Welt nicht notwendigerweise schlecht sein muß, daß der Mensch nicht nur ein selbstsüchtiges Raubtier ist...

Ich habe vergessen, die Waschmaschine anzustellen. Das ist die einzige Aufgabe, die ich an diesem Tag erledigen muß. Das ist nicht zuviel verlangt. Die Wäsche in die Maschine zu packen und die schon gewaschene zum Trocknen aufzuhängen. Etwas anderes wird von mir nicht erwartet.

Ich stehe in der Tür mit einem Armvoll nasser Wäsche, und draußen fällt Schneeregen. Es ist lächerlich zuzugeben, daß dies für mich eine schwere Zeit gewesen ist, daß es mir schwerfiel einzuschlafen und noch schwerer aufzuwachen, mich aufzuraffen und mich an Schreibmaschine und Papierstapel zu setzen. Die Oktoberlandschaft ist trostlos, ebenso das Thema, auf das ich mich wider besseres Wissen eingelassen habe. Wie kann es sein, daß mich jemand um dieses Los beneidet?

Bevor ich in grenzenloses Selbstmitleid verfalle, denke ich an die Alternative: Zwei Stunden früher aufstehen, im Nieselregen an dem finsteren Waldweg stehen und auf den Bus warten, mich zwischen unfreundliche Gesichter zwängen. *Eine arme Mutter sucht ihr verschwundenes Kind.* »Was ist das Subjekt des Satzes?« »Die Mutter, die arme Mutter!« »Und das Prädikat?« »Sucht!« »Und welche Verbform ist das Prädikat als Satzteil?« »Die finite Verbform! Es ist sehr wichtig, sich zu merken, daß das Prädikat der wichtigste Satzteil ist und in keinem vollständigen Satz fehlen darf.«

Und kein Wort davon, wie es dem Kind ergeht? Wie es der Mutter ergeht? Findet sie das Kind, bevor es zu spät ist? Und warum ist das Kind überhaupt verschwunden? Was für sonstige menschliche Tragödien schließt die Kette der Ereignisse ein? Warum muß gerade eine arme Mutter von einem so schlimmen Unglück betroffen sein? Aber nein: Wichtig ist nur, daß das Prädikat ein Verb in einer finiten Form ist. Und zugleich weiß man, daß das überhaupt nicht wichtig ist, weder für mich noch für die gelangweilten Schüler. Am wenigsten wichtig ist es für die verängstigte Mutter, die versucht, ihr Kind wiederzufinden.

Also ertrage ich lieber die Angst, die der Richter in mir ausgelöst hat, und die Herausforderung der leeren Seiten. Ich muß mir nur einen Harnisch erdenken, der stark genug ist, damit ich mich unbesorgt meinem Gegenstand nähern kann, ohne daß der Richter sogleich sein unsichtbares Schröpfhorn auf mich richtet und beginnt, mir meine Identität zu stehlen.

Ich darf keine Angst vor ihm haben. Auch wenn er ein männlicher Schatten ist, der sich aus meinem Unterbewußtsein heraufschwingt. Jung pflegte viele Jahre lang Umgang mit seinem weiblichen Schatten; da werde ich es ja wohl einige Monate lang aushalten. Wenn der weniger wertvolle und verdrängte Teil meiner Persönlichkeit durch die Sprache der Fiktion sprechen will, dann ist das nur ein gutes Zeichen. Den Schatten unbeachtet zu lassen oder zu verdrängen kann zu gefährlichen Konflikten führen, sagt Jung! Andererseits: sich damit zu identifizieren ist noch verhängnisvoller.

Aber als ich wieder oben an der Maschine sitze und den Richter mustere, kommt es mir so vor, als reichten die Psychoanalytiker allein nicht aus, um seine Anwesenheit zu erklären. In jeder Frau wohnen Männer und in jedem Mann wohnen Frauen. Das ist sicherlich nicht falsch, aber da ist noch etwas anderes. Etwas, das nicht von mir kommt, das nichts mit mir zu tun hat.

»Das Arbeitszimmer von Bryniel Kjellinus war düster und kühl, ganz anders als deine Schriftstellerklause…«

Ich fange nicht an zu schreiben, sondern wende ihm den Rükken zu und lese heimlich in den gesammelten Werken von Jung.

»Ich habe hier das Arbeitszimmer von Pfarrer Kjellinus beschrieben, das war wie…«

Ich lasse ihn reden, stelle Vergleiche an, überlege, wem ich glauben soll: Doktor Jung, mir selbst oder dem alten Mann.

Der Richter: »Wenn du heute einen schlechten Tag hast und nicht schreiben kannst, dann sollten wir vielleicht …«

(C. G. Jung: »Der Schatten ist die verhüllte, verdrängte, meist minderwertige und schuldhafte Persönlichkeit, welche mit ihren letzten Ausläufern bis ins Reich der tierischen Ahnen hinaufreicht und so den ganzen historischen Aspekt des Unbewußten umfaßt… Wenn man bis dahin der Meinung war, daß der menschliche Schatten die Quelle alles Übels sei, so kann man nunmehr bei genauerer Untersuchung feststellen, daß der unbewußte Mensch, eben der Schatten, nicht nur aus moralisch verwerflichen Tendenzen besteht, sondern auch eine Reihe guter Qualitäten aufweist, nämlich normale Instinkte, zweckmäßige Reaktionen, wirklichkeitsgetreue Wahrnehmungen, schöpferische Impulse und anderes mehr.«)

Wenn der Richter mein Schattenmensch ist, wo ist dann seine verborgene Persönlichkeit? Wird der Roman eine Serie von Spiegeln und versteckten Rätseln?

»Ich habe keinen schlechten Tag. Wenn es so wäre, säße ich nicht an der Schreibmaschine, sondern liefe mit dem Farbpinsel in der Hand im Haus herum und machte mich wie ein kleiner Dämon an allem möglichen zu schaffen. Vor fünf Wochen haben die Eingeweide dieses Hauses deinetwegen eine weiße Farbe angenommen, aber wenn diese Arbeit beendet ist, werde ich, glaube ich, dein Herr sein!«

»Bryniel Kjellinus' Arbeitszimmer war düster und kühl …«

11. KAPITEL

Elftes Kapitel, in welchem der Richter und der Pfarrer über alte Studentenzeiten und auch sonst noch über dieses und jenes sprechen.

Bryniel Kjellinus' Arbeitszimmer war düster und kühl.

Schmutzstreifen bedeckten die Fenster, und auf den Simsen lagen tote Fliegen im Staub. »Hier lasse ich die Weiberleute nicht herein, die bringen nur alles durcheinander!« sagte er einmal. »Auch nicht deine Frau?« fragte ich. »Die schon gar nicht!« versetzte der Pfarrer. Er lächelte, und auch ich lächelte.

Diesmal herrschte eine andere Atmosphäre. Früher hatte ich gemeint, in den unordentlichen Bücherstapeln und den schmutzigen Stuhlbezügen eine persönliche Note zu sehen. Daß man sich um seine Umgebung nicht kümmert, ist ein Zeichen für ein ausgeprägtes Geistesleben, hatte ich mir gesagt. Jetzt erinnerte mich seine Arbeitsklause an die Höhle eines Barbaren, sie war für mich das Sinnbild der Seelenlandschaft eines gleichgültigen Menschen.

»Natürlich wußte ich vom Tod des Kindes, ich habe es doch eingesegnet!« sagte der Pfarrer.

Ich fragte ihn, warum er dann behauptet habe, dem Jungen fehle es an nichts.

»Um ein Geständnis zu bekommen!« entgegnete er.

»Mit Hilfe einer Lüge?« fragte ich.

»Das war keine Lüge; der Junge ist bestimmt schon im Paradies, oder etwa nicht?« gab er zur Antwort.

»Das kann doch nicht dein Ernst sein!« sagte ich.

»Aber ja doch, wie könnte ich sonst das Amt des Pfarrers ausüben?« wunderte er sich.

Er betrieb Haarspalterei. Und wollte mir vielleicht auch eins auswischen, weil er ahnte, daß ich gekommen war, um ihn von seinen Aufgaben zu entbinden. Na schön, dachte ich, reden wir also in der Tonart, die ihm zusagt! Auf dem Tisch standen moosgrüne Becher, einige davon leer, in anderen noch ein kleiner Rest Wein. Offenbar benutzte er beim Schreiben jedesmal ein neues Glas, aber so ganz unstillbar konnte sein Verlangen nach Wein nicht sein, wenn er vergaß, seinen Becher zu leeren.

»Was ist deiner Ansicht nach der Sinn des Glaubens?« fragte ich ihn. Er brauchte nicht lange zu überlegen.

»Die Seelen für das ewige Leben zu retten«, antwortete er.

»Du bist also ein eingeschworener Gegner des Todes«, sagte ich. Er nickte.

»Und du findest es nicht ein bißchen seltsam, daß du das anstrebst, indem du Leben vernichtest?« fragte ich.

Der Pfarrer zuckte die Achseln. »Wenn das Weizenkorn nicht aufgeht…«, sagte er. Er bot mir einen Stuhl an, der voller Katzenhaare war. »Behaupte nicht, mein Freund, ich hätte den Tod erfunden!« fügte er hinzu.

»Nein, den Tod nicht, und nicht einmal das Töten«, gab ich zu.

»Das haben die Mörder und die Richter erfunden!« sagte er.

»Manchmal denke ich über den Unterschied zwischen den beiden nach«, bekannte ich. Der Pfarrer meinte zu wissen, worin er bestand.

»Je mehr Leute über den Tod eines Menschen entscheiden, desto mehr ist es Recht und nicht Mord«, sagte er.

»Oder je mehr getötet werden, desto weniger kann man von einem reinen Mord sprechen!« sagte ich.

Natürlich war das spöttisch gemeint, aber gleichzeitig wollte mir scheinen, daß ich nicht völlig im Unrecht war. Wenn die Menschen hören, daß die Papisten im Kampf zehntausend der Unsrigen abgeschlachtet haben, entsetzen sie sich nicht, aber in ihrem Rachedurst sind sie bereit, zur Tat zu schreiten, wenn die Seeleute von einem Mönch berichten, der ein Mädchen vergewaltigt und erdrosselt haben soll. Wenn ihnen jemand sagt, daß die Soldaten Frauen und – je nach Neigung – auch kleine Jungen schänden und zu Tode bringen, dann sagen die Leute, nun, es sind halt Soldaten, nicht wahr?

»Hier geht es um eine Idee, die manchmal dadurch geschützt werden muß, daß man tötet«, sagte Kjellinus. Er öffnete die Tür des Schranks hinter ihm und nahm eine Flasche heraus. Er hob sie fragend empor, ich schüttelte den Kopf. Er stellte das Glas vor sich hin, brach dann aber in verlegenes Gelächter aus, als er bemerkte, daß die Flasche leer war. So nennt man das ja, Gottesidee, Staatsidee, gerechte Strafe. Aber zur Verteidigung eines gewöhnlichen Mörders genügt es nicht, auf die persönliche Sicht zu verweisen. Es gab keine Philosophie des Mordens für jedermann, die Rechte Gottes nahm man sich nicht, sie wurden einem gewährt! Und mir waren meine auf dem Feldzug nach Schöps gewährt worden, recht zufällig, als der König die Schlampereien und die widerwärtigen Gesichter um sich herum satt hatte. Bryniel Kjellinus wiederum hatte seine Rechte deshalb erhalten, weil er zu zart gebaut war, um mit dem Ackergaul umzugehen und Baumstämme zu heben.

»Woher weißt du, daß gerade wir die Idee richtig deuten können?« fragte ich ihn.

Er schwieg einen Augenblick. Dann wollte er wissen, ob ich mich an die Verleihung meines Magistergrades erinnerte. Ich sagte ihm, ich erinnerte mich sehr wohl daran, verstünde aber nicht, was das mit der Sache zu tun hätte. Bei der Promotion war das *Veni Sancte Spiritus* erklungen, eine sehr schöne Hymne, die ich manchmal zu spielen versuchte, wenn ich allein war. Aber der Pfarrer meinte nicht die Musik. Er fragte, welches Symbol ich als erstes bekommen hätte.

»Ein Buch.«

»Richtig. Ein Buch. Der Aufbewahrungsort allen Wissens und aller Weisheit.«

»Ja. Auch ich gehe bei allem, was ich tue, von einem Buch aus.«

»Ganz recht, aber war es zuerst offen oder zugeklappt?«

»Erst offen, dann zu.«

»Warum war es zuerst offen?«

»Das weiß ich nicht mehr, ich nehme an, das gehörte zur Zeremonie!«

»Das hatte schon einen Sinn, aber welchen?«

»Das weiß ich wirklich nicht mehr!«

Bryniel Kjellinus lächelte. Triumphierend. Wie er sich doch freute, daß er die Gelegenheit erhielt, mich für mein schlechtes Gedächtnis brüderlich zu tadeln.

»Die Bücher mußten offen sein, damit die Graduierten nicht dem Wahn verfielen, alles zu wissen!« sagte er. »Alles zu wissen kommt nicht dem Menschen zu, sondern Gott«, fügte er hinzu.

»Ja, natürlich, und die Pastoren waren in schwierigen Fragen die Dolmetscher des Allmächtigen.«

Erst später bemerkte ich, daß Kjellinus vom zweiten Teil der Zeremonie nichts gesagt hatte. Auch das Schließen der Bücher hatte seinen Sinn gehabt. Damit die Absolventen nicht nur den Büchern vertrauten und auf diese Weise ständig von den Ideen anderer geleitet würden.

Das kam mir erst ein paar Tage später in den Sinn, als ich Ludwig Duntes Werk *Decisiones Mille et sex casuum conscientiae* las, das erst zwei Jahre zuvor in Ratzeburg erschienen war und das ein Bekannter mir gerade im Gedanken an diesen Prozeß geschickt hatte. Das Buch hatte mich verdrossen. Dunte hatte beobachtet, daß es melancholische Hexen gab, die vom Satan derart getäuscht worden waren, daß sie glaubten, mit ihm einen Pakt geschlossen zu haben, und Dinge gestanden, die reine Einbildung waren. Diese Hexen konnte man nach Duntes Ansicht keinesfalls bestrafen, weil sie krank waren. Überhaupt warnten die gelehrten Verfasser des Werkes die Obrigkeit in scharfen Worten davor, Unschuldige als Hexen zu verurteilen. Besonders Mayfart wandte sich gegen die Folter, weil sich durch Untersuchungen herausgestellt hatte, daß sie falsche Geständnisse bewirkte.

»Das Rechtswesen ist interessant«, sagte ich.

»Ja, es ist das Sinnbild der Unabhängigkeit!« erwiderte der Pfarrer. Es kam mir so vor, als sei er sehr stolz auf seine eigene.

»Deshalb ließen wir es in Rom auch den freigelassenen Sklaven zuteil werden«, sagte ich. Er tat, als bemerke er die Spitze nicht.

»Wir haben uns von Roheit und Primitivität befreit und mannhaft bemüht, von der Unwissenhaft loszukommen«, sagte er.

Ich hatte genug. »Ich kann nicht gutheißen, was mit Anna B. gemacht worden ist!« eröffnete ich ihm.

Er schob die Bücher in dem Staub mit den Fliegen auf dem Sims hin und her, als suchte er nach etwas Bestimmtem. »Ist es nicht die Hauptsache, daß wir ein Geständnis bekommen haben?« fragte er.

»Erstens war es nur ein Teilgeständnis, noch dazu ein ziemlich lückenhaftes, und zum anderen billige ich nicht die unehrlichen Methoden, mit denen es erlangt wurde!« antwortete ich.

»Wenn es daran hapert, daß das Geständnis nicht ausreichend ist, dann weiß ich schon, wie wir zu einem besseren kommen!« sagte er.

»Was meinst du damit?« fragte ich. Ich konnte seine Arroganz kaum fassen. Hinsichtlich seiner menschlichen Qualitäten hatte ich mich gründlich getäuscht.

»Ich glaube, daß wir den Fall noch so hinbekommen können, daß sie zusammen mit den anderen hingerichtet werden kann«, sagte Kjellinus.

Er wandte sich ab, um ein Buch zu suchen, das er mir unbedingt zu lesen geben wollte. Er meinte es ernst, die Geste bedeutete nicht, daß er mir nicht in die Augen sehen wollte. Von Abscheu übermannt, musterte ich seinen krummen Rücken, die schlechte Haltung. Er begriff nicht, daß er einen entscheidenden Fehler gemacht hatte. Er hatte nicht die Absicht, sein Amt niederzulegen, wenn ich ihn nicht direkt darum bat.

Die Sonne versuchte, in unsere Spinnwebhöhle vorzudringen, sie ließ die davor hängenden Eiszapfen schmelzen. Am Fenster waren Fingerabdrücke zu sehen, und zum ersten Mal kam mir in den Sinn, daß der Pfarrer auch Kinder hatte. Wahrscheinlich hatten sie ins Fenster hineingespäht, wenn der Vater seine Predigten schrieb oder überlegte, mit welchen Methoden man die Frauen foltern konnte.

»Was würdest du sagen, wenn deine Kinder …«, begann ich. Er bat mich fortzufahren, während ich mich zugleich wunderte, wohin das Buch, das er suchte, geraten sein mochte. Nein, so konnte man nicht fragen. Dann wäre ich wie die fünfjährige Märta: Wie möchtest du lieber sterben, im Wasser oder im Feuer? So konnte man nicht fragen.

Bryniel Kjellinus war ein schlechter Mensch, aber war er, juristisch gesehen, im Unrecht? Das Kind der Angeklagten war tot. Das war eine Tatsache, an der wir nichts ändern konnten. Es mußte im Ermessen des Ermittlers liegen, wann und wie das der Gefangenen mitgeteilt wurde. Der Pfarrer hatte die grausame Art gewählt, die Sache so lange zu verschweigen, daß der Fall nicht darunter litt, aber das konnte man nicht gegen ihn verwenden.

Nein! Ich war ein Feigling, dem es schwerfiel, die Dinge direkt anzusprechen. Ich ging zur Tür, in die Nähe des sicheren Fluchtwegs.

»Was dich angeht, ist die Ermittlung in dieser Sache damit beendet!« sagte ich.

Verwundert wandte er sich um. Die Sonnenstrahlen trafen ihn ins Auge, und er blinzelte, so als sähe er vor sich ein seltsames Tier.

»Was?« fragte er.

»Du hast einen unverzeihlichen Fehler begangen!« erklärte ich.

»Das kannst du nicht im Ernst meinen!« erwiderte er verblüfft.

»Doch!« erwiderte ich.

Der Pfarrer errötete. Er sagte, er erkenne meinen Beschluß nicht an. Ich entgegnete, dieser Beschluß gehöre nicht zu den Angelegenheiten, die seiner Anerkennung bedürften. Er wies darauf hin, daß in Hexenfragen immer auch die Autorität der Kirche gehört werden müsse, daß er sich beschweren werde, wenn man ihn nicht anhörte.

»Na gut«, sagte ich, »im Fall Anna B. werde ich deine abweichende Meinung vermerken und schreiben, daß der Fall deiner Ansicht nach zur selben Hinrichtung hätte führen können, die die anderen erleiden!«

Der Pfarrer nickte. Was als Scherz gemeint war, beruhigte ihn. Er rief mir sogar noch nach, ob ich gar nicht wissen wolle, was für ein Buch er mir hatte geben wollen. Ich sagte nein.

Aber das war eine Lüge. Ich stellte fest, daß ich im Laufe des Abends mehrmals darüber nachdachte.

12. KAPITEL

Zwölftes Kapitel, in welchem ein Sarg geöffnet und andere Geheimnisse gelüftet werden. Der Richter erfährt, daß er bitter getäuscht worden ist.

Den Tod ihres Kindes teilte man Anna so schonend wie möglich mit. Nicht, daß es nach der Mutter geschrien und sich in den Ecken versteckt hatte, und daß er allein gelassen worden war. Nur das Ansteigen des Fiebers und das rasche, schmerzlose Hinscheiden. Aber selbst das war zu viel. Beim nächsten Verhör bekannte sie, sich in jedem einzelnen Punkt der *magia divinatoria* schuldig gemacht zu haben.

Ich war gezwungen, sie zum Tode zu verurteilen.

Das war eine Niederlage gegenüber Kjellinus; durch ihr freiwilliges Geständnis hängte Anna den Klöppel in das Sterbeglöcklein, das der Pfarrer so eifrig und kunstvoll gegossen hatte. Deshalb mußte ich unseren dicken Streit in einen mageren Frieden verwandeln, das war ich Kjellinus schuldig.

Nur wenige Tage nach ihrem Geständnis widerrief Anna. Sie sagte, sie habe gestanden, weil sie vor Trauer von Sinnen gewesen sei. Jetzt wolle sie nach draußen, um ihr Kind selbst zu begraben. Ich erklärte ihr, ich könne eine zum Tode verurteilte Hexe unter gar keinen Umständen vor dem Tag der Hinrichtung aus dem Gefängnis lassen. Sie stürzte sich auf mich und versuchte mich zu kratzen. Der Aufseher schaffte es mit knapper Not, mir zu Hilfe zu eilen, und ließ mich aus der Zelle.

Ich betrachtete Anna durch die Luke, bevor ich das nächste Mal zu ihr hineinging. Sie blieb keinen Augenblick an ihrem Platz, sondern ging ächzend und sich die Hände knetend in dem engen Verlies umher. »Hat sie Schmerzen, oder ist sie verrückt geworden?« fragte ich den Aufseher. Er erwiderte, daß Anna B. seit ihrer Einkerkerung so gewesen sei. Ich sagte dem Gefängnisaufseher Erik Eriksson, daß er in der Nähe bleiben solle, wenn ich hineinging.

»Ist Joseph noch nicht zurück?« fragte Anna.

Ich sagte ihr, daß er meines Wissens noch nicht wieder da sei.

»Ist mein Sohn tot?« fragte sie.

»Ja«, antwortete ich. Ich fügte noch hinzu, daß sie das doch wisse.

Sie rieb die Hände an ihren Kleidern, auf und ab, an ihrer verschossenen Jacke. »Woher soll ich wissen, was wahr ist und was Lüge!« heulte sie. Sie war nachts von dem Gefühl erwacht, daß das Kind doch noch am Leben sei und daß man ihr nur deshalb gesagt habe, es sei tot, damit sie gestand. »Warum darf ich nicht einmal seine Leiche sehen, wenn er denn tot ist?« fragte Anna und schüttelte meinen Arm. »Warum erlaubt mir das niemand?« schrie sie.

Kurz darauf fragte sie, warum Elin sie nicht besucht habe.

»Hattet ihr beide nicht ein schlechtes Verhältnis zueinander?« erinnerte ich sie.

Anna kaute an ihren Nägeln, an denen es nichts zu kauen gab. »Man kann ein schlechtes Verhältnis zueinander haben, aber es ist doch üblich, daß man die eigenen Hausgenossen besucht!« sagte sie. »Wenn Joseph oder Elin sagt, daß Thomas tot ist, dann glaube ich es!« sagte Anna.

Mir fiel ein, daß die Magd ein Bündel geschickt hatte. Ich schlug gegen die Tür und sagte Eriksson, er solle die Mitbringsel für die Gefangene holen gehen. Anna wirkte nicht interessiert. Sie stellte sich vor das Gitter, durch das man ein Stück vom Himmel und den knorrigen Wipfel einer blattlosen Eiche sah. Sie trug eine Wollmütze, die sie fortwährend zurechtrückte. Darunter ragten struppige, ungewaschene Haarsträhnen hervor.

Als der Aufseher das Bündel mit dem Essen hereinreichte, fragte Anna ihn, ob Elin gesagt habe, daß der Junge sie grüßen lasse. Ich stieß die Tür zu und sagte, daß nur richtige Familienmitglieder bis in die Burg kommen dürften und daß Anna die Regeln schon kennen müßte.

»Verfluchte Regeln!« schrie Anna. »Ich hätte diese Hure nur gefragt, ob Thomas noch am Leben ist oder nicht!« Anna riß mir das Bündel aus der Hand und trampelte darauf herum wie ein Pferd. Ich fand, daß sie sich dumm verhielt, und sagte es ihr auch. Als Antwort stieß sie den von Eigelb triefenden Stoffklumpen in die Ecke. »Ich habe keinen Hunger«, sagte sie.

Etwas in ihrem Äußeren beschäftigte mich. Da war irgend etwas, was nicht dazugehörte.

Anna hatte bei ihrer Verhaftung keine Mütze getragen, und niemand war sie besuchen gekommen! Woher hatte sie die Mütze?

Kniend untersuchte sie das eiverklebte Bündel. Vielleicht hoffte sie, einen Hinweis darauf zu finden, einen Gruß, daß der Junge noch am Leben war? Ihre Hände durchwühlten das schleimige Stofftuch, zerbröselten das Brot. Ihren Finger steckte sie nicht einmal aus Versehen in den Mund.

»Woher hast du diese Kopfbedeckung?« fragte ich. Anna antwortete nicht. Sie stand auf und wischte sich die Hände ab.

»Darf ich meinen Jungen begraben, wenn ich es erzähle?« erkundigte sie sich.

»Nein, du mußt es in jedem Fall sagen!« erwiderte ich.

Sie lächelte. »Werden meine Brüste mit glühenden Eisen

durchbohrt, werden meine Gelenke zertrümmert, wenn ich es nicht verrate?« fragte sie.

Ich runzelte die Brauen. Was sollte nun das zu bedeuten haben? »Das hat der Pfarrer den anderen angedroht!« erklärte sie.

Am meisten erschütterte mich nicht Kjellinus' Unverfrorenheit, sondern die Tatsache, daß Anna mit den anderen gesprochen hatte! Und nicht nur gesprochen; diese Mütze hatte ihr eine der Frauen gegeben, dessen war ich mir sicher. Aber Anna wollte es nicht zugeben. Immer, wenn ich vor sie hintrat, wandte sie mir den Rücken zu.

Ich spürte eine kraftlose Wut in mir. Und begann zu ahnen, welche Wut den Pfarrer getrieben haben mußte, daß er zu fragwürdigen Mitteln griff. Den Profos konnte man nicht immer holen; die vom Gesetz vorgesehenen Druckmittel garantierten nicht unbedingt den Erfolg. Ich mußte Anna zum Reden bringen, diese Sache war zu wichtig, als daß sie im Schneckenhaus ihres hartnäckigen Schweigens bleiben durfte! Ich hatte Bryniel Kjellinus einen Tritt gegeben; jetzt hätte ich einen Mann wie ihn, der die Frauen zum Reden brachte, gebraucht.

Eine Verschwörung! Eine zerstörerische Verschwörung der Hexen, und ich konnte nichts dagegen tun! Hatte ich nicht die ganze Zeit geahnt, daß innerhalb dieser düsteren Granitwände etwas geflüstert und getuschelt wurde, Worte und Pläne, die durch die Wände aus Stein hindurchgingen, als wären es Vorhänge, die nur auf die Ankunft der Hexen gewartet hatten, um beiseite zu gleiten! Sie waren Helfershelfer des Teufels, so hatte ich mir gesagt und doch nichts begriffen.

Der Satan fährt in den Stein wie in eine Wolke, für ihn ist Mist Honig, und Feuerflammen sind für ihn Tautropfen; für ihn bedeutet fauliges Fleisch Schönheit, und die Schmerzensschreie Unschuldiger sind für ihn Musik! Und mir hatten seine Verbündeten so leid getan, während sie zugleich auf Rache, Mühsal und Vernichtung sannen, die sie über uns bringen wollten!

Wie könnte ich Anna zum Reden bringen? Ein Offizier von

Karl grub einem feindlichen Kundschafter mit dem Löffel ein Auge aus, das wirkte sofort. Schon als sich ein kleines Stück des Silbers in seine Augengrube schob, schwor der Mann, alles erzählen zu wollen. Als das Auge herausgerissen war, starb der Mann mitten bei seinem freimütigen Geständnis. Irgend etwas war schiefgegangen. Der Befehlshaber der Wache hatte geflucht und sich bei mir darüber beklagt, daß seine Leute heutzutage so tölpelhaft seien; früher hatte ein Einäugiger einen guten Übungsgegner abgegeben für die Männer, die sich während langer Zeiten der Untätigkeit langweilten.

Ich dachte keinen Augenblick daran, diesen Frauen so etwas anzutun. Auch wenn ich glaubte, daß die ganze Insel in Gefahr war, ich hätte es doch nicht fertiggebracht, sie so barbarisch zu behandeln. Ich stellte mir vor, wie die kleine Märta anstelle von Mückenstichen an den Eiterbeulen der Pocken kratzen, wie Ilia mit den veilchenblauen Augen unter Flutwellen geraten und das Volk mit anklagenden Gesichtern auf dem Hof des Amtsgebäudes stehen und fragen würde, warum ich nichts getan hatte, als es noch Zeit gewesen war.

»Du darfst deinen Jungen sehen, wenn du es erzählst!« sagte ich zu Anna. Fragt mich nicht, ob ich je vorhatte, dieses Versprechen zu halten. Darüber dachte ich damals nicht nach. Die Mütze hatte in mir eine Angst freigesetzt, die einem Habicht glich.

Anna zögerte. Vielleicht überlegte sie, was die Rolle der Verräterin sie kosten würde.

Der Teufel hatte ihr das Geständnis verziehen, sicherlich würde er auch dieses verzeihen!

»Werde ich ihn wirklich sehen?« fragte sie. Sie mußte mir vertrauen; das war ihre einzige Chance.

»Ja«, antwortete ich.

»Ich hab sie von Lisbeta bekommen!« sagte sie. »Lisbeta bot mir Schuhwichse und die Mütze an, sie hatte gehört, daß ich nicht genug Sachen hatte!« erzählte Anna.

»Schuhwichse?« fragte ich. Was sollte das bedeuten? Hielt

sie mich zum besten? Sie hatte nur einen einzigen Stiefel, warum hätte sie den…?

»Ja, als Hexensalbe!« sagte Anna. »Um nicht mehr gefoltert zu werden!«

Schuhwichse als Hexensalbe! Kjellinus hatte das verlangt, erklärte sie. Es war Lisbeta gelungen, dem Aufseher Schuhwichse zu stibitzen, und der Pfarrer hatte sofort aufgehört, sie zu quälen. Sie hatte auch Ebba davon abgegeben, Lisbeta, die so mutig war! Anna hoffte, daß Lisbeta deswegen nicht gefoltert werden würde, aber falls das doch geschehen sollte, würde Lisbeta dann verstehen, daß Anna es nur wegen des Kindes hatte tun müssen?

»Eine Frau kann nicht sterben, ohne zu erfahren, wie es um ihr Kind steht!« sagte Anna.

Das konnte doch nicht wahr sein! Die Verschwörung der Hexen verwandelte sich in eine Posse um Schuhwichse; aus einer Schicksalstragödie, deren Held ich hätte sein können, wurde durch einen Satz eine Farce, in der ich einen beklagenswerten Dummkopf mit Eselsohren abgab! Anna mußte mich getäuscht haben, sie hatte sich eine solche Antwort zurechtgelegt, weil sie die Wahrheit nicht sagen konnte. So mußte es sein, diese schlaue Dirne, die sich wer weiß was ausdachte, nur um ihr Balg sehen zu können!

Ich machte mich unverzüglich daran, den Aufseher und seine Frau zu verhören.

Erik Eriksson ordnete sich die gelblichen Roßhaare, die er über die Glatze gekämmt hatte. Seine Frau nickte ihm aufmunternd zu. »Wir hatten einen so fürchterlich kalten Winter!« sagte sie. »Was hat das mit der Sache zu tun?« wunderte ich mich. Er erklärte: Man mußte die Häftlinge zum Aufwärmen in den Vorraum lassen. Erikssons Frau nickte: »Die Zellen waren in der schlimmsten Zeit eiskalt, dort wäre man gestorben«, sagte sie. »Aber die Verurteilten und die Angeklagten waren zu unterschiedlichen Zeiten dort«, sagte der Aufseher. »Ja, so war es«, bestätigte seine Frau.

Ich spürte, wie ein Lachen unter Tränen mein Inneres erschütterte. Unglaublich! Wahnsinnig und doch zweifellos wahr! Und die Schuhwichse, war davon etwas verschwunden? »Ja, in dem Fett waren Fingerspuren«, sagte der Aufseher. Er selbst pflegte davon mit einem Stück Filz etwas abzunehmen, von ihm konnte die Spur nicht sein. Die Frau bestätigte das; der Mann hatte immer einen Lappen benutzt!

»Ich wußte es schon damals, als der Pfarrer die Hexensalbe verbrannte«, sagte die Frau. »Ich habe sie am Geruch erkannt.« Beide wunderten sich, daß Kjellinus der Geruch nicht bekannt vorgekommen war. Ich wunderte mich über gar nichts mehr.

»War die Tür des Vorraums offen oder geschlossen, als die Häftlinge sich dort aufwärmten?« erkundigte ich mich.

»Geschlossen!« versicherte der Aufseher. »Abgesehen von dem Augenblick, als das Essen ausgeteilt wurde.«

»Warum habt ihr mir nicht schon früher davon berichtet?« fragte ich. In meiner Stimme war keine Spannkraft mehr, ich war nicht einmal zornig. Der Mensch erträgt nur eine begrenzte Menge seiner eigenen Dummheit.

»Ich hätte es erzählt, wenn Sie danach gefragt hätten«, erwiderte der Aufseher.

Das hatte ich nicht getan. Und das Hofgericht hatte die Urteile für Maria, Lisbeta und Ebba bestätigt.

Sie waren aufgrund erfundener Beweise verurteilt worden, und wer weiß, wie viele Geständnisse auf ähnlichem Betrug beruhten!

Ich ging hinaus. Ich konnte die Luft von Kastelholm nicht ertragen, den aus den Zellen dringenden Gestank nach Urin und Kot, vermischt mit dem ausdruckslosen Geruch dünner Bohnensuppe. Auf dem Hof spielten Erikssons Kinder; sie hatten Schneemänner gebaut. Eine ganze Armee von Schneemännern mit Nasen aus Stöckchen und Augen aus Steinen. Einige von ihnen waren Häftlinge, die Kinder waren Wärter und Henker, und die Köpfe aus Schnee plumpsten einer nach dem anderen zu Boden. Ein kleines Mädchen baute sich vor mir auf und hielt mir die von der Kälte aufgesprungene Hand hin. »Wenn du sie angucken willst, mußt du bezahlen, Onkel!« sagte sie. Ich gab ihr etwas aus meiner Manteltasche. Sie hatte recht, wenn man sich etwas ansehen will, muß man dafür gewöhnlich bezahlen.

13. KAPITEL

Dreizehntes Kapitel, in welchem der Richter seine Fehler wiedergutzumachen versucht, indem er neue Schuldige sucht. Der Richter lernt die Lektion eines klugen Mannes: Man muß wissen, wen man beschuldigt und wen nicht!

Sie wollen wissen, was ich getan habe? Sie lesen die Gerichtsbücher, setzen neben die Beschlüsse große rote Fragezeichen, machen spöttische Randbemerkungen. Sie schreiben einen Artikel für eine historische Zeitschrift, in dem Sie nachweisen, daß ich mich nicht in die Dinge eingemischt habe, obwohl ich sah, daß etwas schieflief. Sie entwickeln verschiedene Theorien, wonach ich Angst hatte, meine eigenen Urteile aufzuheben und so mein Ansehen aufs Spiel zu setzen, oder von meinen Vorgesetzten unter Druck gesetzt wurde, ja sogar, daß ich einfach ein absolut gefühlloser Schurke bin, wie man es von einem Juristen nicht anders erwarten kann.

Sie verstehen nicht, daß schon das Registrieren der Posse mit der Schuhwichse eine Stellungnahme war. Ich hätte sie unbesorgt weglassen können, aber ich habe sie notiert, weil ich zeigen wollte, wie die Dinge lagen. Beweist das nicht, daß ich etwas tun wollte?

Es gab auch solche Sachen, die sich nicht in den Büchern finden, von denen Sie aber wissen sollten:

Ich richtete es so ein, daß Anna B. ihr Kind sehen durfte. Das hätten Sie nicht von mir erwartet, nicht wahr? Sie hatten gedacht, ich würde die Vorschriften nicht verletzen, indem ich Anna aus dem Gefängnis herausführte, aber das hieße, meine Findigkeit zu unterschätzen.

Ich ließ den Sarg ins Gefängnis bringen.

Erst betrachtete Anna ihn durch die Luke. Sie sagte, das könne nicht der Sarg ihres Sohnes sein, weil er so klein war. Ich sagte ihr, sie dürfe in den Gang kommen und den Deckel aufmachen.

Anna kam zum Sarg und berührte das helle Birkenholz mit den Fingern.

»Nicht aufmachen! Da ist jemand anders drin, nicht mein Sohn!« sagte sie.

»Er kann also wieder fortgebracht werden?« fragte ich, aber sie schüttelte den Kopf.

»Vielleicht sollte ich doch nachsehen, wie der Tote aussieht«, entgegnete sie. »Unter diesen Umständen!« fügte sie hinzu.

Das Tuch, das man dem Jungen um Kinn und Kopf gebunden hatte, preßte sein Gesicht zusammen und gab ihm den Gesichtsausdruck einer alten Frau. Sein Kopf ruhte auf dem dunklen Kissen wie ein weißer, rundgeschliffener Kalkstein, den jemand aus Versehen dorthin geworfen hatte. Anna hob die Hand des Jungen auf, die aus der gefalteten Position herabgeglitten war.

»So eine kleine Hand! Die wird nun nichts mehr tun«, sagte sie und legte sie zu der anderen Hand auf die Brust.

»Ja, ja«, räusperte ich mich.

»Das ist nicht mein Sohn!« konstatierte Anna. Sie lächelte.

Ich sagte nichts. Anna betrachtete das Kind. Langsam glitt ein Lächeln über ihr Gesicht wie ins Wasser gestreute Asche. Sie berührte respektvoll die tüllartige Rüsche des Totenhemds, ihre Hand glitt hinter den schmalen Nacken.

Uns blieb keine Zeit, um zu reagieren. Schon lange war die

Frau des Gefängniswärters von Schluchzen geschüttelt worden, so wie es Frauen in solchen Situationen zu gehen pflegt. Als die Gefangene die Leiche aus dem Sarg riß und damit den Gang entlanglief, wobei ihr die Leichentücher zwischen den Armen flatterten, begann Erikssons Frau zu lachen und in die Hände zu klatschen.

»Tut etwas!« schrie ich böse. Aber Kirstin Eriksson wies in hilflosem Gelächter auf die zu Boden gefallenen Tücher und die sich entfernende Gefangene und kreischte.

»Beruhige dich, Mensch!« polterte der Aufseher verlegen und begriff erst, nachdem er einen Blick auf mich geworfen hatte, was von ihm erwartet wurde. Er lief Anna nach.

Die kam natürlich nicht weit. Als sie das Ende des Ganges erreicht hatte, sah sie sich vergeblich nach einem neuen Fluchtweg um. Der Aufseher stand mit ausgebreiteten Armen hinter ihr wie beim Greifspiel, und seine Frau gackerte immer noch hysterisch. Anna kauerte sich nieder und versteckte das Kind vor uns. Sie hockte sich wie ein Schild zwischen uns und das Kind und drückte ihren Kopf gegen die Steinwand.

»Nimm ihr das Kind weg!« sagte ich.

»Was?« fragte Erik Eriksson. Man sah, daß er erschüttert war; die Situation grenzte an Leichenschändung.

Der Aufseher schleifte Anna zur Zellentür und entriß ihr das Kind. Als der Gefangenen klar wurde, daß sie es nicht mit Gewalt behalten konnte, ließ sie es los.

»Fügt ihm nicht noch mehr Schaden zu!« bat Anna. Tränen kullerten ihr die Nase entlang. Sie hatte keine Schuhe an, nur abgetragene Puschen und Wollstrümpfe. Deshalb hatte sie sich so geräuschlos bewegt, fast war sie geflogen. Jetzt schritt sie schwer wie ein Ackergaul zurück in ihre Zelle.

Nach diesem Ereignis sprach ich nicht mehr mit Anna. Der Aufseher versicherte, sie sei eine brave Gefängnisinsassin geworden. »Man würde gar nicht glauben, daß das derselbe Mensch ist, der mit seinen Schreien das Leben des ganzen Gefängnisses durcheinandergebracht hat!«

Im Gefängnis war Ruhe eingekehrt, aber meine eigenen Gedanken brodelten im Widerstreit gegensätzlicher Argumente. Die Entdeckung des Streichs mit der Schuhwichse war ein ernster Vorfall, doch seine juristische Bedeutung war nicht groß genug, um die Verfahren deshalb neu aufzurollen. Der Betrug als solcher zeugte nicht von der Unschuld der Frauen, sondern nur davon, daß sie zu allem bereit waren, um der Folter zu entgehen. Ich brauchte weitere Beweise, aber woher sollte ich sie bekommen? Nein, die Urteile würden vollstreckt werden, wenn ich keine eindeutigen Gründe fände, um sie aufzuheben.

Ich las ausländische Untersuchungen, blätterte in Protokollen. Ich ging zurück bis zu Karin P. und sah die Erklärungen des Aufsehers und seiner Frau durch, die sie über die Gespräche abgegeben hatten, die sie mitangehört hatten. Schließlich meinte ich, etwas gefunden zu haben, das ich aufgreifen, mit dem ich neu anfangen konnte.

Karin P. hatte, als sie im Gefängnis war, Olof Beckius, den Pfarrer von Jomala, der Hurerei beschuldigt. Karin behauptete, der Pfarrer selbst habe das Kind gezeugt, als dessen Vater der Sohn des Pfarrers verurteilt worden war. Der Fall war seinerzeit vor Gericht verhandelt worden, und Beckius' Sohn hatte sich ertränkt, was als klarer Beweis für seine Schuld angesehen wurde. Aber in der Zeit, als Karin P. im Gefängnis einsaß, brachte die Mutter des Bastards ihr etwas zu essen und erzählte ihr Einzelheiten, die auf die Schuld des Pfarrers hindeuteten. Karin P. erklärte den Ermittlern, daß der Pfarrer von Jomala, Olof Beckius, ein schlimmerer Sünder sei als sie und daß er mit dem Teufel im Bunde stehe, weil er seinen Sohn für die eigenen Sünden habe büßen lassen und noch dazu die arme geschändete Frau bestochen habe, damit sie den Mund hielt.

Der Sache war damals nicht weiter nachgegangen worden, weil sie schon einmal vor Gericht verhandelt worden war. Jetzt aber weckte der Hinweis auf den Teufel in mir den Verdacht, daß die Sache doch etwas mit dem Hexenprozeß zu tun haben könnte.

Zu meiner Verwunderung war der Bezirksamtmann von dem Gedanken nicht begeistert.

»Eine verworrene Geschichte!« sagte er. »Verworrener und nichtssagender Tratsch.« Er fand, man solle das Ganze besser vergessen, denn Olof Beckius habe genug daran zu tragen, seinen Sohn zu betrauern. »Und wenn man ihn in Untersuchungshaft nehmen würde, wer sollte dann die Gottesdienste in der Kirche von Jomala abhalten?«

»Sein Kaplan natürlich!« entgegnete ich.

»Der ist ein kranker Mann und im Augenblick zu nichts zu gebrauchen; sollte man jetzt nicht an das Wohl der Gemeinde denken, in solchen Zeiten!« fügte der Bezirksamtmann hinzu.

Unser Gespräch erinnerte langsam an ein Streitgespräch. Der Bezirksamtmann fand es nicht sinnvoll, Maßnahmen gegen einen ehrenwerten Mann zu ergreifen nur wegen des rachedurstigen Gefasels einer alten Hexe. Ich meinerseits erinnerte ihn daran, daß die Reden von Karin P. damals, als man eine Liste der Verdächtigen erstellte, nicht als bloßes Gefasel gewertet worden waren.

»Sie als Richter müßten doch die Hexen kennen; das sind doch die ersten, die die Gottesdiener mit Dreck bewerfen!«

Ich sagte ihm, daß ich in der Sache nicht nachgeben würde. Der Fall war unklar und erforderte Ermittlungen. Der Bezirksamtmann sagte, in diesem Falle müßte ich zuerst der Mutter des Bastards eine Ladung schicken und nicht dem Pfarrer.

»Sie ist schon einmal bestraft worden, und man kann niemanden wegen derselben Sache zweimal verhaften«, bemerkte ich.

»Aber wenn Sie jetzt annehmen, daß sie einen falschen Eid geschworen hat, haben Sie ja einen Grund zu einer neuerlichen Anklage!« entgegnete er.

»Und das Kind?« fragte ich. Die Frau zog ja das Kind allein auf, es würde verkommen, wenn man die Mutter zum Verhör festsetzen würde.

Der Bezirksamtmann grinste. »Vorhin hat Sie das Schicksal

einer ganzen Gemeinde nicht bekümmert, und jetzt sorgen Sie sich um das Wohl eines einzigen Kindes!«

Ich brauste auf. Und erinnerte den Amtmann daran, daß er die Ladung in jedem Fall zustellen müsse, wenn ich sie nur erst einmal abgefaßt hätte. Er räumte ein, daß es so sei, empfahl mir aber dennoch, mich nicht auf ein so unsicheres Unternehmen einzulassen, bei dem ein ehrenwerter Mann grundlos verunglimpft werden könnte.

Nachdem ich aufgrund der Protokolle die Ladung erstellt und sie dem Bezirksamtmann hatte aushändigen lassen, erfuhr ich, daß Pfarrer Olof Beckius nach Turku gereist sei. Inzwischen versah der Kaplan seine Amtsgeschäfte. Der Bezirksamtmann hielt die Genesung des Kaplans zu einem so passenden Zeitpunkt für ein Zeichen Gottes. Ich erkundigte mich bei dem Amtmann, wann Olof Beckius seiner Ansicht nach zurückkehren würde. Der Amtmann erwiderte, er wisse nicht, welche Angelegenheit der Pfarrer auf dem Festland erledigen wolle.

»Das hängt wohl ganz von den Umständen ab«, sagte er.

Später begriff ich, was er mit den Umständen gemeint hatte. Bischof Getzelius sandte mir einen Brief, in dem er die Hoffnung äußerte, daß der Zustand der Kirche auf der Insel sich möglichst bald normalisieren möge. Man solle die Pastoren nicht grundlos verfolgen, zumal der Pflug des Rechts wichtigere Schläge zu beackern habe.

Zu jenem Zeitpunkt hatte die Ladung auch sonst nicht mehr viel Sinn. Ich zerriß sie. Der Pfarrer von Jomala kehrte ohne viel Aufhebens zurück und versah sein Amt.

14. KAPITEL

Vierzehntes Kapitel, in welchem der Richter einer Hinrichtung beiwohnt und einen lebendigen Wolf sieht.

An dem Tag, an dem die Frauen hingerichtet wurden, sah ich einen Wolf. Einen großen, grauen Hund oder Wolf, so im nachhinein bin ich mir nicht mehr ganz sicher.

Davon wollen Sie nichts hören, Sie interessieren sich mehr für die Hinrichtung selbst oder für die Frage, warum ich die Vollstreckung nicht verhindert habe.

Die Sache entglitt mir, wie ich schon sagte.

Glauben Sie mir nicht, daß ich im Gefängnis war und versuchte aus der Weste einen Rock, aus dem Setzling einen Wald zu machen? Aber von den Frauen kam nichts. Ich hatte Kjellinus eine Rüge erteilt und ihn als Vernehmungsführer zurückgeholt. Seine Ergebnisse bestätigten nur den früheren Beschluß. Wegen der Sache mit der Schuhwichse war er moralisch entrüstet, aber er hielt sie nicht für entscheidend, so wie auch ich es nicht konnte. Außerdem bestätigte das Hofgericht Annas Urteil, obwohl ich die Einzelheiten der Posse dargelegt hatte.

Ich hörte, wie Lisbeta sang. Das Lied erzählte von einem Mann, der um seiner Liebe willen wie ein Schaf geschlachtet und wie ein Fisch gehäutet wurde. Lisbeta hatte eine sehr schöne Stimme. Als ich eintrat, verstummte sie.

Sie hielten zusammen bis zuletzt. Zuerst hatten sie einander angezeigt, jetzt gebot ihnen ihr Stolz, daß sie die Dinge nicht preisgaben, die sie untereinander besprochen hatten. Anna hatten die anderen verziehen; sie verstanden ihr Leid. »Begreift ihr nicht, daß ich versuche, euch zu helfen?« fragte ich, aber sie trauten mir nicht.

Ich glaube, sie konnten sich dem Gedanken an den Tod nicht beugen. Zu Bryniel Kjellinus' Aufgaben gehörte es, eine mögliche Verschwörung aufzudecken, aber ich selbst glaubte nicht mehr daran. Zwischen vergeblicher Hoffnung und der Hoffnung, die ein Fluchtplan mit sich bringt, besteht ein großer Unterschied; jemand, der weiß, daß er vergeblich auf Rettung hofft, ist äußerlich ruhig, jemand, der auf Flucht sinnt, ist so unruhig wie ein Tier im Käfig. Ebba versuchte sogar sich aufzuhängen. Sie drehte aus den Bändern für ihren Haarknoten einen Strick, aber der war so mürbe, daß er riß. Sie brach sich ein paar Rippen, andere Folgen hatte ihr Aufbegehren nicht.

Von der Hinrichtung gibt es nicht viel zu berichten. Das einzige Ereignis, das mir deutlich in Erinnerung geblieben ist, war, daß Maria stolperte, in den Schneematsch fiel und die ganze Gesellschaft dadurch aufhielt, daß sie ihren Rock säuberte. Das war eine typisch weibliche Geste; die anderen Häftlinge achteten überhaupt nicht darauf. Mich erschütterte sie. Warum machte sie ihren Rock sauber? Normalerweise tat man das aus Schönheitsgründen und damit man sich in dem nassen Zeug nicht erkältete; in dieser Situation aber war die Geste sinnlos. Wie der Mensch doch bis zuletzt an seinen Gewohnheiten festhält. Wie er durch sie am Leben festhält, das ihm gerade unwiderruflich genommen werden soll.

Fast die ganze Insel war da. War doch die Massenhinrichtung ein Ereignis, wie niemand es je zuvor erlebt hatte. Die Angehörigen weinten, die anderen waren entweder übertrieben entsetzt oder an Einzelheiten interessiert. Hinterher hörte ich, daß man Wetten abgeschlossen hatte, welche der Frauen die Hinrichtung still erdulden würde, in welcher Reihenfolge sie sterben müßten, welches ihre letzten Worte sein würden. Es waren viele Kinder da; wahrscheinlich fehlten nur die der Verurteilten und meine eigenen. Nein, doch nicht. Zumindest einige von Lisbetas Söhnen waren anwesend; sie riefen ihrer Mutter aufmunternde Abschiedsworte zu. »Gott wird dich rächen!« versicherten sie ihr.

Ich will nicht in die Einzelheiten gehen. Es ist Ihr Pech, daß Sie damals noch nicht lebten und den Akt *in concreto* verfolgen konnten. Ich versichere Ihnen, daß die Abtrennung des Kopfes vom Rumpf kein schöner Anblick ist, selbst wenn der Henker noch so geschickt ist, und besonders dann nicht, wenn der Kopf sich aus irgendeinem unerfindlichen Grund weigert, in den Korb mit den anderen drei Köpfen zu fallen, und wie ein blutiger Ball auf das Publikum zukullert! Oder vielleicht erschien der Masse der Zuschauer ein leichtes Rollen auch nur als Kullern, als es einmal kollektiv zusammenzuckte, denn letztlich handelte es sich nur um einen Augenblick, wonach der Henker mit seiner behandschuhten Hand den Kopf ergriff und ihn dorthin legte, wohin er gehörte.

Brennendes Menschenfleisch riecht nicht gut, aber der Scheiterhaufen war prachtvoll, und die Flammen schlugen wie Feuerschmetterlinge zum Himmel hinauf. Im Publikum entstand eine Hysterie, als jemand behauptete, daß eine der Leichen sich bewege und Zeichen gebe. Diejenigen, die sich besser auskannten, sagten, das mache das Feuer.

Auf dem Heimweg sah ich einen Wolf. In seinem grauen Pelz funkelten gefrorene Wassertropfen, kleine Eiszapfen, die matt gegeneinanderklirrten, wenn das Tier sich bewegte. Es saß am Waldrand, ganz ruhig, obwohl es mich sah.

Es ist von irgendeiner anderen Insel oder vom Festland her über das Eis gekommen, dachte ich. Vielleicht war es in ein Eisloch gefallen und hatte sich dank seiner scharfen Krallen und seiner unglaublichen Kräfte wieder herausgearbeitet. Und jetzt war es so müde, daß es sich nicht mehr rühren konnte.

Der Schnee stiebte in kleinen Wirbeln zwischen mir und dem Wolf, aber das Tier blieb unter dem Wind, und das Pferd bekam keine Witterung von ihm. Träge wandte der Wolf den Kopf, die Eisglocken in seinem Pelz ließen den Anfang einer Melodie ertönen.

Ich hatte keine Angst. Trotzig dachte ich: Ich werde ihn erschießen! Dann würde ich den Kadaver den Ungläubigen vor die Füße werfen. Der Mann, der den Wolf getötet hat! Vielleicht hatte sich die Kunde davon, daß das Raubtier unterwegs war, schon verbreitet? Vielleicht hielten die Eltern schon in diesem Augenblick ihre Kinder aus Furcht vor dem Wolf hinter Schloß und Riegel im Hause? Welches Glück, daß ich allein war, denn dies war die Arbeit eines einzigen Mannes!

Der Wolf gähnte, als ich mich nach hinten beugte, um das Steinschloßgewehr unter dem Fell hervorzuziehen. Das Gähnen war ein Täuschungsmanöver, eine für den Wolf typische Geste, um den Gegner zu demütigen. Das tiefe Gähnen ließ seine Kiefer erzittern, der graue Hals streckte sich lang, die Eiszapfen klirrten gegeneinander. Er hatte keine Angst vor mir und warf mir schläfrig-verwunderte Blicke zu: Warum gehst du nicht vorüber, solange du es noch kannst?

Nein. Ich dürstete nach Blut, ich wollte meine Kugel in seinen hochmütigen, silbrig glänzenden Pelz versenken. Er setzte sich. Es war, als hielten die Schneewirbel ihn an seinem Platz fest. Er hat keinerlei Chance, dachte ich.

Ich bekam die Waffe nicht zu fassen, sie lag weiter hinten. Das Pferd schnaubte, aber nicht vor Angst. Es wollte weiter, ihm war kalt, es spürte erregt die Nähe des Stalls. Ich hätte mich umdrehen müssen, um das Steinschloßgewehr in die Hand zu nehmen, aber die Unbekümmertheit des Raubtiers ärgerte mich. Ein Wolf ist nicht dumm, warum verhielt sich dieses Tier so unvernünftig?

Der Isegrim sah nicht mehr zu mir her, er wandte den Kopf,

um etwas abzuschätzen, das sich auf der anderen Seite von uns befand. Noch mehr Wölfe! War das möglich? Natürlich war es das, sie bewegten sich im Rudel, und ich war die ganze Zeit Gegenstand ihrer Beobachtung gewesen. Ich war nicht der Jäger, sondern der Gejagte! Ich würde es nie und nimmer schaffen bis zum Steinschloßgewehr, bei der ersten unbedachten Bewegung würden sich die hinter mir im Schneesturm unsichtbar japsenden Tiere auf mich stürzen.

Klatschend zog ich dem Pferd die Peitsche über. Rasch, rasch, wir hatten eine geringe Chance zu überleben. Eine verschwindend geringe, aber wenn das Pferd nicht schlapp machte, waren wir gerettet. Die Wölfe waren im Rudel über das Eis gekommen, als eine graue, hungrige Front mitten in der Nacht, als niemand es sah. Das Tier, das ich gesehen hatte, war das Leittier; es war ins Wasser gefallen, was bedeutete, daß es vorangegangen war. Und wenn nun das ganze Rudel ins Wasser gefallen war und nur das Leittier überlebt hatte!? Aber das hieße ja…!

Als ich mich umdrehte, stiebten hinter mir die Schneewirbel, am weißen Himmel zeichnete sich ein roter Fleck ab wie das einsame Auge eines Riesenalbinos. Keine Wolfsrachen, nur die Spuren von einem Schlitten und Pferdehufen im Schnee. Welche Erleichterung, welche Schande!

Als ich die Geschwindigkeit auf das normale Tempo drosselte, verspürte ich schneidende Leibschmerzen. Zuerst dachte ich, ich würde es bis nach Hause schaffen, aber das Rumoren in meinem Bauch wurde immer schlimmer. Ich mußte einen Entschluß fassen, bevor ich den Waldrand erreichte, auf der Dorfstraße würde es nicht mehr gehen! Der Wind hatte sich gelegt, es war, als habe er die Schneevorhänge vor dem sogleich beginnenden Schauspiel beiseite ziehen wollen.

Ich brachte das Pferd zum Stehen. Der Schreck von vorhin hielt mich davon ab, es an einen Baum zu binden und in den Wald zu gehen. So hielt ich die Zügel fest und hockte mich neben den Hinterbeinen des Pferdes hin. Ich klemmte den Umhang aus Otternfell unter die Achseln und ließ die Hosen herunter. Jetzt fehlte zu meiner Demütigung nur noch, daß jemand im Wald stand und mich sah, dachte ich. Der Kreisrichter mit Durchfall auf Dienstreise! Trotz der Schmerzen mußte ich lachen. Zum Glück ist der Knecht nicht mit, dies ist das Geschäft eines einzigen Mannes! sagte ich mir und lachte schallend in den stillen Abend hinein.

Zwischen den Beinen des Pferdes hindurch sah ich einen verschneiten Weiher, an dem ich viele Male vorbeigefahren war, ohne ihn zu bemerken. Aus dem Weiher ragten bereiftes Röhricht und Stöcker heraus, die die Kinder dort in den Schnee gesteckt hatten. Sie waren kaltblau und sehr schön. Ich hörte auf zu lachen, während ich sie bewunderte. Sie beruhigten mich. Ich spürte nicht den kalten Wind an meinem Hinterteil, und auch das Rumoren im Bauch ließ allmählich nach. Ich war beklagenswert. Selbst totes Gras hat mehr Würde als der Mensch!

Das Pferd wandte den Kopf und trat auf der Stelle.

Aus Mitgefühl ließ es dampfende Äpfel neben mir fallen, und mir blieb nichts anderes übrig, als die verblüffende Dehnung seines Afters und das gemächliche Fallen dessen, was es daraus hervorschob, zu beobachten. Ich schämte mich, die Stute nicht! Der Mensch tut so vieles gerade deshalb, weil er Sklave gemeiner Funktionen ist. Wenn in diesem Augenblick der Wolf gekommen wäre, falls er mich doch verfolgt haben sollte, hätte ich ihn eher seine Zähne in mein nacktes Hinterteil schlagen lassen, als daß ich mir die Hosen besudelt hätte, um mein Leben zu retten. In einer solchen Verfassung hätte ich nicht nach Hause gehen können; das Gelächter darüber hätte kein Ende genommen.

Ich dachte an die Hinrichtung und an die Menschen, die sie beobachtet hatten. Diese Insel lebte ihr eigenes Leben, ohne sich um mich zu kümmern, und sie entleerte ihren Darm in der ihr eigenen Weise.

Sie hatten mir eine Schar Frauen übergeben, mit der sie unzufrieden waren und die sie aus dem einen oder anderen Grunde aus ihrer Mitte entfernen wollten. Sie hofften, ich würde die Axt benutzen, die mir anvertraut worden war.

Ebba war eine Ausnahme. Sie war nicht von den Leuten ausgeliefert worden, sie wollte sich selbst loswerden, sie war sich ihres Außenseitertums bewußt. Also war auch ihre Verurteilung natürlich und von den Vorschriften diktiert. Keine Frau verließ diese Inseln ohne Mann, es sei denn im Begräbnisboot!

Das Schilf schwankte blaurot. Zufrieden seufzend stand ich auf. Ich schloß meine Hosen. Ich hatte mich also doch nicht besudelt.

ZWEITER TEIL

Unser Bewußtsein schafft sich ja nicht selber, sondern es quillt aus unbekannter Tiefe. Es erwacht allmählich im Kinde, und es erwacht jeden Morgen aus der Tiefe des Schlafes aus einem unbewußten Zustand.

C. G. Jung

15. KAPITEL

Fünfzehntes Kapitel, in welchem der Knecht des Richters ehrenhafte Genugtuung sucht. Der Richter ist erstaunt, weil ein Knecht nach seiner Auffassung und nach den Reichsgesetzen keine Ehre haben kann.

Ich hatte Kummer mit meinem Knecht Torsten. Immer, wenn ein Flußschiff in den Hafen kam, begann er vor Nervosität zu trinken. Er erwartete seine Frau zurück, aber wenn sie nicht kam, drang er in das Schiff ein und suchte Streit mit irgendeinem Seemann.

An einem Morgen im Frühsommer erwachte ich davon, daß jemand wie wild an die Fensterscheibe klopfte.

»Richter, hier wird ein Richter gebraucht!« rief eine Stimme.

Ich stand auf und sah aus dem Fenster. Torsten stand schwankend auf dem Hof und winkte mir zu.

»Mordio, Richter, hierher!« rief er.

Ich zog mir den Morgenmantel über, fluchte vor mich hin und ging hinaus.

»Bist du verrückt geworden?« fragte ich. »Wenn du etwas angestellt hast, dann rede mit dem Bezirksamtmann und ärgere nicht mich!«

Torsten stand breitbeinig und trotzig mitten auf dem Hof.

»Du bist doch der Richter!« antwortete er und begann aus irgendeinem Grund laut zu lachen.

»Was ist dir? Ich habe allmählich genug von dir!« erklärte ich ihm.

Torsten holte die Flasche aus der Tasche und trat zu mir.

»Genehmigen wir uns erst mal einen und reden dann«, schlug er vor.

Der Morgen war kühl, die ersten Vögel zwitscherten im Hain hinter uns.

»Hast du jemanden umgebracht?« fragte ich und schob die Flasche weg, die er mir gewaltsam in den Mund schieben wollte. An der Wange hatte er eine blutige Schramme, an den Händen Quetschungen. Er roch nach Schlamm.

Wie kam ich nur dazu, da mit ihm auf den morgenfeuchten Treppenstufen zu sitzen und ihm zu erlauben, mich herumzukommandieren? Ihm, einem Knecht! Einem anmaßenden Knecht, den man in Rußland nackt in den Wald gejagt und wie einen Fuchs von den Hunden hätte hetzen lassen, damit sie ihn bei lebendigem Leibe in Stücke rissen. Was an mir war verkehrt? Ein Jahr zuvor hatte ich vier Frauen in die Ewigkeit befördert, und jetzt schaffte ich es nicht einmal, einen einzigen großschnäuzigen Kerl im Zaum zu halten.

»Was meinen Sie, Herr Richter, wollen wir uns nicht zuerst einen genehmigen?« fragte Torsten.

Ich nahm ihm die Flasche aus der Hand und setzte sie an die Lippen.

»Sie sind mein einziger Freund, auch wenn ich Sie hasse«, sagte Torsten und legte mir die Hand auf die Schulter.

Ich schüttelte sie ab. Er war ein Mann, der bis zum Äußersten geht, das hatte ich ihm sofort angesehen. Die Knechte eines Richters scheren sich nicht um das Gesetz.

»Na, dann laß hören!« sagte ich.

Er stierte mich an. »Sind Sie mein Freund?« fragte er.

»Nein!« antwortete ich. Schließlich war ich sein Herr, der

Herr eines Verbrechers. Er erhob sich und stand schwankend vor mir.

»Sie lügen, aber was macht das schon«, lamentierte er. Mich fror, und ich nahm einen zweiten Schluck. Torsten begann zu erzählen.

Er hatte einen Seemann zum Zweikampf herausgefordert. Es war derselbe, der ihm die Frau ausgespannt hatte. Diesmal war er sich sicher. Felsenfest sicher. Er hatte es dem Seemann an den Augen angesehen, daß er der Schuldige war, und auch seine Reden verrieten ihn zur Genüge. Als Waffe hatten sie sich auf Finnendolche geeinigt. Und mit dem Finnendolch konnte er, weiß Gott, umgehen! Er hatte sich freilich noch nicht entschieden, ob er dieses Schwein umbringen oder für den Rest seines Lebens zum Krüppel machen sollte, aber der Mann würde nicht nur mit einem blauen Auge davonkommen.

»Aber das ist ein ehrenhafter Zweikampf, und ich will, daß Sie ihn von Anfang bis Ende verfolgen, damit Sie mich hinterher richtig verurteilen können«, erklärte Torsten. »Wenn es so weit kommt, daß ich ihn umbringen muß, bekommt er kein christliches Begräbnis, sondern soll wie ein Bösewicht verscharrt werden.«

»Ist das so wichtig? Daß ihm auch nach seinem Tod nicht verziehen wird?« fragte ich.

»Genau das, denn er ist nicht das Opfer eines Verbrechens, sondern selbst ein Verbrecher!« versicherte Torsten.

»Und wenn du selbst stirbst, soll man dich dann auch ohne Segen in die Grube werfen?« erkundigte ich mich.

»Ich werde diesen Kampf nicht verlieren!« erwiderte er und ballte die Faust.

Er war trotzig und steckte voller Kraft in diesem Augenblick, den er für den ehrenhaftesten seines Lebens hielt. Dafür hatte er geduldig Mist gekarrt, tagaus, tagein, hatte die quälende, nagende Sehnsucht und Enttäuschung ertragen, war in den Hafen gegangen, wo man ihn verlacht hatte, und wieder zurückgekehrt.

Er war trotzig und rührend. Vom männlichsten Augenblick seines Lebens waren es nur ein paar Worte bis zu seiner tiefsten Demütigung. Die Worte lagen bei mir, ich brauchte nur den Mund aufzutun und ihm zu sagen, welch lächerlichem Irrtum er erlegen war.

Daß er nämlich nicht ehrenhaft gegen den Mann, der ihn erniedrigt hatte, kämpfen konnte, ob der nun wirklich schuldig war oder nicht. Das königliche Edikt, das jegliche Zweikämpfe verbot, galt nicht für Männer wie ihn. Die Gesetzgeber Karls XI. waren nicht von der Annahme ausgegangen, daß ein Mann aus dem Volk eine Ehre haben könnte. Nur Adelige und Soldaten hatten das Recht, gegen das Zweikampfedikt zu verstoßen. Knechte wurden nach dem gewöhnlichen Gesetz abgeurteilt, und das bedeutete die Auslegung des Verbrechens als Mißhandlung oder Mord. Das Opfer würde man geziemend in geweihtem Boden bestatten, aber der Täter würde weder mit Vertreibung oder Geldstrafe davonkommen, sondern höchstwahrscheinlich am Galgen enden oder bestenfalls zu einer Prangerstrafe verurteilt werden.

»So, so. Solche Pläne hast du also«, überlegte ich, während ich ihm die Flasche reichte. Ich hatte keine Veranlassung, ihn zu bemitleiden.

»Das bringt dir deine Frau nicht wieder zurück, weißt du das?« bemerkte ich.

Er winkte ab. »Die kann ich entbehren, jetzt geht es um meine Ehre!«

»Und wenn der Mann nun nicht kommt?« fragte ich.

Torsten fuhr sich durch sein gelbblondes Strubbelhaar. »Dann werd ich ihm Beine machen!«

Ich schüttelte den Kopf und stand auf. »Deine Bitte ist auf jeden Fall abwegig, ich kann doch als Richter nicht gehen und mit ansehen, wie jemand ein Verbrechen begeht!« sagte ich.

Er ergriff den Saum meiner Hausjacke.

»Dann kommen Sie als Freund!« bat er.

»Du verstehst wirklich nichts vom Recht, du Tölpel!« erwiderte ich und riß mich los.

Was tat ich da? Wie handelte ein Kreisrichter, der etwas auf sich hielt, in einem solchen Augenblick, da er erfahren hatte, daß sein Knecht plante, einen Mann zu töten?

Überhaupt nicht. Oder besser gesagt: Ich ging ins Haus und schlief weiter. Und das ist noch nicht alles: Im Augenblick des Einschlafens verspürte ich ein eigentümliches Wohlbehagen. Widerstrebend mußte ich mir eingestehen, daß ich es schon im voraus genoß, was Torsten diesem Gauner für einen Denkzettel verpassen würde. Ich fand es gut, daß es in der Welt noch Männer wie meinen Knecht gab.

Später hörte ich von den Dienstmädchen, daß Torsten in beklagenswertem Zustand heimgekommen sei. Sein Gesicht war geschwollen, der Körper zerschunden, und einige Rippen waren gebrochen. Später erzählte Torsten, daß der Mann gar nicht erschienen sei, und als er selbst zum Schiff gegangen war, hatten die Seeleute ihn verprügelt.

»Wenn er sich doch nur beruhigen wollte!« sagte Elsa. »Er ist ein Schandfleck für das ganze Haus!«

Ich gab zu, daß ich dasselbe hoffte, aber als der Knecht sich nicht nur beruhigte, sondern demütig und zahm wurde wie die Schafe, die hinter der Wand seiner Schlafstelle blökten, empfand ich keine Freude mehr.

»Wenn eine Frau einen Mann demütigt, kann der Mann immer noch behaupten, ein Mann zu sein, aber wenn er sich selbst blamiert, dann hat er nichts mehr zu prahlen«, sagte Torsten, als er die Pferde füttern ging.

»Es ist doch nicht deine Schuld, daß es so gelaufen ist«, tröstete ich ihn. »Der Mann war ein Feigling!«

»Die haben mich ausgelacht und mich gar nicht ernst genommen, sondern einfach so zum Vergnügen getreten und verprügelt!« erwiderte er und verbarg sich hinter dem breiten Rücken des Pferdes.

Es fiel mir schwer, irgend etwas Aufmunterndes zu sagen,

ich wußte nicht, was das hätte sein können. Er hatte einen ehrenhaften Mord verüben wollen, aber die anderen Männer hatten ihn daran gehindert. Wahrscheinlich deshalb, weil er sich geirrt hatte; von seiner Eifersucht geblendet, hatte er sich den ersten besten zum Opfer ausersehen. Und wenn er es auch geschafft hätte, dann wäre er doch spätestens bei der Gerichtsverhandlung verhöhnt worden. War nicht die Enttäuschung ohne Leiche und ohne Mörder eine hundertmal bessere Lösung für seine sinnlose Wut?

Auf dem Weg nach Kastelholm, wo nach einjähriger Pause eine der Hexerei beschuldigte Frau eingeliefert worden war, dachte ich über Torstens Verhalten nach. Daß er so vollkommen demütig geworden war, verhieß nichts Gutes, das entsprach nicht seiner Art und konnte nicht echt sein. Und wenn er nun etwas plante? Eines Tages, wenn ich ihm vergeblich zurufen würde, er solle die Pferde bringen, würde ich in den Kuhstall gehen und seinen schlaffen Körper am Dachbarren baumeln finden. Das Gesicht blau, Zunge und Augen herausgequollen. Was würde ich dann sagen, was könnte ich zu meiner Verteidigung vorbringen?

Früher hatte ich ihn dafür getadelt, daß er mit dem Fuß gegen die Eimer stieß, wenn sie ihm im Wege standen. Jetzt tat es mir weh, wenn ich sah, wie er sich bückte, um einen Gegenstand, den er versehentlich angestoßen hatte, an seinen Platz zu stellen. Er hielt die Kinder auf dem Schoß wie ein Opa, und von seiner vorzeitigen Vergreisung sprachen auch die Kleider, die ihm am Leib schlotterten. Wie hatte nur ein einziger Vorfall dem Mann seine Haltung nehmen können? Das ergab doch gar keinen Sinn.

Aber was ergab denn überhaupt Sinn? Der Weg machte eine scharfe Biegung nach rechts und gab den Blick auf den massiven Ostflügel der Burg aus rotem Granit frei, in dem sich der Haupteingang der Festung befand, die als Gefängnis diente, wenn sie nicht ihre eigentliche Aufgabe erfüllte: die einer königlichen Jagdhütte. Eine solche Menge von Steinen aufeinandergeschichtet, nur um nutzlosen Verwaltungsbeamten, die man unter einem Vorwand von dort vertrieben hatte, wo die wirklichen Beschlüsse gefaßt wurden, einen einigermaßen tröstlichen Rahmen zu bieten. So viele schweißtreibende Arbeitstage nur für den Fall, daß es dem König eines Tages in den Sinn käme, auf die Ålandsinseln zu fahren und Elche zu schießen. Wer, der Kastelholm gesehen hat, glaubt noch, daß Vernunft die Welt regiert?

Der Gefängnisaufseher kam mir am Tor entgegen und erzählte, wie die Gefangene sich in den letzten vier Tagen verhalten hatte, die sie im Gefängnis eingesperrt gewesen war.

»Ein ganz ruhiger Fall, aber das Essen hat sie bemängelt!« erklärte er.

Diese Ingeborg U. hatte ich noch nicht kennengelernt und wußte von ihr eigentlich nichts anderes, als daß sie zu den Frauen gehörte, die von Karin P. denunziert worden waren. Bei den Ermittlungen des Pfarrers hatte es sich herausgestellt, daß sie eine äußerst zweifelhafte Person war. Ich hatte Kjellinus keine offizielle Erlaubnis erteilt, die denunzierten Frauen zu vernehmen, aber wir hatten ausgemacht, daß er sich bei Bedarf bei den anderen Gemeindemitgliedern nach den Gewohnheiten der Frauen erkundigen könne. Bei Ingeborg war so viel belastendes Material zusammengekommen, daß man die Erhebung der Anklage nicht mehr aufschieben konnte. Sie war zugezogen, verbreitete offen Irrlehren, und ich konnte auch die Möglichkeit nicht ausschließen, daß gerade sie die Person war, die die Dämonen auf diese Insel gebracht hatte.

»Gehen Sie allein hinein, oder soll ich den Wärter mitschicken?« fragte Eriksson, während wir mit hallenden Schritten den Gang entlanggingen. Die Verdächtigen wurden nicht in Eisen gelegt, weil die Erfahrung gelehrt hatte, daß sie nicht versuchten zu fliehen.

»Ich gehe allein. Wo sie doch so ruhig ist!« sagte ich.

Wir blieben vor demselben Verlies stehen, in dem seinerzeit Anna B. verwahrt worden war. Der Aufseher öffnete die Tür.

Die Gefangene saß in der Ecke auf dem Stroh, stand aber auf, als ich eintrat. Eine halbe Stunde später dachte ich nicht mehr daran, daß ich einen Knecht hatte.

Ich bin verwirrt und vor allem sehr müde.

Mitten in der Nacht holte er mich aus dem Bett: Er stand am Kopfende und tippte mir auf die Schulter. Gut, daß er nicht auch noch den Jüngsten aufweckte, der sich mit seinem Kopfkissen zu mir gelegt hatte.

Noch nie zuvor war er ins Untergeschoß gekommen, und das verwirrte mich. Dennoch hatte ich meine Zweifel an der Wichtigkeit der Sache, aber er schwor, er werde mich die ganze Nacht nicht in Ruhe lassen, wenn ich meine Maschine nicht im Takt seines Bekenntnisses singen ließe.

In der Küche wagte ich es, das Licht einzuschalten. Es blendete mich, aber nicht ihn, das Astralwesen.

»Ich habe gehört, daß ihr heute über mich gestritten habt«, sagte der Richter selbstzufrieden.

»Wir haben nicht über dich gestritten. Ich bin der ganzen Geschichte nur müde, und auch der Geduldsfaden der Familie reißt irgendwann…«

(Vielleicht haben wir gestritten? Vielleicht werde ich gemein, weil meine Hauptfigur gemein ist. Jedenfalls saugt sie mir Freude und Kraft aus, so daß ich mich für nichts mehr so begeistern kann wie früher. Dies ist eine schwere Zeit für die Familie; ich, die ich tagaus, tagein zwischen den Papierbögen hänge wie eine Spinne, die ihre Netze spinnt, habe mich jetzt eingerichtet in dieser Situation. Früher habe ich das Schreiben sogar mitten im Satz abgebrochen, wenn ich sah, daß ein Auto in den Hof einbog und das Tor aufstieß, das ich halb offen gelassen hatte, aber jetzt stehle ich mir von unserer gemeinsamen Zeit immer mehr und immer unbekümmerter. Aus Minuten werden leicht Stunden, obwohl ich weiß, daß das Getöse und Geschrei unten von der Ungeduld und der Sehnsucht nach gemeinsamen Aktivitäten herrührt.)

Wieder gab ich nach. Ich machte mir einen Kaffee und stieg mit meinem Becher ins Obergeschoß hinauf, um eine höchst ungewöhnliche Geschichte zu bezeugen.

»Wäre es nicht das natürlichste, weiterzufahren auf diesem Gleis, das ich endlich unter all dem Gerümpel freigelegt habe?«

»Warum willst du nicht darstellen, daß ich mich verliebt habe, was hast du dagegen?«

»Darum geht es nicht. Ich versuche, ein allgemeingültiges Werk zu schreiben, und die Idee dieses Werkes besteht darin, zu zeigen, wozu ein liebloses Leben einen bringt. Ich habe genug über die Glücklichen geschrieben, die sich auf den Frühlingswiesen tummeln.«

Ich rede wie ein Pfarrer, predige und doziere. Bin ich auf dem besten Wege, zur Dorfblöden zu werden, weil ich diese absurden Gespräche mit einem nicht vorhandenen Wesen führe? Wenn ich am Spiegel vorbeikomme, sehe ich eine blasse, geistesabwesende Person mit ungepflegten Haaren und übernächtigten Augen.

Und erst vor einigen Wochen ergriff mich beim Lesen eines Zeitungsartikels Mitleid mit einem lokalen Autodidakten, der gerade dahingeschieden war. Er hatte verschiedene Perpetua mobilia konstruiert, die Konversationslexika von A bis Z auf der Suche nach Fehlern durchgeackert und genug Flausen im Kopf, um seine Forschungen für genauso allgemeingültig zu halten wie ich die meinen. Er erstellte eine Tabelle der Primzahlen, tat das jahrelang, jahrzehntelang, ohne ein einziges Mal an seiner Sache zu zweifeln: *Die Tabelle ist jetzt bis zu der Zahl 221 763 122 508 gelangt. Während der letzten 44 Milliarden hat sich nichts Neues Interessantes ergeben, aber das kann sich jeden Moment ändern, so daß man ständig unter einer gewissen Spannung lebt…«*

Ich denke an ihn, den häßlichen und sonderbaren kleinen Alten, der sich seine Hoffnung bis zuletzt bewahrte. War das vielleicht kein Verlust des Realitätssinns, keine krankhafte Begeisterung für ein Problem, das für die anderen gar nicht existierte?

»Ein Leben ohne Liebe gibt es nicht, jeder schnappt sich seinen kleinen Teil davon. Egal in welcher Form, und sei es Selbstbetrug«, beharrt der Richter.

Bei ihm muß man auf der Hut sein. Ich werde den Eindruck nicht los, daß er sich über mich und meine Romanpläne lustig macht. Ich studiere die Quellen, bis mir die Augen tränen, lasse Fachleute sämtliche Bedeutungen veralteter schwedischer Redewendungen prüfen, vergleiche zeitgenössische Quellen, aber trotz klarer Linien droht alles auseinanderzufallen, mir zu entgleiten, eigenartig und fremd zu werden.

»Dieses Buch beschreibt einen Prozeß. Aberwitzige Verdrehungen des Rechts und ein verrücktes Schauspiel, wie es im Prinzip auch heute noch möglich ist. Man braucht nur eine Anklage, die absurd genug ist, und die Schuld ergibt sich wie von selbst. Die Liebe hat in dieser Geschichte nichts zu suchen!«

Ich habe ihm erotische Freiheiten gewährt, er durfte sich am Anblick der Häftlinge weiden und sie betatschen, seine Frau vergewaltigen und perverse Triebe in seiner Umgebung verfolgen; warum sollte er sich auch noch in den Heiligtümern der Großen Liebe tummeln dürfen?

»Ich möchte mich zu einer Liebe bekennen, die selbst die Grenzen des Todes noch überwindet«, sagte er.

Ich bin bestürzt, und ich leide mit.

Einen Augenblick lang sehe ich ihn nicht. Ich sehe auch das

Geschriebene nicht richtig, weil die Lampe über dem Tisch zu schwach ist. Die Papiere liegen im kastanienbraunen Schein der Morgenröte herum, sie wirken unwirklich und unnötig. Seiten eines Romans. Glieder einer alten Geschichte, die schon bei ihrer Entstehung Schaden genommen hat. Bin ich die Autorin dieses Machwerks? Ist mein Atem lang genug, es noch einmal zu ordnen? Mir graut, als ich begreife, daß meine Seiten nicht nur meine Seiten, sondern auch die Wohnung eines von weit her aus dem Ungewissen aufgetauchten Gastes sind. Es lebt eine unvermutete Sehnsucht in ihnen, und ich bekomme Angst. So als hätte ich ein mißgebildetes Kind in meine Obhut bekommen, von dem es heißt, es begreife sein Unglück gar nicht, und als sähe ich dann in seinen Augen das Leiden, das vom Schmerz des Verstehens herrührt.

»Ist nicht der Glaube an das Unmögliche die einzige Botschaft, die ein Kunstwerk vermitteln kann?«

Hat er das gesagt? Oder ich?

Der Glaube an das Unmögliche. Ich glaube, und sei es auch unmöglich. Ich glaube gerade deshalb, weil es unmöglich ist.

Vor ein paar Tagen sah ich es einem Menschen ins Gesicht geschrieben: Eine alte Frau saß neben dem Fahrer des Krankenwagens und preßte eine Tasche zwischen den Händen, war aber sonst ruhig. Der Fahrer wußte, daß der Mann schon tot war, als sie ihn abholten, die Frau glaubte, er würde noch einmal aufwachen. Und der Gesichtsausdruck der Frau zwang den Fahrer, die Sirene heulen zu lassen, schnell und bei Rot über die Kreuzung zu fahren, so daß auch wir alle, die wir am Straßenrand standen, es glaubten.

An das Unmögliche zu glauben bewahrt einen nicht vor dem Leiden, aber es verkürzt es. Vielleicht macht es das Leiden auf diese Weise erträglich.

»Na gut. Einigen wir uns darauf, daß du mit deiner Erzählung fortfährst, und sehen wir, was daraus wird. Der Aufbau des Romans ist sowieso schon verworren, und von der ursprünglichen Passionsidee ist kaum noch etwas übrig.«

»Von der Passionsidee?«

»Es ist lächerlich, zu diesem Zeitpunkt darauf zurückzukommen. Ich hatte eine Art ironische Adaptation eines Passionsspiels im Sinn, eine Eigenbilanz des Antichristen, eine Art kummervolles Staken in Richtung hin auf eine allegorische Kreuzigung. Die Passion dieser Person, also meine, wäre es gewesen, im Leid zu schwelgen. Technisch hatte ich an eine Aufteilung in Rezitative gedacht, in denen sich einerseits die karge Bedingungslosigkeit des Protestantismus, das Sündenbewußtsein in seiner ganzen Vielfalt und andererseits die Sehnsucht nach Läuterung widerspiegeln würde…«

Ich fange an zu lachen. Meine Erklärung klingt unsinnig. Hat mein Ausgangspunkt tatsächlich so künstlich und unrealistisch sein können? So schwungvoll und großartig hatte ich also den Amoklauf des frustrierten Herzens in die Welt der Phantasie gestalten wollen!

Wenn ich den Richter ansehe, sehe ich dann mich selbst? Wenn ja, so muß das in eigenartiger Weise und unter Verdrehung der Wirklichkeit geschehen, wie durch Professor Strattons Brille. Stratton lernte die Welt kennen, indem er sich selbst als Versuchskaninchen benutzte und sie durch eine Brille betrachtete, die alles auf den Kopf stellte und rechts und links vertauschte. Anfangs erkannte er sich selbst im Spiegel nicht wieder; später verkehrte sich das Problem in sein Gegenteil, und die Gewöhnung an die frühere Wirklichkeit verschaffte ihm Erlebnisse der Entfremdung.

»Das klingt allerdings großartig…!« stimmt der Richter mir zu. Man sieht, es ist ihm wichtig, mich jetzt im Griff zu behalten.

»Das Leben kann ruhig hart sein, wenn es nur großartig ist, wie eine Freundin von mir zu sagen pflegte. Sie gab ihre gut bezahlte Stellung auf und stürzte sich auf eine Tätigkeit, zu der sie sich berufen fühlte. Heutzutage spricht man dann von ›beschränkter sozialer Kompetenz‹…«

»Diese Frau, von der ich…«

»Sie war eine wunderbare und energische Frau, die glaubte, die erste Pflicht des Menschen bestünde darin, ein erfülltes Leben zu leben. Möglicherweise wird sie ihren Entschluß niemals bereuen, auch wenn es einem Außenstehenden so scheinen mag, als wäre genau das die unausweichliche Folge eines solchen Sichgehenlassens.«

Der Richter läßt mich reden, weil er weiß, daß seine Stunde wieder kommen wird. Der Hund, der sich mir zu Füßen zusammengerollt hat, gähnt im Schlaf. Vielleicht jagt auch er einer unsichtbaren Beute nach.

Mein Arbeitskollege, der siebenfache Frauenmörder, hat möglicherweise recht: Feste Pläne haben den Nachteil, daß sie keinen Raum lassen für Alternativen. Hat schon mal jemand ein Buch geschrieben, in dem es alternative Lösungen, parallele Kapitel und, je nach dem Gang der Ereignisse, verschiedene Schlüsse gibt? Für einen Schriftsteller könnte es eine dankbare Lebensaufgabe sein, ausgehend von einem bestimmten Punkt, eine unbegrenzte Zahl von Romanen zu schreiben, glückliche und traurige, düstere und freundliche, glühende und platte, glaubhafte und unglaubhafte, häßliche und schöne, vernünftige und absurde.

Doch nein. Ich habe meine Melodie, dies ist ein dokumentarischer Roman, der auf erhaltenen Gerichtsprotokollen basiert.

»Aus den Protokollen sind die letzten Seiten herausgerissen. Die Wissenschaftler behaupten, daß die Seiten zu der Zeit herausgerissen wurden, als das Buch vollgeschrieben wurde. Was weißt du darüber?«

»Darf ich der Reihe nach erzählen, dann wird klar, worum es da…«

»Keine Detektivgeschichte mit der Auflösung auf der letzten Seite!«

»Ich habe dich geweckt, um dir von mir und der Frau zu erzählen.«

Ich hole den Papierstapel aus der Kommodenschublade.

Auch er bekommt einen roten Schimmer. Der Hund gibt im Schlaf Laut und ändert seine Lage. Jungs Buch liegt aufgeschlagen vor mir. *Der Traum ist die kleine verborgene Tür im Innersten und Intimsten der Seele, welche sich in jene kosmische Urnacht öffnet, die Seele war, als es noch längst kein Ichbewußtsein gab.*

Der Richter fährt sich ungeduldig durch die Haare. Nein, es nützt nichts, sich vorzustellen, dies wäre ein Traum und ich läge mit einem Kind in den Armen in meinem Bett. Im Traum erscheint das Unwirkliche nicht unwirklich.

Aber ich träume.

Im Traum bin ich Jungs treue Jüngerin: Ich will die Welt verbessern, Krieg und Gewalt abschaffen. *Die Psychologie des einzelnen aber entspricht der Psychologie der Nationen. Nur die Veränderung der Einstellung des Einzelnen ist der Beginn zur Veränderung der Nation.*

Im Traum sieht Jung mich nicht traurig durch seine Hesse-Brille an (die Lehrmeister wittern immer, wann aus einem Jünger ein Abtrünniger wird), sondern schmunzelt zufrieden. *Wenn es eine Zeit gab, wo die Selbstbesinnung das unbedingt Nötige und einzig Richtige war, so ist es unsere gegenwärtige katastrophale Epoche.*

Im Traum kämpfe ich wie ein müder Soldat in den verwinkelten Gängen des Unterbewußtseins, beschwöre ein Monster herauf, das ich dort treffen soll, schreie mir die Stimme heiser. Erschöpft, aber von der Grundstimmung her mutig und trotzig. Und die alltäglichen Sorgen meines wachen Daseins liegen in weiter Ferne, die Frage, ob ich am Morgen je zwei zusammenpassende Strümpfe für die Kinder finden werde, ob die Redaktionen, die meine Geschichten gedruckt haben, auch genug zahlen, ob ich gealtert bin. In weiter Ferne die Post, die keine Überraschungen bringt, das Gemecker über Lappalien.

»In gewisser Weise beneide ich dich«, sagt der Richter, der Vergil meines Unterbewußtseins.

Ich zucke zusammen.

»In gewisser Weise beneide ich dich, weil du das alles noch vor dir hast!« wiederholt er.

»Was alles?«

»Das Leben, das ist doch das einzige, was uns wirklich unterscheidet, nicht wahr!«

Es fehlt nur noch, daß er pathetisch wird; daß er poetisch vom Wunder des Frühlings schwärmt; daß er mich daran erinnert, wie es ist, von Kinderarmen umschlungen zu werden; daß er die Butterblumen und Zitronenfalter einer dunstigen Morgenlandschaft ausmalt; daß er von der Seligkeit des Liebesakts spricht; daß er die phantastischen Vorspiegelungen von Träumen lobpreist. Nein, ich habe mich verhört, so spricht nicht der Fremdenführer in den finsteren Niederungen des Traums. Und warum sollte er mir meine Angst nehmen wollen?

»Du wolltest etwas erzählen...!«

Das Papier steckt schon in der Maschine. Lautlos zeigt die Wanduhr die volle Stunde an. In vier Stunden geht die Sonne auf.

16. KAPITEL

Sechzehntes Kapitel, in welchem der Richter Ingeborg O. kennenlernt und erfährt, was ein Hanswurst ist.

Sie war anders.

Ich meine nicht, daß sie besonders schön gewesen wäre. Sie hatte ein lebhaftes Gesicht, und je nach Gesichtsausdruck und Haltung wirkte sie gewinnender und weniger alltäglich. Als ich ihr Verlies betrat, begrüßte sie mich mit einem schwer zu deutenden Lächeln. Sie sagte etwas, und ihre warme, tiefe Stimme beeindruckte mich tief. Ich hatte das Gefühl, daß ich nicht gekommen war, um eine Gefangene zu verhören.

Sie war davon überzeugt, daß es sich um einen dummen Irrtum handelte und daß ich gekommen war, um die Sache in Ordnung zu bringen. Sie zeigte, daß sie genug Anstand hatte, um wegen der vier Tage, die sie unschuldig an diesem unangenehmen und demütigenden Ort hatte verbringen müssen, keinen Groll zu hegen.

Während sie sprach, bemerkte ich, daß ich nickte und ihr beipflichtete, und das war kein schlaues Taktieren, sondern eine aufrichtige Überzeugung, die sich durch ihre Sicherheit auf mich übertrug.

Ich brachte es nicht über mich, ihr zu sagen, daß gegen sie ungewöhnlich viele Beweise vorlagen: Nachdem sie bei Bengt Olssons todkrankem Kind gewesen war, hatte sie erklärt, es werde genesen; Lars Thomasson hatte sie gesagt, daß seine Färse, die er vermißte, tot sei; der Anna Eriksdotter, die um ihren in stürmischer See verschollenen Mann bangte, hatte Ingeborg O. mitgeteilt, ihr Mann lebe noch; Agnes Markusdotter, die Frau eines Schiffers, hatte sie mit derselben Nachricht beruhigt, obwohl der Schiffer im Nachbarboot gesehen hatte, wie sein Kamerad von den Wellen hinweggespült worden war. Und alle Prophezeiungen hatten sich bewahrheitet.

»Ich verstehe, daß man einer Zugereisten gegenüber immer mißtrauisch ist«, sagte Ingeborg O. »Ich lebe hier schon seit mehreren Jahren, aber die Leute haben immer noch Scheu vor mir. Man nennt mich die Deutsche, weil Jöran Thomasson mich aus Stettin mitgebracht hat, aber ich bin ebenso eine barfüßige Schwedin wie die Hiesigen, denn ich stamme aus Betna«, erklärte sie. Sie begleitete ihre Rede mit den Händen, und ihr Dialekt hatte den reichsschwedischen Tonfall.

»Weshalb warst du in Stettin?« fragte ich. Die Stadt galt immer noch als ein preußischer Hafen, obwohl sie schon fast zwei Jahrzehnte lang, seit dem Ende des Glaubenskriegs, zu Schweden gehörte.

»Mein erster Mann war Soldat. Er nahm mich mit und versprach mir, daß es uns in Stettin an nichts fehlen würde«, erzählte Ingeborg.

»Aber es kam anders?« erkundigte ich mich.

»Ja, er mußte an dem Feldzug nach Polen teilnehmen und fiel dort«, versetzte Ingeborg. »Ich saß viele Tage lang mit meiner neugeborenen Tochter im Arm unter dem Stadttor und wartete auf die Gefallenenlisten. Sein Name stand auf der dritten.«

Mit dem Sitzen am Stadttor verband sich ein belastendes Moment: Agnes Markusdotter hatte bei ihrer Zeugenaussage angegeben, daß Ingeborg O. gerade dort die Kunst des Weissagens erlernt habe. Sie hatte Agnes anvertraut, daß eine unbekannte Frau zu ihr gekommen war und gesagt hatte, daß sie das Schicksal ihres Mannes erfahren werde, wenn sie den Stein an der Stelle hochhob, wo ihr Mann zum letzten Mal unter dem Tor hindurchgeschritten war: Wenn sich an der Oberfläche des Steins nichts bewege, sei der Mann tot, aber wenn dort zum Beispiel eine Ameise laufe, bedeute es, daß der Vermißte immer noch lebe. Als Ingeborg und die fremde Frau gemeinsam den Stein anhoben, stellten sie fest, daß die Oberfläche ohne Leben war.

»Ist dir gar nicht in den Sinn gekommen, daß die Unbekannte der Satan sein könnte, der sich als gewöhnliche Frau maskiert hatte, und das gemeinsame Umdrehen des Steins die Besiegelung des Paktes bedeutete?« fragte ich.

Ingeborg lachte. In ihrem Lachen gab es helle und dunkle Töne; so als habe jemand Silberlöffel auf den Boden der Zelle fallen lassen.

»Aber nein, das war eine freundliche Person, der ich und das Kind leid taten, wenn Sie sie nur gesehen hätten, dann...«, entgegnete sie vertrauensvoll.

Sie hatte so Schweres erlebt, daß das Einsitzen im Gefängnis sie nicht hatte aus dem Gleichgewicht bringen können. Und sie hatte gelernt, daß man auch aus den schlimmsten Situationen wieder herauskam, wenn man nur den Glauben an sich selbst nicht verlor. Ihr brauchte niemand zu erzählen, daß das Leben Kampf ist; wenn überhaupt jemand, dann wußte sie es.

»Dann kam Jöran Thomasson und rettete dich?« fragte ich.

Nein, damals noch nicht. Jöran Thomasson war eigentlich erst gekommen, nachdem sie schon wußte, daß sie überleben würde, als das Schlimmste schon hinter ihr lag. Aber sie hatte den Vorschlag angenommen, weil der Mann ihr zu verstehen gegeben hatte, daß die Ålandsinseln der schönste Ort Schwedens und der ganzen Welt waren, wo es niemandem schlecht ging. Gerade so wie Stettin nach Ansicht ihres ersten Mannes! Und sie, die Verrückte, war wieder einmal einem Mann in dessen Paradies gefolgt.

Mich interessierte, wie sie nach dem Tod ihres ersten Mannes gelebt hatte. Wie hatte sie für sich und das Kind den Lebensunterhalt verdient? Im ersten Moment dachte ich, daß die Möglichkeiten für eine alleinstehende Frau nicht allzu zahlreich waren.

Sie war nicht gekränkt. Sie legte den Ellenbogen gegen den Fensterpfosten, stützte das Kinn in die Hand und lächelte.

»Jöran Thomasson hätte es nicht gern, daß ich das erzähle. Er schämt sich für das, was ich danach getan habe!« erwiderte Ingeborg.

»Ich meine, in der jetzigen Situation mußt du ehrlich sein«, sagte ich scheinheilig.

»Ich schäme mich überhaupt nicht, aber die Männer auf der Insel haben so veraltete Ansichten«, sagte sie.

Ingeborg hatte in einer Gauklertruppe mitgearbeitet. Sie hatten Straßentheater aufgeführt und allerlei Kunststücke, die beim Publikum gut ankamen. Anfangs war sie Zielscheibe für einen Mann gewesen, der mit brennenden Pfeilen auf sie schoß, später war sie als Schauspielerin aufgetreten.

»Sie führten eine dumme Posse auf, die den Sündenfall darstellte. Das Publikum war verrückt danach!« erzählte Ingeborg.

»Was hattest du für eine Rolle?« fragte ich.

»Die einen wollten, ich sollte die Eva spielen, weil die Darstellerin der Eva dick und zu alt war, und wenn sie in fleischfarbenem Tüll auf die Bühne schwebte, pfiffen die Leute vor Enttäuschung. Aber ich fand, das war eine schlechte Rolle«, erklärte sie.

Sie mußte lachen, weil sie daran dachte, wie Adam, nur mit einem Gürtel aus Haselnußblättern bekleidet, auf die Bühne gestapft kam, die sie auf Körben errichtet hatten, und wie eine frei herumlaufende Ziege drohte, dieses Kostüm zu verspeisen. Und manchmal hatte der Böse sie auf so gewagte Weise verlockt, daß man ihnen angedroht hatte, sie aus der Stadt zu jagen. Aber sie selbst hatte als Hanswurst viel Spaß gehabt, wenn das Publikum vor Schadenfreude geheult hatte.

»Als Hanswurst?« wunderte ich mich. Ingeborg staunte, daß ein so gebildeter Mann wie ich den Hanswurst nicht kannte.

»Das ist ein armer Dummkopf in bunten Kleidern, der von den anderen Schauspielern das ganze Stück über genasführt wird; das ist eine sehr wichtige Rolle! Der Hanswurst ist ein ungebildeter Tölpel, und gerade er entlockt dem Publikum witzige Bemerkungen«, erklärte Ingeborg.

Ich fand diese Rolle schrecklich und verstand nicht, warum sie sie so gerne dargestellt hatte. Sie war bereit gewesen, sich vor der Volksmenge blamieren zu lassen, das war alles. Doch nein. Ich hatte die Sache völlig falsch verstanden, aber diese Frau brachte die Geduld auf, mich aufzuklären.

»Der Kern der Sache besteht darin, daß das Publikum über sich selbst lachen kann!« sagte sie.

»Wie das?« wunderte ich mich.

»Letzten Endes mußte auch der Dümmste begreifen, daß da die alltägliche Dummheit des Menschen verspottet wurde. Und gerade die habe ich ihnen gezeigt!« versicherte sie.

»Ich glaube nicht, daß das einfache Volk so erfinderisch ist«, behauptete ich.

»Ich habe mir viel Mühe gegeben, um ihnen das begreifbar zu machen«, entgegnete Ingeborg. »Und ich wußte, daß ich es geschafft hatte, wenn alle plötzlich still wurden. Das war ein wunderbarer Augenblick!«

Nach einiger Zeit hatte sie die Rolle satt. »Alles bekommt man irgendwann satt«, sagte sie und betonte das erste Wort. »Da beschloß ich, das Volk über den armen Tölpel zum Weinen zu bringen.«

»Haben sie geweint?« fragte ich.

Sie lächelte. »Zumindest waren sie irgendwie gerührt, aber der Truppe gefiel es nicht, weil die Posse nur lustig sein sollte.«

Ich war neugierig zu erfahren, was sie sich ausgedacht hatte, um den Possenreißer zu einer tragischen Figur zu machen. Sie gab zu, daß das eine wirkliche Herausforderung gewesen war. »Ich wußte, daß man um so heftiger über ihn lachen würde, je mehr der Hanswurst vom Kummer gebrochen wirkte. Da kam ich darauf, ihn im Augenblick der Verzweiflung heldenhaft lächeln zu lassen, und das machte Eindruck auf das Publikum«, erklärte sie.

»Was meinst du, woran das liegt?« fragte ich sie.

»Über Heldenmut können die Leute nicht lachen. Wenn der Narr aufhört, sich selbst zu bemitleiden, fangen die anderen an, Mitleid mit ihm zu haben«, sagte Ingeborg.

Jöran Thomasson war im richtigen Moment in ihr Leben getreten, gerade als sie mit der Truppe erörtert hatte, ob eine Posse die Menschen zum Weinen bringen darf oder nicht. Sie wollte nicht zu ihrer früheren Interpretation zurückkehren, aber die anderen Schauspieler akzeptierten die neue nicht. Sie hätte sich aus der Affäre ziehen können, indem sie die Rolle der Eva im Tüllkostüm übernahm oder wieder Zielscheibe des Pfeilschützen mit der Präzisionshand wurde, aber die Phantasiebilder, die der Seemann entworfen hatte, trugen den Sieg davon.

Es kam ihr gar nicht in den Sinn, daß die Erzählung ihre Lage entscheidend verschlechtern konnte. Wenn sie nun einmal eine gute Schauspielerin war, konnte es ja sein, daß sie die ganze Zeit schauspielerte.

Die Sache war alles andere als eindeutig, aber es war mir unangenehm, ihr klarzumachen, daß ich sie keineswegs sofort freilassen konnte. Zu allem Übel hatte sich an ihrem Hinterteil eine zweifelhafte Narbe gefunden, für die der Profos diabolischen Ursprung anzunehmen geneigt war. Ich meinerseits war bereit, den Beweiswert des Hexenmals herunterzuspielen, denn ich hatte gerade Michael Freudes kürzlich erschienenes Werk *Processe wider die Hexen* gelesen. Das bewies, daß Satan mit seinen Zeichen sich einen Jux machen und die Menschen in die Irre führen konnte, aber Kjellinus und die Schöffen hielten das Zeichen weiterhin für wichtig, weil man aufgrund solcher Zeichen auch früher mit den Folterungen begonnen hatte.

»Wir müßten irgendeinen klaren Beweis dafür oder dagegen finden, sonst müssen wir auf den Profos zurückgreifen«, sagte ich entschuldigend zu der Gefangenen. Sie sah mich verdutzt an.

»Heißt es im Gesetz nicht, daß man niemanden grundlos quälen darf?« fragte sie.

Ich schwieg ein Weilchen, dann nahm ich meinen Mut zusammen. »Wir haben einen Grund. All die Zeugenaussagen und das Zeichen an deinem Körper!« erwiderte ich.

Ihre Pupillen weiteten sich; meine eigene kleine Gestalt wurde allmählich von ihnen aufgesogen. »Aber das sind doch keine richtigen Gründe!« sagte sie gequält. »Ich habe niemandem etwas Böses getan, nur die Menschen getröstet!«

Sie verstand nicht. Sie begriff nicht, daß eine Sterbliche die Gabe des Weissagens nicht umsonst bekommen konnte. Daß das Umwenden des Steins und die Suche nach lebenden Wesen an seiner Oberfläche nicht ungefährlich waren.

»Auf welche Weise würde man mich foltern?« fragte Ingeborg. Sie war aufgestanden. Die Ruhe und die gute Laune, die ich an ihr bewundert hatte, waren dahin.

»Der Profos hat immer bekommen, was er wollte, wenn er die Fingerspitzen zerquetscht hat«, antwortete ich mühsam.

Sie dachte immer noch, daß ich meinen Spott mit ihr trieb. Es handelte sich um eine Art geschmackloses Experiment, über das sie hinwegsehen mußte. Eine solche Rolle wollte sie spielen, und ich meinerseits wollte ihr glauben. Je mehr Zeit ich in ihrer Gesellschaft verbrachte, um so überzeugter wurde ich, daß sie niemals in solche Abscheulichkeiten verfallen sein konnte wie die Hexen, die ich zuvor verurteilt hatte. Aber wie könnte ich davon auch die Schöffen und Bryniel Kjellinus überzeugen, dessen Wort als das einer kirchlichen Autorität schwer wog?

Obgleich man der Kirche die Rechtsprechung nach dem kanonischen Recht entzogen und dem weltlichen Richter übertragen hatte, so war doch – da Hexerei und Unsittlichkeit in letzter Zeit erheblich zugenommen hatten – von mehreren Seiten betont worden, daß die Verbrechen, die direkt gegen Gott gerichtet waren, zu ihrer vollständigen Aufklärung eines Gottessachverständigen auf Erden bedurften. Da auch die Strafen nach dem Gesetz Gottes beziehungsweise nach dem Buch Mose verhängt wurden, war es besonders wichtig, auch die religiösen Aspekte zu berücksichtigen. Die Rechtsgelehrten räumten widerstrebend ein, daß die Hexenverbrecher auch insofern eine Ausnahme darstellten, als die dabei vorkommenden Irrtümer Gottes Zorn hervorrufen konnten in Gestalt von strengen und blutigen Strafen, unter der das ganze Land und Volk zu leiden hatte.

Ich konnte Ingeborg O. nicht einfach deshalb freilassen, weil es mir schwerfiel zu glauben, sie könnte schuldig sein. Die Türen des Gefängnisses konnten sich ihr nicht einfach deshalb öffnen, weil mir der Gedanke zuwider war, daß man ihre anmutig gestikulierenden Finger in blutige Klumpen verwandel n würde.

»Ich werde sehen, was ich für dich tun kann«, sagte ich, als der Wärter kam, um mich aus der Zelle herauszulassen.

Ingeborg warf mir einen seltsamen Blick zu, und ich ging rasch davon, bevor sie noch irgend etwas äußern konnte.

17. KAPITEL

Siebzehntes Kapitel, in welchem der Richter seine Gefangene genauer kennenlernt und bemerkt, daß er sie überhaupt nicht kennt.

»Mit dem Essen ist kein Staat zu machen, aber die Landschaft ist schön«, sagte sie, als ich sie zum zweiten Mal in ihrem Kerker besuchte.

Die Landschaft ist schön? Sie wirkte heiter und zufrieden, als sie das sagte. Das war also keine Spitze, keine Anspielung darauf, daß nichts geschehen war, um ihre Freilassung zu beschleunigen. Würde ich sie jemals wirklich kennen?

Nachdem ich hereingekommen war, sah sie nicht mehr aus dem Fenster. Es war, als wollte sie sagen: Du bist noch interessanter. Sie blieb nicht lange an einer Stelle; mal saß sie rechts, mal links von mir. Manchmal stand sie nur vor mir und betrachtete mich neugierig und aufmerksam, wenn ich ihr ihre Lage erklärte. Mir schien, als wären nicht meine Worte der Gegenstand ihres Interesses, sondern etwas in meinem Äußeren, vielleicht in der Art, wie ich meine Worte setzte.

Ich begann, mich unsicher zu fühlen. Machte sie sich über mich lustig? Warum ließ sie dieses na-das-ist-doch-gut-gegangen-Lächeln aufscheinen, als ich meine Erklärung über ihre schwierige Lage beendet hatte. Und warum redete ich lang und breit daher wie irgendein Dummkopf, anstatt sie zu verhören?

Doch nein. Sie verfolgte meine schwierige Aufgabe, sie wollte zeigen, daß sie meine Anstrengungen, die unangenehmen Dinge darzulegen, zu schätzen wußte. Das war lächerlich und unglaublich, aber dennoch wahr.

»...so daß, insgesamt gesehen, Beweise gegen dich vorliegen, die dich leider stark belasten!« Sie schwieg. Ich fragte, was sie denke.

»In Stettin bekam ich einmal in feiner Gesellschaft Forellen zu essen, ein russischer Herr wollte die Truppe bewirten. Ich werde nie vergessen, wie lecker das war!« antwortete Ingeborg.

Lag hier eine Form von Schwachsinn vor, der ich noch nicht begegnet war? Hielt sie mich zum Narren? Oder dachte sie wirklich an das Forellenessen?

»Wenn du nicht gestehst, wirst du gefoltert. Höchstwahrscheinlich!« sagte ich scharf.

»Das ist doch nicht möglich, oder?« fragte sie. Eine kleine Falte zwischen den Augen zeigte, daß sie meine Worte bedauerte.

»Aber ja doch, und ich sage das auch nicht zum ersten Mal!« Mein Ton war eindeutig tadelnd. Es war doch ein Unding, daß sie sich an einen vor langer Zeit verspeisten Fisch und an einen russischen Wüstling erinnerte, während es um Leben und Tod ging!

Und schließlich, was wußte ich denn, worauf sie mit ihrer Forellengeschichte anspielte! Hatten die russischen Aristokraten es nicht immer verstanden, alles in Nutzen für sich umzumünzen? Der Mann hätte niemals der ganzen Truppe ein teures Abendessen spendiert, wenn er sich nicht sicher gewesen wäre, daß man ihn dafür entschädigen würde! Lag ich ganz falsch, wenn ich behauptete, daß gerade Ingeborg, der schöne und begabte Hanswurst der Truppe, das Objekt der Beutegier des russischen Herrn gewesen war? Und es war ja allgemein bekannt, daß Schauspielerinnen nicht besonders auf ihre Tugend achteten. Während ich sie bemitleidete, daß es mich im Innersten schmerzte, erinnerte sie sich an ihre schmierigen Liebesgeschichten.

»Na so was!« sagte sie verblüfft.

»Was denn?« wunderte ich mich.

Sie breitete die Hände aus. »Ich bin doch unschuldig!«

Unschuldig oder schuldig, doch praktisch tot. Das hätte ich ihr sagen sollen. Bilde dir nicht zu viel ein, Mädel, hier wirst du dir keine Gönner verschaffen, indem du deinen Rocksaum hochhebst! Das hätte ich ihr sagen sollen.

Statt dessen sagte ich: »Das ist sicherlich wahr, aber die Beweise sprechen gegen dich!«

Sie seufzte und warf mir einen von gegenseitigem Einvernehmen sprühenden Blick zu: Da haben wir es aber mit einem verzwickten Problem zu tun. Sie betrachtete meine Hände. Zuerst dachte ich, sie sei an Freudes *Prozeß* interessiert, den ich zerstreut befingerte, aber als ich ihn losließ, blieben ihre Augen nicht an dem Buch hängen, sondern folgten meinen Händen.

Was daran war es, das ihre Aufmerksamkeit fesselte? Sie waren nicht häßlich, im Gegenteil, ich mußte selbst zugeben, daß sie der beste Teil von mir waren. Nicht zu klein und nicht zu groß, der Handrücken kräftig, teilweise von dunklen Haaren bedeckt, die Finger lang und sehnig. Fand sie sie ausdrucksvoll, oder spiegelten sie vielleicht Intelligenz wider? Ambrosia hatte seinerzeit gesagt, ich hätte selten schöne Hände und würde mit ihnen Wunder vollbringen. Trotzdem hatte ihnen niemand besondere Aufmerksamkeit geschenkt.

Ich schluckte. Auch sie schluckte. Was ging hier vor?

»Meine Weissagungen haben niemals jemanden gekränkt!« sagte Ingeborg überraschend sachlich.

»Darum geht es nicht, sondern ...«

»Worum dann?«

Ich zuckte die Achseln. »Hexerei bleibt Hexerei!« erwiderte ich.

Sie beugte sich sehr nahe zu mir. Ich spürte ihren Atem.

»Ist es Hexerei, wenn man einen Menschen trösten will, der leidet?« fragte sie mit sanfter Geduld.

Ich griff nach Freude wie nach einem Rettungsring. Bestimmt sah sie, wie meine Hände zitterten. *»Wofern die Hexen und Zauberer keinen ausdrücklichen oder heimlichen Pact mit dem Teuffel gemacht, und dem Teuffel sich mit Leib und Seel zu eigen gegeben noch mit unreinem Geist sodomitische Schand verübet…«,* las ich mit rotem Gesicht, wobei ich vermied, sie anzusehen.

Ingeborg erhob sich und ging auf und ab, von einer Wand des Verlieses zur anderen. Sechseinhalb Schritt und eine Kehrtwendung. Ich hörte auf zu lesen. Sechseinhalb Schritt. Und keine Kehrtwendung.

Sie stand mit dem Rücken zu mir. Weinte sie? Hatte es so lange gedauert, bis sie begriff, in was sie da hineingeraten war? Das arme Mädchen. Armes kleines Mädchen! Oder nein: Eine Frau war sie, und kein Mädchen. Aber wie tat sie mir doch leid in diesem so vernichtenden Augenblick! Jetzt, von hinten, wagte ich es, sie zu betrachten. Die Schultern hatten nicht die prachtvolle Haltung wie sonst, sondern waren ein wenig gebeugt, der Bogen des Nackens zeigte sich um so entzückender, die Taille war nicht besonders schmal, aber sympathisch in ihrer Bescheidenheit, das Hinterteil war rund, so wie es sich gehörte, und die Beine, ja, die waren vorbildlich lang… Welch eine Verschwendung! dachte ich. Und ich wurde ihretwegen noch trauriger.

Sollte ich ihr ein Taschentuch reichen? Würde eine Frau ihres Standes eine solche Geste verstehen? Ehe ich einen Entschluß fassen konnte, wandte Ingeborg sich um.

»Ich habe gerade versucht, mich zu erinnern«, sagte sie, »wie die purpurhaarigen Blumen duften, die im Vorfrühling aus der

Erde kommen. Ich habe versucht, mir das ins Gedächtnis zu rufen, aber irgendwie gelingt es mir nicht.«

Sie lächelte nicht, weil die Sache sie beschäftigte. Sie fragte mich nach dem Namen der Pflanze, aber ich war nicht bereit, ihr eine Antwort zu geben.

»Wenn dies hier alles vorbei ist und ich nach Hause komme ...«, begann Ingeborg, aber als sie meinen Gesichtsausdruck sah, korrigierte sie sich gleichsam mir zu Gefallen, »*Falls* ich nach Hause komme, werde ich als erstes sicherlich diese Blume suchen und so viele davon pflücken, daß ich alle Zimmer damit schmücken kann, sie duften so gut«, sagte sie.

»Ich glaube, das vernünftigste für dich wäre es, den Duft zu vergessen, denn es ist wahrscheinlich, daß du ihn doch nie wieder riechen wirst«, sagte ich roh.

Was war nur los mit mir? Wo waren meine Zurückhaltung und meine Schläue, jetzt, wo ich sie am dringendsten gebraucht hätte?

»Ich meine, du solltest wenigstens einen Teil der gegen dich gerichteten Anschuldigungen zugeben und deinen Willen zur Zusammenarbeit bekunden!« beeilte ich mich, mit begütigender Stimme zu erklären.

Sie begann gehorsam von vorn. Was wollte ich hören? Über ihre Kindheit könnte sie eine ganze Woche lang sprechen, aber wen würde das interessieren. Als ihre Mutter starb, war der Vater nahe daran, angesichts der schreienden Kinderschar verrückt zu werden. Mit der Reitpeitsche hatte er die in der Wiege nach der Mutter schreienden Zwillingsbrüder in den Schlaf gelullt. Die Großmutter war dazwischengetreten, hätte aber beinahe selbst die Peitsche zu kosten bekommen, weil sie die Kinder nicht zum Schweigen gebracht hatte. Als die Jungen ein wenig herangewachsen waren, hatte der Vater nichts gegen sie, aber seine Töchter wußte er niemals so recht zu schätzen. War es da ein Wunder, daß sie es so eilig gehabt hatte, von zu Hause fortzukommen?

Ein Vorfall war ihr besonders in Erinnerung geblieben. Hoffentlich würde ich nicht denken, daß da Hexerei im Spiel gewesen war, auch wenn er eigentümlich war. Der Hofbesitzer ordnete an, den Reisighaufen hinter seinem Haus als Brennholz wegzuräumen. Als man die untersten Zweige anhob, wurde darunter eine Schar schwarzer Kreuzottern sichtbar, die nach allen Richtungen davonstoben. Fünfzehn oder zwanzig Stück waren es. Eine kroch ihr über den nackten Fuß, aber sie blieb verschont. Wie durch ein Wunder! Aber dieser Schutz kam vom Himmel, nicht aus der Hölle, das müsse ich verstehen. War das nicht Grund genug dafür, daß sie niemals einen Pakt mit dem Bösen schließen könnte? Da sie schon einen besseren Verbündeten hatte… aber wie hatte sie sich erschreckt, richtige Kreuzottern, und mindestens fünfzehn…!

Die Erzählung hatte den Ton von Geschwätz, war weit entfernt von Frömmigkeit, obwohl die Worte das zu verstehen gaben. Letzten Endes hatte ich keine Lust mehr, das zu prüfen, was sie gesagt hatte, denn ich verstand, daß sie zu klug war, um etwas zu erzählen, was man gegen sie verwenden konnte.

Ich betrachtete sie und ärgerte mich nicht mehr. Sie war eine gute Geschichtenerzählerin und suchte oft meinen Blick, wie um sich davon zu überzeugen, daß wir uns verstanden. Die Konstellation beruhigte mich: Sie sprach, und ich hörte zu, genau so, wie es im Verhör sein sollte.

»… einmal nahm er mich mit zum nächtlichen Fischestechen, zu dem sonst nur die Jungen mitdurften… Ich erinnere mich an die schönen, rötlichen Flammen über dem dunklen Wasser… Ich dachte, es wären Irrlichter, Seelen von Kindern, die noch im Mutterleib gestorben waren, die auf ihren kleinen Zehen über die Wasseroberfläche tanzten… Alle lachten, auch der Vater, obgleich er mir für alle Fälle eine Ohrfeige gab, weil er nicht sicher war, ob ich frech gewesen war oder nicht…«

Ich verstand den Vater. Was hatte sie auch jetzt dazu beflügelt so geistreich zu sein? War es meine Gegenwart?

Und je mehr ich darüber nachdachte, desto überzeugter wurde ich von meiner Sache. Sie war in meiner Gesellschaft fröhlich, fast ausgelassen, und das war ein Wunder, wenn man ihre Lage und die Umstände bedachte, unter denen wir uns trafen! Aber irgend etwas an mir flößte ihr Glauben und Mut ein.

Ich begann, sie so oft wie möglich zu besuchen. Erwartungsgemäß bekam ich nichts aus ihr heraus, was in Hinsicht auf den Prozeß ein Beweis in die eine oder andere Richtung gewesen wäre. Manchmal war ich bereit zuzugeben, daß sie eine Hexe sein mußte. Wie hätte sie mich sonst so fest in den Griff bekommen?

Aber immer, wenn ich sie sah, wichen die schlimmen Gedanken von mir. Sie war ein außergewöhnlicher Mensch. Das war alles.

18. KAPITEL

Achtzehntes Kapitel, in welchem der Richter zu viel trinkt, herbe Behauptungen aus dem Mund seines Freundes, des Majors, zu hören bekommt und angesichts heikler Tatsachen klein beigeben muß.

An jenem Abend trank ich zuviel. Major Berg – der Hauptmann war befördert worden – war bei uns zu Besuch und zeigte sich leicht verwundert über meinen Eifer, immer noch und noch eine Flasche aus dem Keller holen zu lassen. »Ist alles in Ordnung, mein Lieber?« erkundigte er sich. Ich versicherte ihm, daß ich keine Probleme hätte.

Der Major klopfte auf den Deckel des Klavichords und stellte sein Glas darauf. »Der Mensch lernt ständig etwas Neues!« sagte er.

Wie tiefsinnig! dachte ich.

»Was hast du denn heute gelernt?« fragte ich.

»Ich habe gelernt, daß ein Capriccio kein Käse, sondern eine Instrumentalkomposition ist«, erwiderte er.

Ich überlegte, ob er es ernst meinte oder ob mein kriegerischer Freund zu Selbstironie fähig war.

»So, wo hast du denn dieses Goldkörnchen aufgepickt?«

Er erzählte, daß Pfarrer Kjellinus für ihn Orgel gespielt habe. Dieselbe Orgel, die ich für die Insel angeschafft hatte.

»Ich wußte gar nicht, daß ihr so gute Freunde seid!« sagte ich.

Der Major fand es seltsam, daß mir das neu war. »Freilich sind wir das, sehr gute Freunde sogar!« versetzte er.

Der Major erzählte, der Pfarrer habe mehrmals meine aus Dorpat mitgebrachten Noten gelobt und bedauert, daß sich auf der Insel nicht genug gute Sänger fänden. Frauen gebe es zwar jede Menge, aber sie beide seien sich einig darüber, daß Frauenstimmen sich nicht für die Kirche eigneten.

»Wie schade, daß es hier keine ordentliche Schule gibt, in der die Jungen ihre Stimme ausbilden könnten«, sagte er.

»Mir wiederum scheint, daß der Pfarrer es gar nicht ernsthaft versucht!« bemerkte ich gehässig.

»Wie das?« fragte der Major.

Ich wollte wissen, ob Kjellinus erwähnt hatte, daß unter den Noten auch die Handschrift einer Passion sei. Der Major erinnerte sich, daß davon die Rede gewesen war. Aber es war natürlich klar, daß man ein so umfangreiches Werk niemals an einem so hinterwäldlerischen Ort würde aufführen können.

»Passion bedeutet sowohl Leidenschaft als auch Leiden«, sagte ich.

»So ist es wohl, und was weiter?« fragte der Major.

»Ist es nicht seltsam, daß man beides mit ein und demselben Wort bezeichnen kann?« entgegnete ich.

Aber der Major fand das weder seltsam noch interessant, das zeigte sein bemüht aufmerksamer Gesichtsausdruck.

»Natürlich gibt es Menschen, für die die Leidenschaft ein Leiden ist, und andererseits auch solche, für die das Leiden, besonders das Leiden anderer, eine Leidenschaft ist«, ritt ich auf der Sache herum.

Der Major sah mich lange an. »Hast du zuviel getrunken, mein Lieber?« fragte er.

Elsa brachte das Spielbrett. Sie warf mir einen vorwurfsvollen Blick zu. Ich war eindeutig dabei, die Regeln zu verletzen, nach denen wir nur höfliche Belanglosigkeiten austauschen durften. Wir durften gelangweilt sein – liebenswert gelangweilt – aber nicht ärgerlich. Zweifelhafte Wallungen zu zeigen war ebenso ungehörig, wie wenn Elsa bekannt hätte, daß das Stahlfederkorsett unter ihrem Kleid, dessen Farbe ins *bleu-mourant* spielte, sie drückte und ihr ständiges Unbehagen bereitete. Alle wußten, daß es dort war, aber man mußte so tun, als wüßte man es nicht.

»Wenn Kjellinus die Musik so liebte, wie er behauptet, dann würde er alles tun, um auf der Insel ein Musikleben zustande zu bringen«, sagte ich.

Mein Starrsinn begann den Major zu ärgern.

»Was, zum Teufel, hast du gegen den Pfarrer?« fragte er.

»Aber er hat Begeisterung für zwei, wenn es darum geht, aus den armen Gefangenen Geständnisse herauszupressen«, antwortete ich.

Der Major machte eine Bemerkung darüber, daß ich Bryniel Kjellinus einst als ausgezeichneten Vernehmungsführer gelobt hatte. Als konsequent und effektiv. »Warum jetzt dieser Spott?«

Ja, wahrhaftig, warum? Der Pfarrer beherrschte die Hexendoktrin vollkommen, er konzentrierte sich mit Scharfsinn und Ausdauer darauf. Jetzt hatte er beschlossen, Ingeborg O. vor Gericht zu bringen, und er würde das Todesurteil durchsetzen, egal, was ich tat. Zweifellos war Kjellinus in seinem Verfolgungstrieb verrückt, aber in der Weise verrückt, daß er alles andere außer seinem Verstand verloren hatte: Er kannte kein Mitleid, hatte keinen gesunden Zweifel an seinen Ansichten und keinen Anfall von Sympathie, weder die Fähigkeit von etwas zu lassen noch aufzugeben.

»Er ist als Mensch zu kalt, um etwas so Schönes wie die Musik verstehen zu können!« behauptete ich.

»Der Pfarrer? Er hat auf diesem Gebiet sehr gründliche Kenntnisse!« antwortete der Major.

»Mag sein, aber wie kann ein Mensch seines Schlages die Tragik der Passion verstehen, wenn er selbst bereit gewesen wäre, Christus ans Kreuz zu schlagen, wenn er damit die Entstehung der Kirche vorangetrieben hätte?« bemerkte ich.

Es folgte eine lastende Stille. Der Major fuhr mit dem Zeigefinger an den Schnurrbart, der der Mode entsprechend aus kaum sichtbaren Strichen über der Oberlippe bestand. Und Elsa, die unser Jüngstes auf dem Schoß hatte, ein dralles, gesundes Mädchen, sah mich voller Widerwillen an wie den Fährmann der Leprainsel, der dann und wann mit seiner Warnflagge vor Kastelholm gerudert kam, um diejenigen aufzunehmen, die sich mit der Krankheit angesteckt hatten. Es war nur allzu klar, daß in mein Boot keiner aus dieser Gesellschaft einsteigen würde.

»Aber du wärst der Richter gewesen, der das Urteil fällte!« sagte der Major.

Ich war baff. War der Major gar kein bloßer Dummkopf, der mit einem lächerlich großen Degen am Gürtel herumlief und die Frauen zum Lachen brachte, der eigentlich nicht wußte, was Schwermut und Argwohn waren? Ich fand, er hatte immer etwas Hündisches an sich gehabt, etwas von einem dummen Tier, das heiter in seine Kämpfe geht, sich ohne viel Federlesens paart und zuletzt durch den Speer seines Gegners, verwundert aufheulend, stirbt. Zu den Fähigkeiten eines solchen Wesens gehörte es nicht, Bosheiten zu äußern.

»Willst du behaupten, daß ich als Richter mich nicht um Gerechtigkeit bemühe?« fragte ich. Ich weiß nicht, ob ich gekränkt war oder nur verwundert darüber, daß der Major so mühelos den Weg zu meiner empfindlichsten Stelle gefunden hatte.

»Da fällt mir eine Königin ein, wenn ich mich recht erinnere, Philips Gemahlin, die in Wut darüber geriet, weil man ihr öffentlich ein Paar kostbare Strümpfe überreichte«, sagte der Major.

»Und weiter?« fragte ich.

»Sie schleuderte sie zornig zu Boden und teilte dem Überbringer des Geschenks mit, er sei ein ziemlicher Dummkopf, da er nicht wisse, daß die Königin von Spanien keine Beine habe!« antwortete der Major.

Ich schenkte dem Major und mir ein weiteres Glas voll. Ich wußte nicht, was ich sagen sollte. Beschaffte Kjellinus die Beweise nur, um mir eine unausgesprochene Bitte zu erfüllen? Wurde er zu seinem Handeln gar nicht von eigenen hartnäckigen Träumen getrieben? Wenn es so war, wie der Major angedeutet hatte, dann könnte ich dafür sorgen, daß Ingeborg nicht gefoltert würde.

Ich hob ein Taschentuch vom Fußboden auf, von dem ich annahm, Elsa habe es für den Major fallen gelassen. Auf dem Taschentuch waren gelbliche Flecke, die von Schminke stammten, und ich begriff, daß dieses Tuch keines von denen war, die gefunden werden sollten; dieses Taschentuch aufzuheben und es seiner Besitzerin zurückzugeben wäre eine grobe Taktlosigkeit gewesen.

Elsas zahllose Tricks lehrten mich immer neue Nuancen jenes ermüdenden Spiels, das die Frauen mit den Männern spielten, auf deren Kosten. Deswegen interessierten sie sich auch nicht für die gewöhnlichen Spiele. Schach fanden sie langweilig, weil man in der Welt der Gefühle und Begierden unendlich viel spannendere Züge machen konnte. Was war eine hölzerne Dame, die den König bedrohte, wenn man ebensogut einen lebendigen Mann auf die Knie zwingen konnte?

Woher sollte ich wissen, daß Ingeborg nicht bloß ein Eroberungsspiel mit mir spielte? Sicherlich war der Wunsch, einen Mann zu unterwerfen, um ein Vielfaches größer dann, wenn auch noch das eigene Leben auf dem Spiel stand.

Aber was hatte Ingeborg letzten Endes getan? Sie hatte nicht mit mir geflirtet, nichts Ungehöriges gesagt. Ich war lediglich von ihr entzückt, entzückt von einer Gefangenen, die anders war als die anderen. Das war alles. Wie hatte ich die Schuld für meine unruhigen Gedanken auf ihre Schultern abwälzen können, die es auch so schon schwer genug hatten? War ich nicht gerade über ihre Natürlichkeit und ungewöhnliche Lebhaftigkeit erstaunt, Eigenschaften, die ich bei niemandem sonst bisher gefunden hatte? Großer Gott, ich schloß von Elsa, die Eiweiß abzweigte, um sich daraus Gesichtsmasken zu machen, von der Frau, die jedes ihrer Worte und jede Tat genau bedachte, die immer nach Beweisen dafür verlangte, daß sie begehrenswert war, auf Ingeborg O. und glaubte, dadurch einen Menschen wie sie verstehen zu können!

Je mehr ich trank, desto mehr sehnte ich mich nach ihr, der Gefangenen. Ich beschloß, gleich am nächsten Morgen zu ihr zu gehen. Ich würde ein formales Verhör veranstalten, wonach sie gehen dürfte, wohin sie gehörte. In die Freiheit. Und irgendwann später, nach einem klug bemessenen zeitlichen Abstand, könnten wir einander unter anderen Umständen näherkommen.

Ich wollte unserer Begegnung keine besondere Form geben. Natürlich war Begierde dabei, aber das übrige und Wichtigere erforderte einen würdigen Rahmen. Während ich, das Weinglas in der Hand, mit Elsa und dem Major zusammensaß, weigerte ich mich zu bedenken, welcher das wäre.

19. KAPITEL

Neunzehntes Kapitel, in welchem der Richter Ingeborg O.s bemerkenswerte Schriften kennenlernt und einen wichtigen Beschluß faßt.

Nur wenige Menschen halten die Versprechen, die sie sich im Rausch gegeben haben. Und auch ich hielt meines nicht.

Man konnte Ingeborg einfach nicht freilassen, aber unter Berufung auf Dunte verhinderte ich, daß man mit der Folter begann. Ich besuchte sie häufig, und um keinen Argwohn aufkommen zu lassen, erlaubte ich Kjellinus, sie vorsichtig zu verhören, wobei ich betonte, daß keinerlei Gewalt angewendet werden dürfte.

Anfang März kam der Pfarrer zu mir und erzählte, er habe in der Zelle der Gefangenen eine vollständige Durchsuchung veranstaltet, um diabolische Hilfsmittel zu finden. Es hätten sich keine gefunden, aber statt dessen hatte sie vollgeschriebene Papiere bei sich gehabt.

»Ich verstehe nicht, woher sie das Schreibzeug hatte. Überhaupt ist es bemerkenswert, daß sie schreiben kann!« sagte Kjellinus.

Ich betrachtete entsetzt die Papiere.

»Was weiß ich, ihr Vater war Vogt; vielleicht hat er ihr das Schreiben beigebracht, damit sie für ihn die Buchführung erledigt!« entgegnete ich. Ich wußte, daß erst vor einigen Jahren ein junger Bursche zum Tode verurteilt worden war, weil er überraschenderweise in der Lage gewesen war, lateinisch zu schreiben, was er vorher nicht gekonnt hatte. Die Theologen waren sich darin einig, daß der Teufel gerade damit gern seine Spielchen trieb, daß er die Kunstfertigkeit des Schreibens verlieh, weil er die Verpflichtungen der armen gefallenen Seelen schriftlich haben wollte.

Kjellinus legte die Papiere vor mich auf den Tisch.

»Du möchtest dir das sicherlich in Ruhe ansehen. Du findest mich im Vorraum, wenn du darüber sprechen möchtest«, sagte er. Ich verstand, daß sich in den Papieren der entscheidende Beweis finden würde. Ich holte mir ein Glas Wein, bevor ich es wagte, mit dem Lesen zu beginnen.

Ich füge hier eine Kopie der Schriften bei, weil ich möchte, daß Sie verstehen, warum ich so handelte, wie ich gehandelt habe. Die grammatikalischen Fehler – von denen es eine Menge gab – und die dialektalen Wendungen habe ich korrigiert, weil es niemandem nützt, wenn solche Plumpheiten wiederholt werden.

Februar anno 1668

Ich habe es nicht gewagt, den Wärter nach dem Datum zu fragen, das hätte Zweifel bei ihm wecken können. Ich weiß, daß wir Ende des Monats haben, aber den genauen Tag herauszubekommen erfordert Sorgfalt und Vorsicht. Es ist mir wichtig, alles aufzuschreiben, dann kann ich mir später beweisen, daß dies kein bloßer Alptraum war, sondern daß ich körperlich in dieser häßlichen, kalten, stinkenden Zelle anwesend gewesen bin. Ich bin sehr unglücklich, aber auch voller vorsichtiger Hoffnung. Heute bekam ich eine Mehlplürre zu essen, die sie Suppe nannten. Das Brot war hart, aber tauglich. Ich sehne mich sehr nach meiner Tochter Magdalena.

Februar anno 1668
Ich sollte nicht jeden Tag schreiben, weil das Papier ausgehen kann, wenn meine Entlassung sich verzögert. Heute hatte ich einen Glückstag. Ich durfte mich waschen. Der Zuber war alt und teilweise bemoost und am Boden schleimig, aber nach dem Bad fühlte ich mich wie neugeboren. Irre ich mich, wenn ich mir einbilde, diese Maßnahme bedeutet, daß sich für mich die Freiheit abzeichnet?

Den 25. Februar anno 1668
Gestern bekam ich das Datum heraus, aber ich zwang mich dazu, mit dem Schreiben einen Tag auszusetzen. Das war gut, denn heute ist viel geschehen. Mir wurde sowohl die Freiheit versprochen als auch mit der Folter gedroht. Sie können nicht beides ernst meinen, aber ist es zu kühn, an die erstgenannte Möglichkeit zu glauben? Ich denke an meine Tochter Magdalena, aber auch ein Anderer beschäftigt meine Gedanken. Ich versuche zu ergründen, was es damit auf sich hat.

Den 27. Februar anno 1668
Die Nacht war ruhelos. Ich fand keinen Schlaf, weil eine seltsame Unrast mich quält. Ich dachte nicht einmal daran, mich wegen der Folter zu grämen, weil der Andere mich beschäftigt. Heute bekamen wir eine Bohnensuppe, die nicht besonders gut war. Ich esse dennoch alles bis zum letzten Löffel auf, weil ich gesund bleiben will. Im übrigen habe ich keinen Hunger. Ich vermisse meine Tochter.

Den 28. Februar anno 1668
Ein Wunder ist geschehen. Er hat mir erklärt, Er werde mich von hier erretten. Er möchte mich nicht sterben sehen. Das kann nichts anderes bedeuten, als daß ich Ihm sehr wichtig bin. Werde ich allmählich verrückt, oder hat sich mein hartes Schicksal tatsächlich gewendet?

Den 1. März anno 1668

Ich kann an nichts anderes denken als an Ihn und meine Rettung. In der Nacht hörte ich den wahnsinnigen Schrei einer Frau jenseits der Wand. Ich weiß nicht, was er bedeutet. Halten sie uns hier so lange fest, bis wir den Verstand verlieren? Bin ich kurz vor dem Durchdrehen, da ich mich so heftig nach meinem Peiniger sehne? Ich hoffe, daß meine Tochter Magdalena meinetwegen nicht allzu bekümmert ist.

Den 4. März anno 1668

Warum hat Er mich vier Tage lang nicht besucht? Habe ich Ihn enttäuscht? Was habe ich falsch gemacht oder gesagt? Vielleicht sehe ich allmählich abstoßend aus, weil ich mich nicht sauberhalten und die Kleider wechseln darf. Ich bin sehr unglücklich. Draußen hat es zwei Tage geregnet, und nachts zieht es hier entsetzlich. In solchen Augenblicken hoffe ich fast, sie möchten in Hinblick auf mich etwas Entscheidendes tun, wenn nur diese Qual ein Ende hätte.

Den 5. März anno 1668

Vielleicht bin ich mit den Tagen schon durcheinandergekommen. Ich bin mir nicht sicher. Heute bekam ich eine Decke. Der Aufseher wünschte mir freundlich, mein Schnupfen möge vorübergehen. Ich habe Hering gegessen. Ich mußte daran denken, wie zuwider mir das Auslegen und Einholen der Netze um diese Jahreszeit war, wenn es auf dem Meer so kalt ist. Jetzt würde ich diese Arbeit gern tun, und sei es von früh bis spät. Ob Jöran Thomasson Magdalena mit ins Boot nimmt? Hoffentlich ist er vorsichtig.

Den 6. März anno 1668

Heute ist Er gekommen. Er tauchte auf wie aus dem Nichts. Ich drehte mich um, und da stand Er. Ich freute mich so, daß ich feuchte Augen bekam. Wir sprachen lange miteinander. Ich hätte Ihn gern berührt, aber ich beherrschte mich doch. Die

Liebe besiegt das harte Schicksal. Jetzt weiß ich, daß das wahr ist.

Den 7. März anno 1668
Heute sprachen wir wieder davon, daß man mich foltern würde, falls ich nicht im Guten meine Vergehen zugebe. Gerade, als ich Hoffnung geschöpft hatte und mir sicher war, gerettet zu werden! Zu essen bekam ich eine Suppe, die nach keiner der mir bekannten Speisen schmeckte. Die Ungewißheit quälte mich so, daß ich mich nach dem Essen übergab. Der Wärter sagte, es sei das beste, wenn ich das aufwischte, bevor ich Unannehmlichkeiten bekäme. Als ich sagte, ich hätte keinen Lappen, forderte er mich auf, meinen Rock oder meine Haare zu benutzen. Ich verstehe nicht, warum er sich so gemein benimmt. Ich sehne mich nach meiner armen Magdalena.

Den 8. März anno 1668
Wieder war Er hier. Wir verstehen uns immer besser. Ich weiß, daß Er mich vor all dem Bösen beschützt, das innerhalb dieser Wände geplant und ausgeführt wird. Nachts träumte ich, Gott möge mir verzeihen, daß Er mich angerührt hat. Was bedeutet das alles?

Den 9. März anno 1668
Heute wurde ich nackt ausgezogen. Ein Folterknecht in roter Jacke untersuchte mich vom Kopf bis zu den Füßen. Ich fror fürchterlich, und er stach mich mit einer Nadel in den Rücken und in die Pobacken. Das tat sehr weh. Ich verstehe nicht, warum Er das nicht verhindert hat. Nichts kann ohne sein Wissen geschehen, das glaube ich nicht. Habe ich Ihn nun doch enttäuscht? Oder war dies die letzte Untersuchung vor der Entlassung, weil die Verhöre nichts ergeben haben, was es rechtfertigen würde, mich weiter zu quälen? Ich wünschte, Er wäre zugegen gewesen und hätte gesehen, was ich für Schmerzen

erleiden mußte. Dann hätte Er auch feststellen können, daß ich unter meinen stinkenden Lumpen noch eine ganz passable Frau bin. Zu essen gab es heute Gerstenbrei.

Den 10. März anno 1668
Ich habe Sehnsucht. Schreckliche Sehnsucht. Auch nach meiner Tochter Magdalena. Wenn Er mir nicht hilft, hilft mir dann Gott? Nach all dem?

Nachdem ich das gelesen hatte, schenkte ich mir ein zweites Glas Wein ein. Dann noch eines. Die Papiere lagen vor mir auf dem Tisch ausgebreitet. Ich betrachtete sie, ihre ungelenke Handschrift, die man nicht schön nennen konnte, und ich hatte Lust, vor Siegesfreude zu lachen. Was den Inhalt betraf, so war kein Irrtum möglich: Sie war in mich verliebt. Das war ein Wunder, es war gegen alle Gesetze der Vernunft, aber ganz offenkundig war es so.

Aus dem Vorzimmer ertönten Kjellinus' Schritte. Sofort war meine gute Laune dahin. Diese Bestie hatte die Seiten gesehen und Ingeborgs Bekenntnisse gelesen, die sie mit ihrem Herzblut geschrieben hatte. Der Gedanke war mir unerträglich, er machte mich rasend. Und obendrein mußte das für Ingeborg und mich zum Verhängnis werden. Großer Gott, gerade, als alles hätte anfangen können, mußte es enden!

Ich bat den Pfarrer herein. Er verstand es vorzüglich, sich zu verstellen, und auf seinem Gesicht ließ sich nicht der leiseste Schimmer von Schadenfreude ablesen. Er setzte sich auf das Lübecker Sofa und legte einen Fuß über das Knie.

»Ein erschütternder Beweis, nicht wahr?« sagte er. Ich sah die Papiere an, als erinnerte ich mich nicht mehr, was darin stand, und sagte nichts. Ich hatte beschlossen, alles abzustreiten. Das war in dieser Situation das einzig Vernünftige.

»Nach meiner Auffassung kann man das für den entscheidenden Beweis halten; sie gibt zu, den Bösen getroffen, sogar von einer Vereinigung mit ihm geträumt zu haben«, äußerte

Kjellinus. Ich schluckte verblüfft. Das konnte er natürlich nicht im Ernst meinen.

»Zweifellos befremdliche Schriften!« entgegnete ich.

»Befremdlich, aber andererseits sehr klar. ›Kann der Mensch sich nach seinem Peiniger sehnen!‹ Ich würde das als ein volles Geständnis ansehen«, erklärte er.

Ich verstand sehr bald, daß der Pfarrer alles genau durchdacht hatte, noch bevor ich die Aufzeichnungen gelesen hatte. Sie zu finden war für ihn ein wirklicher Glücksfall gewesen, eine viel bessere Beute als irgendeine Hexensalbe. Mit ihrer Hilfe konnte er leicht die Erlaubnis zum Anwenden der Folter erreichen, denn es war klar, daß ich, falls ich mich jetzt widersetzte, mein eigenes Schuldgeständnis unterschrieb.

»Du möchtest, daß sie sofort gefoltert wird?« fragte ich verzweifelt.

»Ganz recht, wer weiß, was noch geschieht, wenn wir damit zögern. Sie glaubt, daß der Teufel ihre Freilassung betreibt, und das kann durchaus stimmen!« antwortete Kjellinus. Er erzählte von einem Hexenprozeß in Finnland, wo es einer irren Hexe auf dem Weg in den Gerichtssaal gelungen war zu fliehen. Die Gefangene hatte sich zwischen den Decken einfach in Nichts aufgelöst, und das einzige Anzeichen für die Anwesenheit des Teufels war ein lautes Donnern am Himmel gewesen.

»Dies hier war für uns alle eine zermürbende Geschichte, und deshalb ist es gut, daß wir sie vom Tisch bekommen!« sagte der Pfarrer.

Ich sammelte die Seiten zu einem säuberlichen Stapel zusammen. »Vielleicht sollte ich die Aufzeichnungen noch ein paar Tage prüfen und dann …«

Aber Kjellinus wollte nicht nachgeben. »Man soll das Eisen schmieden, solange es warm ist. Die Gefangene ist jetzt außer sich, weil wir die Aufzeichnungen gefunden haben, und wird sicherlich leicht reden. Wenn wir damit warten, bildet sie sich vielleicht ein, daß das Spiel noch nicht aus ist, und widersetzt sich heftiger«, sagte er.

Wir sahen einander lange an. Er mußte wissen, wie ich mich fühlte. Nichts wies darauf hin, daß er Mitleid mit mir hatte.

»Na gut«, sagte ich. »Ruf den Profos für morgen früh. Ich werde ebenfalls da sein!«

Er wollte die Aufzeichnungen an sich nehmen, aber bevor er sie anrühren konnte, legte ich meine Hand auf die Papiere. »Wir sehen uns morgen!« sagte ich. Er nickte und ging.

20. KAPITEL

Zwanzigstes Kapitel, in welchem der Richter seinen verwegenen Plan ausführt, aber dennoch verzweifelt.

Ich trank weiter, nachdem Kjellinus gegangen war. Mehrmals las ich Ingeborgs rührende Notizen durch. Bis zum Abend wußte ich, was ich zu tun hatte.

Ich ging auf den dämmerigen Hof, wo es nieselte, und rief nach dem Knecht. Niemand antwortete mir. So ging ich zurück ins Haus, um mir einen warmen Umhang überzuziehen, und darunter steckte ich noch eine Flasche. Beim Viehstall begann ich wieder nach dem Knecht zu rufen, diesmal rief ich ihn beim Namen. Die Tür der Gesindestube öffnete sich, und eine dunkle Gestalt näherte sich mir ohne Eile.

»Mach den Wagen fertig, ich habe eine Fahrt zu machen!« befahl ich Torsten. Er stand auf der Stelle, leicht krumm, so wie es in letzter Zeit für ihn typisch gewesen war.

»Ist es das denn wert? Ist der Herr Kreisrichter nicht in zu schlechter Verfassung, um in die finstere Nacht hinauszufahren?« entgegnete er.

Wenn er näher gestanden hätte, hätte ich ihm eine Maulschelle verpaßt. Seine Worte versetzten mich in rasende Wut.

»Wer bist du, mir Ratschläge zu erteilen, verdammter Wurm von einem Mann! Ich wünschte, du hättest genügend Mumm, um dich aufzuhängen, aber erst spannst du mir noch die Pferde an!« schrie ich.

»Ist ja gut!« erwiderte er. Ergeben setzte er sich langsam in Richtung Viehstall in Bewegung.

»Was ist gut?« rief ich ihm nach. Torsten wandte den Kopf.

»Ich spanne die Pferde an, wenn der Herr es so will«, sagte er.

Als er die Sache erledigt hatte und die Pferde mit dem Wagen vor die Treppe führte, fragte ich ihn, ob er mit mir mitfahren wolle. Es könnten ja Wölfe oder sonst etwas Unerwartetes auftauchen, dachte ich. Für alle Fälle konnte es gut sein, daß wir zu zweit waren.

»Natürlich fahre ich mit, wenn der Herr Richter es wünscht!« antwortete er.

»Geh und zieh dir eine Jacke über!« befahl ich.

Er gehorchte und entfernte sich in Richtung Gesindestube. Als ich ihm nachsah, schien es mir, als schlurfte er nicht ganz so widerlich wie sonst.

Unterwegs bot ich Torsten zu trinken an, und er hatte nichts dagegen. Torsten lenkte die Pferde, und ich saß pfeifend neben ihm. Wenn er ihnen seine Kommandos zurief, wirkte er ebenso schneidig wie früher, oder die paar Schluck Schnaps taten Wunder an ihm.

»Weißt du was? Ich glaube, du verstellst dich die ganze Zeit!« sagte ich.

Er machte sich nicht die Mühe zu antworten.

»Du findest es schön, den gebrochenen Mann zu spielen. Ich bin sicher, daß das für dich ein reines Vergnügen ist!« erklärte ich.

»Dann wird es wohl so sein, wenn Sie dieser Meinung sind«, entgegnete er.

Ich erlaubte ihm nicht, mir die Stimmung zu verderben. Wenn er beschlossen hatte, sich etwas anzutun, was konnte ich da machen. Ich hatte eine große Aufgabe vor mir. Wahrscheinlich die größte Herausforderung meines Lebens. Das Leben bot mir die Gelegenheit, Heldentum zu beweisen, und gnade mir Gott, wenn ich sie ungenutzt ließe. Die Aufgabe war wahnwitzig, im Grunde unmöglich, aber um so mehr interessierte sie mich. *Amor vincit omnia!* so stand es auf einem Wandbehang, den eine Hofdame gestickt hatte und auf dem die Liebesgöttin mit gespreizten Beinen auf einem Löwen stand, den sie gerade erlegt hatte. Die Liebe überwindet alle Hindernisse.

»Wohin fahren wir?« fragte der Knecht.

»Nach Kastelholm«, antwortete ich. »Ich habe dort eine sehr wichtige Aufgabe zu erledigen«, erklärte ich und verspürte die große Versuchung, mich ihm anzuvertrauen. »Ich bin kein so schlechter Mensch, wie du denkst!« versicherte ich ihm. Er nahm einen Schluck aus der Flasche, die ich ihm hinhielt.

»Niemand wird einen Mann schlecht nennen, der seinen Schnaps mit einem anderen teilt«, lächelte Torsten.

Er roch ein wenig nach Schweiß, aber nicht so, daß es störte. Ich war zufrieden, daß ich ihn mitgenommen hatte. Im Dunkeln und bei dem Regen wäre es trostlos gewesen, allein zu fahren, und wenn der Knecht auch nicht viel sprach, flößte seine Gegenwart mir doch Mut ein.

Kastelholm wirkte größer, grauer und wuchtiger, als ich es in Erinnerung hatte. Wollte ich diesem stummen Riesen wirklich jemanden entreißen? Wie sollte das vor sich gehen? Er würde nichts hergeben, was einmal in seinen Rachen gelangt war.

»Ich will eine arme Person befreien, die dort unberechtigterweise festgehalten wird«, sagte ich zu Torsten.

Er brachte die Pferde zum Stehen.

»Würde das nicht besser am Tage gehen?« fragte er.

»Nein, die Sache unterliegt nicht mehr meiner Entscheidungsgewalt. Hier wird gegen mich intrigiert«, vertraute ich mich ihm an.

Torsten nickte und setzte die Pferde wieder in Bewegung. »Ich verstehe!« versetzte er.

Ich zeigte ihm eine Stelle unter einem großen Sanddornbusch, wo er auf mich warten sollte. Überall war es gleich finster, so daß er auch an jeder anderen Stelle unsichtbar gewesen wäre, aber unter dem Strauch konnte ich ihn leicht wiederfinden, wenn ich zurückkam.

»Ist es nicht etwas merkwürdig, wenn der Richter ohne seinen Wagen bei der Burg ankommt?« wunderte sich Torsten.

Nach einem Augenblick des Überlegens gab ich zu, daß er recht hatte. Ich konnte mich nicht wie ein Dieb in das Gefängnis schleichen. Ich versuchte, mich daran zu erinnern, warum es mir anfangs notwendig erschienen war, das Fahrzeug etwas außer Sichtweite zurückzulassen, aber ich konnte keinen vernünftigen Grund mehr dafür finden.

»Na gut, fahren wir also zusammen in den Hof!« sagte ich.

Der Aufseher kam mir mit der Jacke über den Schultern entgegen. Als er sah, wer der Ankömmling war, beeilte er sich, seine Kleidung in Ordnung zu bringen.

»Was ist denn passiert?«

»Ich habe besorgniserregende Hinweise darauf bekommen, daß die Gefangene Nummer fünfundsechzig für diese Nacht eine Flucht plant«, antwortete ich, während ich vom Wagen herunterwankte. »Ich will nachsehen, ob sich auch nichts Ungewöhnliches tut!« sagte ich.

Der Aufseher wußte nicht, was er sagen sollte. Er mußte bemerkt haben, daß ich betrunken war. Ihm blieb natürlich keine andere Wahl, als mir den Weg zu weisen.

»Mir hat man nichts von einem Komplott erzählt!« erwiderte er besorgt. Ich war zu aufgeregt, um mir weitere Scheinargumente auszudenken. Wir gingen schweigend die hallenden Gänge entlang, und die Wärter griffen nach ihren Schlüsselbunden, wenn der Aufseher auf die geschlossenen Türen wies.

Knallende Stiefel und große Gefühle. Gespanntes und siegessicheres Verlangen, während die leuchtende Klarheit des Suffs die finsteren Steinkorridore erhellte.

Das waren die letzten sicheren Bilder, die mir von diesem Ausflug blieben. Ich weiß nicht mehr, wie ich dem Aufseher erklärte, daß ich die Durchsuchung selbst und noch dazu allein durchführen wollte. Es war auf peinliche Weise klar, daß ich das nicht sehr glaubhaft bewerkstelligen können würde.

Ich habe mein Gedächtnis beschworen, habe es im Guten und im Bösen zu überreden versucht, aber es ist lediglich bereit, mir einige armselige und verworrene Bilder zurückzugeben. Vielleicht sollte ich dafür dankbar sein: Ich kann mir vorstellen, daß ich ein Held war, ich kann mir edle Angebote und anrührende Begegnungen ausmalen, ich kann vor Augen haben, wie die Gefangene, außer sich vor Erleichterung und Sehnsucht, sich in meine Arme wirft. Ich kann sie an meiner Brust, meinem Bauch, meinem Herzen, meinen Gliedern, meinen Lenden spüren, kann glauben, daß wir unsere Selbstbeherrschung vergaßen, erleben, wie der Rock ihr über die Beine hochglitt, kann ihren angehaltenen, aber dennoch das ganze Gefängnis erfüllenden Atem hören, kann das sinnlose Flüstern der verliebten Frau erhaschen, fassungslos sein über meine eigene Härte und ihre Weichheit, staunen über meine Selbstbeherrschung, die in letzter Sekunde begreift, daß die Gefängniszelle für uns nie und nimmer der passende Ort sein kann, kann mich selbst und sie gerührt beschwören, diese Leidenschaft noch ein Weilchen im Zaum zu halten.

Aber was tue ich? Ich biete mir selbst beharrlich die Rolle des Narren an.

Ich erinnere mich daran, daß ich die Laterne in das Gestell an der Wand stellte, und an die Gestalt, die von ihren Kleidern das Schlafstroh ablas. Das mußte Ingeborg sein. Ich hatte sie also geweckt. Natürlich hatte ich das, denn bei meiner Ankunft war es in der Zelle stockfinster gewesen. Auf ihrem Gesicht war Schrecken zu lesen, großer Schrecken, und es ist nicht ausgeschlossen, daß sie sogar aufschrie vor Angst. Warum auch nicht? Das arme Mädchen, sie glaubte sicherlich, daß man sie jetzt zur nächtlichen Folterung holen kam. War ich da Manns genug, sie zu beruhigen, ihr mit ein paar zärtlichen Sätzen zu bedeuten, daß sie völlig in Sicherheit war? Obwohl ich mich an nichts erinnere, muß das nicht bedeuten, daß ich nicht gestammelt und ein fürchterliches Durcheinander von Worten gemurmelt hätte, das sie noch mehr erschreckte …

Ein Eimer stürzte um. Das ist wahr, denn ich erinnere mich daran, wie ich fluchte, während das Wasser oder der Urin über den Steinfußboden rann. Der Eimer stürzte um, ich stolperte darüber, aber ich selbst fiel nicht hin. Dessen bin ich mir sicher. Warum kann ich nicht den Eimer vergessen und mich an ihre Worte und Gesten erinnern, auch an etwas anderes als an ihren erschreckten Blick und die zurückweichenden Schritte, die ihren Grund in dem plumpen Anfang und der allzu großen Überraschung haben mußten.

Wir sprachen über ihre Aufzeichnungen. Oder ich sprach darüber. Sie war eigentümlich still. Glaubte sie immer noch, daß es sich um ein Verhör handelte? Daß ich gekommen war, um sie wegen dieser aufrichtigen Zeilen in Verlegenheit zu bringen? »Hat er sie Ihnen gezeigt?« Die Betonung lag auf dem Wort Ihnen. Ein solcher Satz spukt in meiner Erinnerung herum, und ihre Stimme voller Angst und Entsetzen. So als wäre ich der letzte Mensch, der sie hätte sehen dürfen. Oder so, als fände sie es grausam, daß der Pfarrer sie weitergegeben und nicht vertraulich behandelt hatte. Warum quält mich das? Ein verliebter Mensch fürchtet nichts mehr, als sich in den Augen des Gegenstandes seiner Liebe zu blamieren. Was gibt es Paradoxeres und Wahreres?

Ich erinnere mich an die Wand, gegen die sie sich preßte, als ich sie berührte. Ich erinnere mich an die trockenen Lippen und den feuchten Mund und die Haare, die unter der Wollmütze hervorstanden und mich im Gesicht kitzelten. Aber warum erinnere ich mich nicht daran, ob ihre Arme mich umschlangen? Warum erinnere ich mich nicht an meine Härte und ihre aufnahmebereite Weichheit?

Ich mußte ihr den Fluchtplan darlegen.

Aber was erwiderte sie darauf? Was sagte ich?

Es kann doch nicht sein, daß wir uns stritten. Nicht so rasch und nicht unter diesen Umständen. Etwas anderes machte mich nachdenklich. Als Kjellinus mit dem Aufseher hereinkam, saß ich in der Ecke und Ingeborg auf der anderen Seite des Verlieses, aber das lag nicht daran, daß einer von uns verzweifelt gewesen wäre. Vielleicht hatten wir die Schritte gehört und beschlossen zu retten, was zu retten war, und keinen begründeten Argwohn zu wecken?

Der Pfarrer war sehr höflich.

»Ich habe gehört, daß du hier eine Befragung durchführst. Hast du etwas herausgefunden?« Oder irgend etwas in der Richtung. Beherrschte und ausdruckslose Worte, gerichtet an einen Mann, der betrunken und wortlos zu abartig später Zeit in der Zelle einer gefährlichen Gefangenen saß.

Später, nicht am anderen Morgen, sondern Monate später, fragte ich Torsten, was ich über die Vorfälle im Gefängnis erzählt hatte. Er behauptete, ich habe nur einen einzigen Satz gesagt. Den Rest der Fahrt hatte ich, gegen seine Schulter gelehnt, geschlafen.

»Die Frau ist eine Hündin!« hatte ich zu Torsten gesagt.

»Und was hast du darauf erwidert?«

»Das sind sie doch alle!« hatte er geantwortet.

Als ich spät am anderen Morgen erwachte, war ich sehr krank. Am Nachmittag sandte Pfarrer Kjellinus mir die Nachricht, daß man von Ingeborg ein befriedigendes, wenn auch kein umfassendes Geständnis bekommen habe.

21. KAPITEL

Einundzwanzigstes Kapitel, in welchem der Richter krank wird und über das Wesen des Leidens nachdenkt.

Eine eigenartige Krankheit schwächte mich für mehrere Wochen. Ich hatte weder Husten noch Schnupfen, aber eindeutig Fieber, das immer dann anstieg, wenn ich versuchte, meine Amtsgeschäfte fortzuführen. Pfarrer Kjellinus hielt es für offenkundig, daß die Hexe in jener verrückten Nacht die *Magia divinatoria* auf mich gerichtet hatte, als ich unvorsichtigerweise allein versucht hatte, die Ränke des Teufels zu entlarven. Trotzdem verbot ich, Ingeborg noch weiter zu foltern, weil sie nach Angaben des Aufsehers eine Entzündung an den Händen bekommen hatte und mit Wundfieber darniederlag.

Zu Hause wirbelte Elsa um mich herum, ebenso wie sie es tat, wenn die Kinder krank waren. Sie machte mir kalte und heiße Umschläge, gab mir Säfte zu trinken und ließ mich gesunde Dämpfe einatmen. Zweimal die Woche holte sie den Wundarzt, der mich zur Ader ließ und während der ganzen Prozedur meine freie Hand streichelte. Bevor sie abends zu Bett ging, kam sie noch einmal herein, um nachzusehen, ob es mir auch an nichts fehlte. »Lieber Junge!« sagte sie, während sie mein Kissen aufschüttelte. »Liebe Elsa, du Herzallerliebste!« erwiderte ich.

Ich begann mich mit verzweifelter und unerotischer Leidenschaft an sie zu klammern. Ihre Gewöhnlichkeit und Sicherheit, ihre Mütterlichkeit trösteten und beruhigten mich. Hatte ich sie irgendwann eine kokette Heuchlerin genannt? Sie, die in ihrer Fürsorglichkeit eine wahrhaftige Frau war? Es gab keinen Zweifel, daß allein sie mich vor dem drohenden Untergang rettete, und sie tat es kraft ihrer Alltäglichkeit.

Je geschmackloser ihre Kleider waren, je schlechter sie ihr standen, um so besser gefielen sie mir und um so mehr konnte sie mich trösten. Das Tuch, die Wolle, der Taft oder das Leinen, die meine Hand im Vorübergehen streiften, sprachen die Sprache der Vergebung.

An Elsas Fürsorge war nichts Verwunderliches: Ich war der Ernährer der Familie, und wenn mir etwas zugestoßen wäre, hätte das für Elsa und die Kinder ein elendes Schicksal bedeutet. Ihr eigenes väterliches Erbe waren ebenso wie meine eigenen Mittel nicht groß, und auf eine Wiederverheiratung konnte sie als Mutter von sechs Kindern kaum hoffen. Aber ich glaubte dennoch nicht, daß ihre Freundlichkeit reine Berechnung war.

Ich war ihr Mann. Das bedeutete, daß ich ihr gehörte, und Elsa hatte ein starkes Bedürfnis, alles, was zu ihrem Eigentum zählte, zu pflegen, zu versorgen, zu behüten, zu polieren, zu verbessern und zu lieben. Da ich mich in einer hilflosen Lage befand, war ich zum ersten Mal nach langer Zeit unbestreitbar von ihr abhängig, so wie auch die Kinder. Deshalb wurde sie mir gegenüber ganz weich.

Elsa sah es nicht gern, daß Bryniel Kjellinus mich mit dienstlichen Angelegenheiten behelligte, da diese Besuche mich sichtlich erschöpften. »Liebster, hat es denn einen Sinn, daß du …?« fragte sie manchmal besorgt, während sie mir in den Morgenrock half.

Der Pfarrer benutzte niemals den Stuhl, den Elsa für ihn an das Fußende des Bettes stellen ließ.

»Ich denke, in diesem Fall kann man das Todesurteil ohne klaren Beweis für den Pakt mit dem Teufel fällen, denn sie hat ja auf jeden Fall die Menschen irregeführt und geheime Künste angewandt. Aber das Problem besteht darin, wie man die Schöffen dazu bewegt, einer so harten Bestrafung zuzustimmen!« beklagte er sich einmal.

»Glauben sie denn nicht, daß Ingeborg O. eine Hexe ist?« fragte ich.

Der Pfarrer zuckte die Achseln.

»Sie glauben es wohl, aber mit Hinweis auf *Carolina constitutio criminalis* erinnern sie daran, daß man jemanden, der die Magia ausübt, nicht mit dem Tod zu bestrafen braucht, wenn er keinen Schaden verursacht hat«, antwortete er.

Ich war nicht bereit zuzulassen, daß man meine Krankheit als Beweis wertete. Der Pfarrer gab zu, daß auch er die Geschichte heikel fand, weil ich immerhin der Richter war, der den Fall zu bearbeiten hatte.

»Wenn wir doch eine schriftliche Bestätigung dafür bekämen, daß Weissagen mit Hilfe von Schere und Nadel ein *crimen exceptum* ist, das nicht ohne Hilfe des Bösen möglich ist!« sagte er.

Ich erwiderte, daß ich mich nicht erinnern könne, gerade über Schere und Nadel etwas gelesen zu haben, aber er meinte, wir könnten zusammen einige für den Fall wesentliche Werke einsehen.

In Andreas Keslers *Theologia* fand sich ein deutlicher Hinweis. Auf den Seiten 360–361 war die Rede von der Zauberkraft von Mustern, Buchstaben und anderen vergleichbaren Dingen, die unleugbar vom Teufel kamen. Und Arnold Mengering zog in seiner *Erothema Catechtetica* die Grenzen der natürlichen Magie so eindeutig, daß man Ingeborgs Kunststücke absolut nicht für ungefährlich halten konnte.

Der Pfarrer ging zufrieden davon, ich wurde noch kränker.

»Warum bearbeitet er den Fall nicht allein? Ein ziemlicher Dummkopf, wenn er die Bücher nicht ohne dich lesen kann!« sagte Elsa, während sie die auf dem Bett verstreuten Bücher einsammelte.

Es kam so, wie Kjellinus es vorausgesagt hatte. Die Schöffen widersetzten sich dem Todesurteil. Der Pfarrer hatte jedoch beschlossen, seinen Willen durchzusetzen, und das Endergebnis war der Urteilsspruch: Enthauptung und Verbrennung. Als ich den Beschluß an das Hofgericht nach Turku sandte, verwies ich jedoch eigens auf den Standpunkt der Schöffen und die Meinung von Dunte, der gegen das Todesurteil war. Ob es möglich sei, daß die Ansicht der Schöffen und Duntes ausreichten, das von mir verhängte Todesurteil aufzuheben?

Als ich es verkündete, sah ich Ingeborg nicht an. Ich spürte, daß ich in schlechter Verfassung war, das Herz klopfte beunruhigend schnell, und ich hatte leichte Atembeschwerden. Als ich nach Hause kam, entsetzte Elsa sich über meinen Zustand, und ich gab zu, in erbärmlicher Verfassung zu sein, aber doch in keiner so erbärmlichen, daß ich ins Bett hätte zurückkehren müssen. Über Elsas Gesicht huschte ein Schatten der Enttäuschung.

»Bist du sicher, daß du dann nicht einen noch schlimmeren Rückfall bekommen wirst?« fragte sie.

»Nein, das glaube ich nicht«, versicherte ich.

Statt dessen verbrachte ich schlaflose Nächte, in denen ich mich der Grausamkeit und Schwäche zieh, aber ich tröstete mich damit, daß das Hofgericht das Urteil für die Angeklagte abmildern würde. Ich wußte nicht, ob Ingeborg Gnade verdiente, ich wußte nicht, ob sie eine Hexe war oder nicht, aber ich wollte nicht, daß sie starb.

Ich wartete. Wenn ich an mein Leben als an eine Komposition denke, wie ich es oft tue, so lautete die Spielanweisung jener Tage *grave, molto grave*. Die Tage und Nächte vergingen langsam und schwer, manchmal hatte ich das Gefühl, sie gingen überhaupt nicht voran. Die Zeit, die ich lange als gefährlich bezeichnet hatte, weil sie mich dem Grab zu rasch näher brachte, war jetzt erstarrt.

Einmal erinnerte ich mich vor dem Einschlafen an einen deutschen Schiffsarzt, der mir in Dorpat eine Passionsblume unter Glas gezeigt hatte. Er erzählte mir, er habe Dutzende solcher Rankengewächse untersucht und festgestellt, daß es zwei konsequent auftretende Formen in ihrer Struktur gab, die Dreiteiligkeit und die Fünfteiligkeit. Der Arzt sagte, in der Seele mancher Pflanzen gebe es nach Harmonie strebende Formen. In der Passionsblume gebe es Terzen und Quinten, die, wie in der Musik, ihre Form zu Intervallen mache. Der Arzt galt als verrückt, aber er kannte die Heilpflanzen und spielte Flöte wie ein Engel.

Ich fand es nicht merkwürdig, daß der Arzt Harmonie und Leid nebeneinanderstellte. Lag doch auch die Schönheit der Passion darin, daß sie von einer rührenden Tragödie erzählte. Die missionierenden Jesuiten, die als erste die Passionsblume entdeckt hatten, gaben ihr den Namen aus metaphorischen Gründen. Sie sahen in der Pflanze eine Verbindung zu der Leidensgeschichte Christi: Die gelappten Blätter waren die Hände der Peiniger, die Ranken die Geißeln, die Blütenhülle die Dornenkrone, die fünf Blütenblätter die Wunden, die kleinen Stachel die drei bei der Kreuzigung verwendeten Nägel.

Während ich darüber nachdachte, wurde mir klar, daß Leiden eigentlich Schönheit war. So wenigstens glaubte man allgemein. Wenn der Mensch viel leiden mußte, ging sein Leben nicht verloren. Je offenkundiger die Qual war, desto mehr erlebnishaften Nutzen brachte sie für ihre Umgebung.

Als Ingeborg O. sich zum Zeichen ihrer Verzweiflung mit ihrem Monatsblut bestrich, war das ein widerlicher Anblick, aber dennoch schmerzte er mich. Ihre Tat war, wenngleich abstoßend, doch würdig, da sie von großem Leid herrührte. Im Grunde mußten wir alle, die wir sie sahen, Respekt vor ihr haben, denn sie litt für die gewöhnlichen, verängstigten, feigen, vorsichtigen Menschen. Man hatte uns gelehrt, daß es in der

Welt eine bestimmte Menge an Qual gebe und daß einige Menschen sie tragen müßten, damit die Existenz der Menschheit in ihrer Gegensätzlichkeit ihre Berechtigung erhielt.

Deshalb war es vielleicht gar nicht wichtig, ob Ingeborg eine Hexe war oder nicht. Deshalb hatte es für mich keinen Sinn, nächtelang wachzuliegen.

Es stimmte, daß uns anderen ein leichteres Leben zufiel, aber damit verbunden war immer die Beklommenheit und Schuld desjenigen, der ohne eigenes Verdienst glückhaft verschont geblieben war. Unsere einzige Möglichkeit, die läuternde Qual und die von der Wurmhaftigkeit unseres Daseins befreiende Kraft zu erleben, war, sie in den Künsten zu suchen, wo sie sich in sublimierter und genießbarer Form zeigte. Ein Mensch wie ich war ein ewiger Zuschauer und Zuhörer, niemals der Gegenstand des Zusehens und Zuhörens. Im Grunde fiel es mir schwer, das zu akzeptieren, denn jeder Mensch möchte beeindrucken, anrühren und in Erinnerung bleiben. Aber ich war natürlich nicht bereit, den Preis dafür zu zahlen. Abgesehen von Christus hat wohl niemand den Preis dafür freiwillig gezahlt, aber das Los mancher Menschen war es, als Passionsblume geboren zu werden.

So dachte ich, während ich nachts wach lag und über meinen Anteil an Ingeborgs Schicksal nachgrübelte.

Nach einiger Zeit bestätigte das Hofgericht das Todesurteil.

22. KAPITEL

Zweiundzwanzigstes Kapitel, in welchem der Richter über die teuflische Alchimie der Liebe nachsinnt und einen seltsamen Anfall bekommt.

Zwei Jahre. Ganze zwei Jahre lang geschah nichts, und ich begann zu glauben, daß es vorbei sei. Ohne daß ich es wollte, wurden daraus zwei Jahre, die Ingeborg gehörten.

Sie nahm mir die Lust, Bücher zu lesen. Das Leben bestätigte nicht die Hypothesen, die ich in den Büchern fand. Dennoch versuchte ich mehr als jemals zuvor zu lesen, bestellte neue Literatur, unternahm eine Beschaffungsreise nach Schweden und lieh mir Bücher aus den Beständen von Freunden aus. Doch gleichgültig wie das Werk begann – früher oder später stieß ich auf sie. Sie stand da wie Hanswurst, die sorgfältig gefügten Theorien verspottend und ihren Schabernack damit treibend. Allmählich vermutete ich, daß die Moral des Lebens sehr wenig Berührungspunkte mit der Moral jener Männer hatte, die in den Klöstern oder in den Philosophenkämmerlein saßen und die Feder über das Papier fliegen ließen.

In dem sich wandelnden Gemälde im Fenster meines Arbeitszimmers war sie immer anwesend. Wenn ich das Fallen der Eichenblätter beobachtete, wunderte es mich nicht mehr, daß sie herabschwebten, sondern daß sie eines Tages auf den Baum geklettert waren. Sie hatten das heimlich getan; ich konnte ihren langen und mühsamen Weg hoch hinauf in die ragenden Zweige nicht beweisen. Nur um herabzufallen? Um einige Augenblicke des Schwankens in der herbstlich scharfen Luft zu erleben, wonach ihnen nur noch das Vermodern blieb? Warum war das so mühelos für sie, während der Mensch, während sich Ingeborg weinend, sich windend und nach Luft schnappend bis zuletzt dem Ende ihres Daseins widersetzte?

In einer Augustnacht, als der Wind über die Insel strich und den erregenden weiblichen Duft nach Meer und reifem Getreide trug und niemand darauf gekommen wäre, die Sturmglocke zu läuten, weil die Augen aller Männer auf gleiche Weise glänzten, nahm ich mir eine Geliebte.

Sie hieß Ilia, so wie auch meine älteste Tochter, und ich verfiel auf sie, weil sie von allen Frauen in meiner Reichweite am wenigsten an Ingeborg erinnerte. Meiner Einschätzung nach war sie hübsch und dumm. Später bemerkte ich, daß ich mich in beiden Punkten geirrt hatte: Mit der Zeit erwies Ilia sich als häßlich und klug. Aber selbst wenn ich die Augen geschlossen hielt, konnte ich nicht vergessen, daß ich sie genommen hatte, um Ingeborg zu betrügen, um sie zum Schweigen zu bringen.

Mein Verhältnis zu Ilia, der Dienerin, war zynisch und unkompliziert. Keinerlei kindische Gefühlsduselei verdarb jemals unsere Vereinigung. Wenn sie mir mit höflicher Gleichgültigkeit ihre Schenkel öffnete, schämte ich mich tief der naiven Tölpelhaftigkeit, in die ich verfallen war, als ich mir vorstellte, ich hätte mich in Ingeborg verliebt. Ilia lehrte mich, daß man eine Frau nehmen mußte, ohne zu sprechen, ohne Gefühlsduselei, ohne die Begierde mit lächerlichen Lügen zu bemänteln. Sie fürchtete nicht, schwanger zu werden, und wurde es auch nicht. Sie erwartete keine Küsse von mir, wenn ich sie verließ, aber kleine Geschenke nahm sie nicht ungern.

Mein eigener Sündenfall machte es mir nicht schwieriger als

zuvor, jemanden wegen Hurerei zu verurteilen. Ich hatte mein Gesetzbuch, ich suchte die nötigen Stellen heraus und verhängte die für den Fall vorgesehene Strafe. Nichts sonst hatte sich verändert, nur ich. Der unter dem Richtertalar verborgene Gedanke der Metamorphose hatte mir endlich klargemacht: Der Richter vertritt bei der Verhandlung den Geist des Rechts, nicht die eigene Person. Ich hatte das oft wiederholt, jetzt verstand ich, was damit gemeint war. Ich konnte einen Ehebrecher nicht deshalb freisprechen, weil ich selbst einer der Böcke war, ebensowenig wie der Priester es ablehnen konnte, ein Sündenbekenntnis mit der Begründung entgegenzunehmen, er habe selbst gesündigt. Der Priester in seiner Kutte war das Werkzeug Gottes, und ich war ein Mittel des Rechts; eine größere Hybris kann der Mensch nicht beweisen als sich einzubilden, er – auch als scheinbar Unschuldiger – könnte sich jemals als Individuum auf die Ebene metaphysischer Wandlungen erheben!

Ich beendete das Verhältnis, weil es mich nicht von Ingeborg reinigte, sondern mich auf krummen Wegen noch fester an sie band. Da machte Ilia sich zum ersten Mal Sorgen um ihren Anteil am Himmel und überließ sich einer Stimmung, die an Hysterie grenzte.

»Ich muß zum Pfarrer gehen und meine Sünde bekennen, sonst finde ich keine Ruhe!« jammerte sie. Sie kniete sich hin, um zu beten, während mein Abschiedssamen ihr die Beine herablief, und beklagte laut das Verderben ihrer Seele.

Ich sah sie entsetzt an.

»Wenn ich dir zwanzig Taler bringe, beruhigt dich das?« fragte ich.

Ilia stand auf, wischte sich die Scham mit dem Rock ab, der auf dem Bettrand lag, und trocknete sich die Augen.

»Wirklich?«

Als ich ihr am nächsten Abend das Geld brachte, zog sie sich wie gewöhnlich bis aufs Hemd aus und legte sich hin.

»Nein, ich kann es mir nicht leisten, deine Sündenlast

noch zu vergrößern«, erklärte ich ihr und ließ sie erstaunt zurück.

Ich kann nicht behaupten, ich hätte keine Gewissensbisse gehabt; lag doch immerhin fast ein halbes Jahrhundert Verbundenheit mit dem lutheranischen Geist, Kämpfe und Siege über mich selbst hinter mir. Der Zusammenbruch konnte nicht ohne Qualen vor sich gehen. Aber ich hatte das vage Vorgefühl, daß ich, wenn ich älter und dem Tod näher sein würde, Gelegenheit zu einer aufrichtigeren, ernsteren Reue bekommen würde.

Aber Ingeborg! Sie hatte mir eine Falle gestellt, aus der ich nicht herausfand. In den zwei Jahren, in denen ich mich mit keiner einzigen Hexensache zu befassen brauchte, rotierte ich in der von ihr gegrabenen Grube und riß die Ränder immer weiter ein, je heftiger ich versuchte, daraus zu entfliehen.

Kleinigkeiten wuchsen sich mit der Zeit aus und wurden wichtiger als große Erschütterungen. Ich fühlte mich nicht mehr beklommen bei der Erinnerung daran, wie sie wie ein bockiges Kind an dem Henker gehangen hatte – »Ich möchte nicht, ich will nicht, du darfst nicht!« –, sondern dann, wenn ich versuchte, mir Wort für Wort etwas ins Gedächtnis zurückzurufen, was sie beiläufig geäußert hatte. Ich war davon überzeugt, daß sich darin die Wahrheit über sie und mich finden würde, die ich aus eigener Kraft nicht finden konnte. Aber wenn ich mein Innerstes durchkämmte, blieben nur Plattheiten hängen, die ich selbst von mir gegeben hatte, an ihre Worte konnte ich mich nicht deutlich erinnern. Vielleicht fiel es mir zu guter Letzt so schwer, mich mit der nichtigen Ausbeute zu begnügen, daß ich mir ihre Worte selbst ausdachte.

»Du kannst eher einem wilden Tier Mitleid beibringen als einem unschuldig gefolterten Menschen!« sagte sie. Und sie lächelte gerade soviel, daß ich ihre gleichmäßigen, starken Zähne sah. »Du hast mich also nicht aus Mitleid…?« fragte ich. »Huh, nein!« antwortete sie. »Nein, nein, seinen Peiniger bemitleidet man nicht, das ist sicher!« beteuerte sie. »Na, dann aus Haß? Oder um mich auszunutzen?« schlug ich vor. Ihre Fäuste öffneten sich zu einem hilflosen Abwinken. »Wenn einem nur so wenig Zeit bleibt, verschwendet man sie nicht an Lappalien!« sagte sie traurig. »Aber wie kann man sich überhaupt verlieben, wenn man weiß, daß alles bald ein Ende hat?« beharrte ich. Sie kam näher zu mir heran. »Je größer das Opfer, desto schöner das Gegengeschenk«, antwortete sie.

Natürlich haben wir ein solches Gespräch niemals geführt. Aber wir hätten es führen können, wenn die Gedanken Worte geworden wären. Es war lächerlich, sich Gespräche auszudenken, es war sentimental und dumm, aber ich kam nicht los davon.

Warum war es so wichtig, daß gerade Ingeborg, eine Frau, die ich zum Tode verurteilt hatte, mich liebgewonnen, sich in mich verliebt hatte? Und wenn das nun einmal eine so große Bedeutung für mich hatte, warum war ich dann nicht einfach vor der Hinrichtung in ihre Zelle gegangen und hatte sie selbst danach gefragt? Deshalb, weil ich mich schämte oder weil ich die Antwort fürchtete, die ich bekommen würde?

Auch Elsa konnte mir nicht helfen. Manchmal, wenn ich es gründlich satt hatte, die Hand für meine Frau zu halten, konnte es geschehen, daß ich zu ihr ging, aber die gemeinsame Nacht schrumpfte zu wenigen Augenblicken des Stöhnens, Ächzens und schalen Schweigens zusammen, und mit einem üblen Geschmack im Mund schlich ich mich auf mein Zimmer.

Es kam der Abend, wo ich nicht einmal das konnte. Ich stand an Elsas Tür, betrachtete sie, meine Frau, deren Nachthemd absichtlich von der Schulter glitt. Unter der Spitze war noch weißere Haut zu sehen, weich wie Schaum, durch Warten gedemütigt. Sie zog die Beine an zum Zeichen des Selbstschutzes und der moralischen Kränkung, sorgte aber dafür, daß dazwischen eine lockende Pforte blieb.

»Versuch ja nicht, mich anzurühren!« sagte sie.

Ich war entsetzt. Waren wir so weit gekommen, das feinste Mädchen der Gesellschaft und ich? (»Hör mal, Freund, wie heißt die junge Schöne dort mit den großen, unschuldigen Augen?«) War das unser Los, obwohl wir gemeinsam auf das Wort geschworen hatten, das versprach, uns das ganze Leben zu vergolden? Die Hochzeitsnacht war keine Vergewaltigung gewesen, durchaus nicht, und später, als es ihr überhaupt nicht mehr weh tat, hatte der Akt im besten Fall die Grenzen der Schönheit gestreift. Ich erinnere mich an eine Nacht, als ich, die Hand auf ihrer Brust, eingeschlafen war, und sie hatte meine Hand nicht einmal dann weggeschoben, als sie glaubte, ich sei eingeschlafen. Wie waren wir nur in eine solche Lage geraten?

In Gedanken ging ich zu ihr, zog ihr das Nachthemd über die Beine und streichelte ihr über das Haar. In der Wirklichkeit zog ich mich in Richtung Tür zurück und murmelte irgend etwas als Erklärung. Hätte ich mich so verhalten, wie ich es vorgehabt hatte, hätte sie mich vor Enttäuschung und Demütigung geschlagen, dessen war ich mir sicher.

»Verzeih mir!« sagte ich.

»Was?« fragte sie. Der gereizte Ausdruck verschwand von ihrem Gesicht. Ich wandte mich ab, bevor sie mich ganz verstehen und in Wut ausbrechen würde. Sie rief mir irgend etwas nach. Erst an der Tür begriff ich, was sie mir mitgeteilt hatte.

»Ich habe dich niemals begehrt!« hatte sie gesagt.

Ich öffnete die Tür zur Nacht, deren Rhythmus von den Grillen bestimmt wurde.

»Ich weiß!« versetzte ich.

Ich hatte keine Schuhe an, ich war beim Ausziehen gewesen, als es mir einfiel, Elsa zu verführen. Ich hatte das Nachthemd noch nicht angezogen, weil ich bemerkt hatte, daß Elsa das nicht leiden konnte; wenn ich schon kommen mußte, war es besser, in ihre Kammer wie ein diebischer Kosak einzudringen, der seine Hosen nur so weit herunterließ, wie es eine dreiste Vergewaltigung erforderte.

Zum ersten Mal nach vierzig Jahren spürte ich den Erdboden unter meinen bloßen Füßen. Nachtfeuchtes Gras und groben Sand. Ich machte einige Laufschritte; das war bemerkenswert angenehm. Die Erde war ein einziger Schatten, die Füße wußten nicht, wohin sie traten. Aber mein Lauf war nicht tastend, er nahm einen Streifen des grasbewachsenen Weges mit, kurze Triebe des Haselstrauchs, sorgfältig gezogene Ackerschläge mit Weizen. Ich hatte das Gefühl, über verlassenes Land zu laufen, die Menschen hatten alles für eine ganze Nacht verlassen und waren irgendwohin geflohen. Und wir Herrenlosen nahmen aneinander Maß. Im dichten Duft des Dämmers.

Natürlich weinte ich die ganze Zeit. Das haben Sie sich schon gedacht, nicht wahr? Wenn ein Mann zum ersten Mal nach vierzig Jahren mit nackten Füßen den Ackerrain entlangläuft, ohne einen Augenblick zu überlegen, ob er einen Dorn in den Fuß bekommt, dann muß das daran liegen, daß er weint. Ich nahm nicht die weißschimmernden Birkenstämme wahr, deren Anblick ich in jüngeren Jahren genossen hatte, nicht den Sternennebel und nicht die in weiter Ferne beruhigend rauschende Brandung, sondern weinte für all die Male, wo ich meine Bedrängnis, meine Not, meine Verzweiflung, meine Angst, meine Gekränktheit, mein Mitleid, meine Todesangst, meine Wut, meine Nichtigkeit nicht ausgedrückt hatte.

Ja, ich weinte, na und? Vierzig Jahre oder mehr sind eine lange Zeit, den starken Mann zu mimen, und das, was an einem nagt, in sich zu verschließen in einer Welt, deren Fenster sich vielleicht im Traum, aber niemals am Tage öffnen.

Irgendwann mußte ich stehenbleiben. Schließlich war es lächerlich, mitten in der Nacht über Stock und Stein zu rennen. Als der Körper müde wurde, begann der Verstand zu spotten. Ich war bedauernswert, was, glaubte ich, würde ein solcher Anfall nützen?

Ich setzte mich an den Grabenrand und spürte unter meinen Händen etwas Feuchtes. Eine zerquetschte Pflanze verströmte einen spröden Duft, vertraut und beruhigend zugleich. Er kam von irgendwoher aus ferner Vergangenheit, aus einer

Zeit, in der man noch nicht zurücksah, sondern Erfahrungen sammelte wie eine Biene den Honig. Wie weit zurück mußte ich gehen, um keine Schatten zu sehen? »Warum hast du keinen Mann so wie die anderen, Ambrosia?« Und die Antwort kam aus der Wolke eines Lächelns. »Ist das Mägdlein ledig 'blieben, wird auch ohne Mann es leben!« »Ich werde dein Mann, Ambrosia!« Wangereiben und Küßchen. »Ja, das wirst du, da lohnt es sich zu warten!«

Nein, an diesen Erinnerungen konnte man sich nicht ewig wärmen. Die Welt war nicht häßlicher geworden seit jenen Tagen, aber ich hatte einer verkrüppelten, abstoßenden Kreatur die Tür geöffnet, und die hatte sich auf Dauer bei mir eingenistet. Sie hatte keinen Namen. Und auch wenn sie einen gehabt hätte, hätte sie ihn nicht einfach preisgegeben. Sie versteckte sich und wartete den denkbar unpassendsten Augenblick ab. Ich hatte sie hereingelassen, und ich mußte sie auch wieder hinausjagen, wenn ich frei von ihr werden wollte. Aber wie bekam man sie in den Griff? Sie war wie ein alter Hund: Wenn man ihn ärgerte, dann biß er durch bis auf die Knochen!

»Es gibt keine Gottesfurcht, es gibt nur Todesangst«, hatte Ingeborg einmal gesagt. Jetzt schien es mir, als gäbe es auch keine Todesangst, sondern nur die Angst vor der eigenen inneren Welt. Wenn ich noch um etwas betete, dann lautete das Gebet: Laß mich nicht damit allein!

Aber was soll's! Es war Nacht, über den Feldern schwebte blauer Dunst. Warum war das nicht genug für mich? Nur ein Verrückter sucht den häßlichen Anblick, wenn es auch anderes gibt. Es gab Nacht und Dunst, den Duft nach Liebe und Getreide. Wenn aus mir ein Bauer geworden wäre, würde ich nicht dasitzen und trauern. Ich hätte zwei Dinge ganz klar gewußt: pflüge und säe, die Erde und den Schoß, Brot und Kinder! Aber ein Richter, der mäht das nieder, was andere gesät haben, der bricht die schlechten Zweige ab, der nimmt die Spreu anstatt des Weizens, der sät Tod, wo andere Leben säen. Deshalb hatte es auch keinen Zweck, von der Liebe so Großes zu erwarten, kein richtiges Pflügen und keine Aussaat, denn woher hätte man die Berechtigung dazu genommen?

Außer es wäre eine Frau gekommen, die mir den Mann in mir zurückgab! Eine Frau, die Macht hatte. Fleisch von meinem Fleisch, Bein von meinem Bein. Offen gerade für mich, weil nur ich, einzig und allein ich ihren Schoß ausfüllen konnte. Ich durfte nicht glauben, daß gerade diese Frau gestorben war, das war zu trostlos.

Warum hing das alles von solchen Winzigkeiten ab? Die Linie der Nase, die Art, auf Fragen zu antworten, ein einzelner Satz, und die Sache war gewonnen oder endgültig verloren. Was für eine teuflische, feingeregelte Alchimie steckte nur hinter dem Lieben?

Ich versuchte im Dämmer nach der Pflanze zu tasten, von der dieser angenehme Duft ausging, aber ich bekam nur ein Büschel Gras in die Hand. Wenn die Liebe einem begegnet, versteht man nicht, sie festzuhalten, weil es zu schön wäre, um wahr zu sein, dachte ich. Wenn man es gewohnt ist, seine Erwartungen unter Arbeit und Prinzipien zu begraben, gibt man sie ungern auf.

Ich stand auf. Vom Meer her wehte ein leichter Wind, und die Fußsohlen taten mir weh. Vom Leben ist nicht mehr viel übrig, gestand ich mir ein, als ich demütig durch das Tor in den Hof zurückkehrte. Wenn man sagen könnte, man habe geliebt, könnte das eine Verteidigung sein.

Ich beschloß, daß ich, falls Elsa auf mich warten sollte, und sei es auch nur, um mich zu beschimpfen oder mit mir zu streiten, sie ernst nehmen und versuchen würde, sie gern zu haben, so wie sie es verdiente. Sie war eine ausgezeichnete Mutter, war in Gesellschaft angenehm und vieles mehr; warum sollte ich nicht aufrichtige Zuneigung zu ihr empfinden? Und wenn mein plötzlicher Fortgang sie so besorgt gemacht hätte, daß sie bis nach draußen gekommen war, dann würde ich es mit allem Ernst versuchen…

Elsa war nicht draußen. Als ich durch die Tür in ihr Zimmer spähte, sah ich, daß sie fest schlief, die Decke unter das Kinn gezogen. Ich ging in mein Zimmer und legte mich hin, ohne mich auszuziehen. Kurz vor dem Einschlafen glaubte ich, hinter der Wand ein Weinen zu hören. Vielleicht hatte sie doch gewartet und daran gedacht, weich zu werden, wenn ich demütig zu ihr käme? Aber wenn ich an all die Verstellung dachte, mit der sie zu Werke gehen würde, mochte ich mich nicht mehr dafür interessieren, wie die Dinge nun standen.

Am frühen Morgen begann es zu regnen. Der Regen hielt ununterbrochen drei Wochen lang an. Im August verwandelten sich die Tropfen in Hagelkörner. Die Hagelschauer zogen Nachtfrost nach sich. Fast die gesamte Ernte ging verloren. Im darauffolgenden Winter starben viele Menschen vor Hunger.

23. KAPITEL

Dreiundzwanzigstes Kapitel, in welchem der Richter einen Kirchendieb verurteilt und sich wieder Sorgen um seinen Knecht Torsten macht.

In den Häusern verschwanden die Katzen und Hunde. Es wurde behauptet, die Hungrigen hätten die Kadaver aus der Erde ausgegraben und sie unaufgetaut gegessen. Auch die vom Glück Begünstigteren mußten aus Rindenmehl, Leinsamen, Wurzeln und Eicheln ein Notbrot backen. Die Menschen starben an den Straßenrändern. Als von den Leichen zu nächtlicher Zeit Gliedmaßen verschwanden, fürchtete man, daß dafür nicht nur wilde Tiere, sondern auch Bettler verantwortlich waren. Die Verzweifeltsten überquerten mit Booten als Schlitten das Eis, um ihre Kinder den Stockholmern als Dienstboten zu verkaufen, weil sie glaubten, der König verteile Getreide an die Städter. Die wenigen, die es bis zum Ziel schafften, sahen, daß die Straßen der Hauptstadt voller Bettler und Sterbender waren. Im Frühjahr blieb in den Netzen der Fischer nur eine magere Ausbeute hängen. Bis weit in den Sommer hinein mußten die Trauerglocken geläutet werden.

Am Wintergerichtstag brachte man mir einen sechzehnjährigen Jungen, der in der Kirche Abendmahlsbrot gestohlen hatte. Als Ersttäter wäre er mit einer Geldstrafe oder Zwangsarbeit davongekommen; vor einiger Zeit hatte man der unteren Instanz die Möglichkeit zu einer solchen Strafmilderung gegeben, aber diese Vorschrift konnte nicht auf Diebstahl in der Kirche angewandt werden.

»Wie ist es ihm ergangen?« fragte mein Knecht Torsten auf der Heimfahrt. Er war in diesen zwei Jahren wieder recht munter geworden. Ich könnte sagen, er habe aus den Demütigungen, die mir widerfahren waren, Selbstbewußtsein gezogen; seit unserer Fahrt nach Kastelholm hielt er sich um einiges aufrechter.

»Dem Jungen? Ich mußte ihn zum Tode verurteilen!« antwortete ich.

»Warum?« fragte der Knecht.

»Nach dem Strafgesetz der Königin Christina«, sagte ich. Torsten schüttelte den Kopf.

»Ich verstehe nicht, wie ein Herrscher Todesurteile verlangen kann, wenn die Menschen nicht genug zu essen haben, um am Leben zu bleiben, wenn sie nicht stehlen!« sagte er.

Sein Nacken war rot angelaufen, und er sah mich nicht an.

»Du bist ja ein Rebell!« erklärte ich erstaunt.

»Nein, das bin ich nicht«, widersprach Torsten. »Wenn ich ein Rebell wäre, würde ich nicht hier sitzen und den gnädigen Herrn Richter zu den Veranstaltungen kutschieren, wo angeblich Recht gesprochen wird!« erwiderte er.

»Warum regst du dich wegen eines Diebes so auf, den du noch nicht einmal kennst?« fragte ich ruhig. Seine Wunderlichkeit hatte Torsten das Privileg eingetragen, mich zu provozieren; ich weiß nicht, ob es überhaupt eine Grenze gab, die er nicht hätte ungestraft überschreiten können.

»Es sterben sowieso schon zu viele Menschen; ich verstehe nicht, was es für einen Sinn macht, auch noch die umzubringen, die es wie durch ein Wunder geschafft haben, am Leben zu bleiben!« sagte er.

Ich wickelte mich fester in meinen Pelz; es wurde beißend kalt.

»Das verstehst du nicht? Wenn Übeltäter nicht bestraft würden, herrschte hier bald das völlige Chaos. Die Diebe kämen in jedes Haus, auch in das unsrige. Dann wäre es mit deinem Mitgefühl bald vorbei, wenn dein eigener Teller leer bliebe«, erklärte ich.

Wir hatten Glück gehabt. Wir hatten genug Kühe zum Schlachten, und im Speicher war noch Getreide vom Vorjahr.

Mir hatte der Junge leid getan. Ein schmächtiger, verängstigter kleiner Kerl, der wahrscheinlich von anderen angestiftet worden war. Aber er war auf frischer Tat ertappt worden, wie er enttäuscht die trockene, nach Papier schmeckende Hostie verschlang, die sich keineswegs in Fleisch verwandelte, wie die Priester es versprachen. Obendrein hatte er sich auch noch Altarkerzen unters Hemd gesteckt. Es handelte sich also um ein wirklich schweres Verbrechen.

»Das ist nicht wahr!« sagte Torsten. »Wenn ich meinen Anteil am Essen jemandem geben wollte, der noch hungriger ist als ich, gäbe das sofort einen großen Skandal. Wir müssen ja allen vorlügen, daß im Hause des Richters Mangel und Elend herrschen, damit uns die Bettler nicht ständig belästigen!« erklärte er.

»Wenn du das so übelnimmst, kannst du ja auf dein Essen verzichten«, sagte ich spöttisch.

»Aber den Bedürftigen darf ich es nicht geben?« fragte der Knecht.

»Was würde das helfen? Einem einzigen Menschen eine kurze Zeitlang«, sagte ich. »Würdest du dir damit ein gutes Gewissen verschaffen?«

Wenn er nüchtern war, hielt er seine Zunge im Zaum. Wer wußte schon, was für verschrobene Gedanken ihm gerade durch den Kopf schossen? Daß sein Gewissen reiner war als das meine, der ich volle Getreidesäcke hütete, während ich zugleich diejenigen zum Tode verurteilte, für die von meinen Vorräten nichts abgefallen war? Daß ich die Menschen weniger bemitleidete als die Pferde im Stall, die sich kaum auf den Beinen hielten und die zum Tode zu verurteilen ich nicht übers Herz brachte?

Der Knecht hatte wohl derartige Ansichten, obwohl er gesehen haben mußte, daß ich so lange versucht hatte, den Hungernden zu helfen, bis ihr Strom zur Unerträglichkeit angeschwollen war. Als zweimal nach dem Besuch der Bettlerhorde vor der Treppe eine Leiche zurückgeblieben war, hatte Elsa endgültig genug gehabt. »Und wenn nun die Kinder eine tödliche Krankheit bekommen?« hatte sie weinend gefragt und vorgeschlagen, daß wir der Kirche Geld dafür geben sollten, daß sie an unserer Stelle an die Bedürftigen Getreide verteilte. Ich fand, das war ein vernünftiger Gedanke, und so machten wir es.

»Die Pastoren erklären den Kirchgängern, daß diese Plage durch Hexerei über uns gekommen ist. Bald wird der Richter wieder Leute verurteilen müssen!« sagte Torsten.

Ich mochte ihm nicht antworten. Ich fürchtete, daß er recht hatte: Dieser Alptraum konnte nicht ohne Sündenbock so weitergehen. Und es war ja noch nicht im Fall aller Frauen, die Karin P. denunziert hatte, gründlich ermittelt worden. Die Verzweiflung der Menschen wurde allmählich so groß, daß sie ein Objekt brauchten, an dem sie ihr Mütchen kühlen konnten. Ich wußte, daß hinter all dem keine Hexe stehen konnte – hatte das Unglück doch das ganze Land heimgesucht, aber in solchen Zeiten suchten die Schwächsten bei den Verlockungen des Satans ihre Zuflucht, um zu überleben.

»Fällt dir denn niemals zu irgendeiner Sache etwas Gutes ein?« fragte ich den Knecht, der die Pferde auf die dröhnende Brücke lenkte.

»Ich habe einen halben Tag lang gefroren, während ich auf den Herrn Richter wartete; da kommen einem leicht ungute Gedanken«, antwortete Torsten.

»Warum bist du nicht in die Gerichtsstube gekommen? Dort war es warm!« bemerkte ich.

Er lachte böse.

»So kalt war mir denn doch nicht!«

Es gab keinen Zweifel. Ich war der spezielle Gegenstand seines Hasses. Ebenso wie früher. Ich, der ich ihn milde behandelte. Ich, der ich ihm Privilegien einräumte, wie kein anderer Herr sie ihm je einräumen würde. Und er nahm meine Freundlichkeit entgegen, nutzte sie aus, kalt, machte sich nicht einmal die Mühe zu bemänteln, daß er mich verachtete. Mit welchem Recht eigentlich? Was glaubte er denn, wer er war?

»Bildest du dir ein, nur deshalb ein besserer Mensch zu sein, weil du der einzige bist, der ständig meckert wie ein alter Ziegenbock?« fragte ich.

Er zuckte die beschneiten Achseln und sagte nichts.

»Du bist zu nichts fähig als zu Miesmacherei, das ist das einzige, wozu du in der Lage bist«, provozierte ich ihn.

»Ich kann auch anders!« entgegnete Torsten.

»Ganz recht, du kannst Mist wenden und schleppen, aber das ist doch dasselbe, nicht wahr?« sagte ich spöttisch. Er versuchte erst gar nicht, mich von meiner Meinung abzubringen, und wir sprachen auf der ganzen Heimreise kein Wort mehr miteinander.

Am nächsten Tag hörte ich, daß Torsten seine Essensration nicht angerührt hatte. Er aß auch am darauffolgenden Morgen und Abend nichts. Auch am dritten Tag blieb der Teller unberührt.

Ich fand ihn im Viehstall.

»Allmählich habe ich deine Launen satt!« erklärte ich ihm. Er unterbrach seine Arbeit und stand da, die Hände auf dem Rücken je eines der beiden Pferde gelegt, zwischen denen er stand.

»Welche Launen?« fragte er.

»In diesem Hause hat niemand Launen zu haben! Wenn du dein Essen nicht bald im Guten verzehrst, werde ich dafür sorgen, daß es mit Gewalt in dich hineingestopft wird!« sagte ich.

Die Pferde verdrehten die Augen, als sie den heftigen Tonfall meiner Stimme hörten. Der Knecht klopfte ihnen beruhigend auf den Rücken.

»Ich glaube nicht, daß ich es bei mir behalten werde, denn ich habe keinen Hunger!« bemerkte Torsten.

»Warum hast du keinen Hunger, wenn ich fragen darf?« bedrängte ich ihn. Er stieß das Stroh zu seinen Füßen beiseite.

»Ich habe eben keinen!« antwortete er.

Da kam mir ein Verdacht: Wenn er nun heimlich aß? Sähe es Torsten nicht ähnlich, wenn er sich heimlich einen Vorrat an Lebensmitteln anlegte und am Eßtisch dann den Märtyrer spielte? Ich musterte ihn aufmerksam und fand, daß er keine Spur magerer aussah als früher.

Doch nein. Das war nicht seine Art; wenn er sich einmal auf so eine Posse einließ, dann spielte er sie bis zum bitteren Ende durch. Er würde niemals die Schande ertragen, wenn man ihn dabei erwischte, wie er Lebensmittel stibitzte. Wie er meine Lebensmittel stibitzte!

»Ich lasse dich so lange verprügeln, bis du lernst, wieder zu essen!« sagte ich. Torsten schüttelte den Kopf.

»Das wäre ein Verbrechen. Kein Paragraph legt fest, daß der Knecht das Essen seines Herrn verzehren muß«, entgegnete er.

»Wenn du es unterläßt zu essen, begehst du Selbstmord. Das ist ein Verbrechen!« behauptete ich triumphierend.

»Man kann mich verurteilen, wenn ich mich umgebracht habe!« antwortete der Knecht und begann in ruhigen Zügen die Pferde zu striegeln. Sie waren mager, aber erstaunlich ruhig. So wie auch der Knecht. Mir fiel nichts ein, was ich noch hätte sagen können. Also ging ich hinaus.

Auch am folgenden Tag rührte er sein Essen nicht an. Nicht am Morgen und nicht am Abend. Elsa war konsterniert. »Ist er verrückt? In dieser Zeit, wo jeder andere überglücklich wäre, wenn er an seiner Stelle am Eßtisch sitzen könnte!« wunderte sie sich. Das Gesinde sprach von nichts anderem als von ihm. Ich hörte, daß er am Morgen, als er zur Arbeit gegangen war, geschwankt hatte. Alle waren davon überzeugt, daß das von der Schwäche kam.

»Dort ist es sehr glatt«, bemerkte ich.

»Er ist noch niemals hingefallen!« sagte die Magd.

»Außer im Suff«, entgegnete ich spöttisch.

Die Magd nickte. »Ja, höchstens im Suff!«

»Warum zwingst du ihn nicht zu essen?« fragte Elsa. »Wir können es uns nicht leisten, einen guten Knecht zu verlieren!«

»Er ist sicherlich verhext«, vermutete meine Tochter Ilia.

»Und er ißt nur unsichtbares Teufelsessen«, fügte Märta eifrig hinzu.

Nachdem ich an diesem Abend vom Eßtisch aufgestanden war, befahl ich, den Knecht zu mir zu bringen. Die Kinder, die ein Kugelspiel hervorgeholt hatten, unterbrachen ihre Vorbereitungen, um zu verfolgen, was für merkwürdige Dinge sich über den Knecht herausstellen würden.

»Nein, dies ist nichts für Kinder!« erklärte ich ihnen.

»Wird er ins Gefängnis gebracht?« fragte Märta.

»Nein!« antwortete ich ärgerlich.

»Aber vor Gericht muß er doch, ganz bestimmt!« behauptete Ilia altklug.

»Ihr Dummköpfe, wie kann ein Mann denn eine alte Hexe sein!« sagte Hans und lachte über das kindische Gerede der Mädchen.

Ich nahm eine Laterne und ging in den Keller. In letzter Zeit rief ich nicht mehr die Magd, wenn ich etwas trinken wollte. Ich stieß mir nicht mehr den Kopf an den niedrigen Kellergewölben wie bei den ersten Malen. Geborstene Ziegel nahmen im Schein der Laterne wunderliche Formen an, hinter den Flaschen schwankten Spinngewebe. Der Vorrat würde noch vor dem Sommer zu Ende gehen.

Der Knecht wartete im Arbeitszimmer, als ich mit einer Flasche in jeder Hand zurückkehrte. In aller Ruhe entfernte ich den Korken und goß ein Glas halbvoll. Ich setzte mich, aber ihn ließ ich stehen.

»Warum?« fragte ich so ruhig, wie ich nur konnte. »Warum willst du mir unbedingt Schande machen?«

Torsten schüttelte den Kopf.

»Willst du trinken?« schlug ich vor. Er stand da, ohne sich zu rühren.

»Nein!« antwortete er.

»Was willst du?« fragte ich und versuchte, den in mir aufwallenden Aufruhr zu dämpfen.

»Hans Kristiansson hatte einen Hund, haben Sie davon gehört?« fragte er.

»Nein, die Hunde anderer Leute interessieren mich nicht«, antwortete ich.

»Er gab ihm nichts zu fressen, schaffte es aber auch nicht, ihn zu essen. Er wurde an einer Kette gehalten, weil Hans auch nicht wollte, daß irgend jemand anders ihn schlachtete, und so bellte er Tag und Nacht wie verrückt«, erzählte Torsten.

»Hans hätte ihn töten sollen«, bemerkte ich.

»Schließlich geriet Hans Kristiansson von dem pausenlosen Gebell so außer sich, daß er anfing, ihn zu Tode zu treten, aber statt dessen sprang der Hund ihm an die Gurgel und biß ihn tot. Aber er fraß ihn nicht. Der Hund lag neben ihm, bis er selbst vor Hunger starb«, sagte Torsten.

Ich stürzte mein Glas hinunter.

»Ich habe dich nicht hungern lassen!«

»Das stimmt, aber als ich vor dem Gerichtsgebäude wartete, sah ich eine Frau, die ein totes Kind im Arm trug«, entgegnete Torsten.

»Ich kann nichts dafür, daß der Frost die Ernte vernichtet hat!« sagte ich.

Er lächelte ohne ersichtlichen Grund und sagte: »Ich habe alles satt, mir schmeckt das Essen nicht.«

Ich hätte fast die Beherrschung verloren, aber er stand zu weit entfernt, als daß ich ihm einen Schlag hätte versetzen können. Er war zu robust und stark, als daß ich ihn attackiert hätte. Welches Recht hatte er zu behaupten, daß es in dieser Zeit ehrenhafter war, Hungers zu sterben als am Leben zu bleiben? Die Ehre war ein Privileg meines Standes, nicht seines!

»Du scherzest!« behauptete ich. »Zu guter Letzt gibst du nach und ißt!«

Ich hätte ihn Demut lehren sollen, so wie der Major mir geraten hatte. Warum hatte ich mich nicht beizeiten von ihm getrennt, ihn nicht den Werbern übergeben oder in den Krieg geschickt? Für nichts und wieder nichts hatte ich Sympathie für ihn empfunden, und jetzt tat er mir das hier an.

Er war ein Ketzer. Sein Verhalten verriet, daß die von Gott gemachte Welt ihn nicht zufriedenstellte, ihm nicht gut genug war. Er hatte die Stirn zu sagen, sie sei schlecht gemacht, erbärmlich und elend. Und in seinen Augen war ich von Gottes Geschöpfen das mißlungenste. Wie konnte er etwas anderes als irregeleitet sein?

»Die Hunde kommen nicht in die Hölle, aber du ja!« sagte ich und schenkte mir Wein nach.

Er rieb sich mit seiner Pranke die Augen, vor Müdigkeit, nicht vor Rührung, und sagte: »So wird es wohl sein!«

»Beunruhigt dich das nicht?« fragte ich.

Er rieb sich das ganze Gesicht, wie um sich zu vergewissern, daß es immer noch aus Fleisch und Blut war. »Ich habe nicht soviel darüber nachgedacht«, sagte er.

Ich hielt es nicht aus, ihn noch länger anzusehen. »Geh!« befahl ich ihm. »Geh und tu, was du willst, aber sieh zu, daß du mir nicht mehr unter die Augen kommst!« brüllte ich ihm hinterher.

Als ich in der Nacht noch einmal in den Keller ging, stieß ich mir den Kopf an dem niedrigen Gewölbe und ließ die Laterne fallen. Das Licht erlosch, und als ich mir im Dunkeln den Weg zurück ertastete, hörte ich Gepiepse, die ekelhaften Laute von Mäusen oder Ratten. Die Nacht war sehr kalt, und als ich wieder in der Wohnung war, mußte ich mir lange die Hände reiben, um wieder ein Gefühl darin zu bekommen. Das Bett kreiste vor meinen Augen, als ich mich zum Schlafen darauf warf. Ich schlief sofort ein, erwachte aber sehr früh und lag bis zum Morgen wach mit einem üblen Geschmack im Mund.

Bevor ich anfing zu arbeiten, machte ich einen Rundgang durch die Getreidespeicher und ordnete an, noch ein Schwein zu schlachten. Die Lage wirkte entspannt genug, daß ich befahl, die Speisung der Bettler wiederaufzunehmen.

»Nur ein paar Schüsseln zweimal pro Woche!« beruhigte ich Elsa.

»Und die Krankheiten, die sie mitbringen?« fragte Elsa.

»Die Portionen werden hinter dem Viehstall ausgegeben, näher lassen wir sie nicht heran«, versetzte ich. Zu meiner Verwunderung hatte sie nichts dagegen.

Am Abend hörte ich, daß der Knecht ein wenig Suppe gegessen hatte. Als ich ihn auf dem Hof sah, konnte ich es mir nicht verkneifen, ihn zu verspotten.

»Ich hab doch gleich gesagt, daß du nicht Manns genug bist dafür!« sagte ich. Der schneidend kalte Wind zerrte seine Lammfellweste auf, und seine Ohren waren rot.

»Ja«, sagte er. »Ich bekam Hunger, und da habe ich etwas gegessen!«

Wir lächelten. Ich kann mich nicht daran erinnern, wann wir das letzte Mal gleichzeitig gelächelt hatten. Dann wurde sein Triumph unerträglich. Ich trat näher und gab ihm mit aller Kraft eine Maulschelle.

»Paß auf, daß sich das nicht wiederholt!« schrie ich.

Er nickte, senkte aber weder den Kopf, noch hob er die Hand an die Wange.

24. KAPITEL

Vierundzwanzigstes Kapitel, in welchem der Richter die böse Greta M. verhören muß und peinliche Geschichten über enge Freunde zu hören bekommt.

Greta M. war die Tochter eines Pfarrers, aber ein Teufel von Weib. Sie war fast sechzig Jahre alt, boshaft und unverschämt. Man empfand ihre Boshaftigkeit als besonders unangenehm, weil sie sowohl einen scharfen Verstand als auch eine spitze Zunge hatte.

Ein gemeiner Charakter reicht nicht aus, um aus irgend jemandem eine Hexe zu machen, aber mehrere Zeugen wußten, daß all das Böse, das Greta herabbeschwor, in Erfüllung ging. Und Greta stieß immer irgendwelche Verwünschungen aus, wenn die Dinge nicht nach ihren Vorstellungen liefen. Kein Wunder, daß Major Berg den Verdacht hegte, daß die Krankheit seiner Frau Gretas Schuld war, denn die hatte einmal in ihrer Wut prophezeit, es werde so kommen.

Nach zwei Jahren Atempause machte ich mich fast begierig an den neuen Fall; Greta M. gehörte zu den Frauen, die Karin P. als Hexen bezeichnet hatte, aber diese zweite Denunziation war überraschend, weil sie von Major Berg kam. Bildete ich mir ein, mit Hilfe der neuen Anklage käme Licht in Ingeborgs Fall, rührte daher mein Eifer? Wenn man zwei Jahre lang mit einem Gespenst zu kämpfen hatte, tut es einem wohl, einen realen Gegner zu bekommen. Daß der Prozeß inzwischen sogar in Schweden und in Deutschland Berühmtheit erlangt hatte, war ohne Bedeutung. Meistens schob ich die Lobesbriefe der Amtsbrüder halb ungelesen in den Schreibtisch, wo sie vergilbten, ohne daß ich irgend jemandem davon erzählte.

»Ich habe Gott nur gebeten, Major Berg für seine bösen Taten zu bestrafen!« sagte Greta. Sie warf fromme Blicke auf mich und die Schöffen. Der Major wurde rot vor Ärger, vielleicht auch vor Angst.

»Warum erbittest du von Gott nur Unglück?«

Greta brauste auf.

»Gott wird auch den Richter bestrafen, der so etwas fragt!«

Der Major verlangte, die Worte der Angeklagten im Protokoll festzuhalten, denn wenn ihn oder sein Haus ein zweifelhaftes Unglück treffen sollte, würde er die Schuld daran bei Greta suchen. Ich für meinen Teil rief die Schöffen als Zeugen an und ließ vermerken, daß Greta dieselbe Drohung auch gegen mich ausgestoßen hatte. Die Angeklagte lächelte spöttisch.

Wir gingen die Einzelheiten, die den Verdacht des Majors erregt hatten, erneut durch. Er hatte sich längere Zeit in Spanien aufgehalten, und seine Frau, die in Stockholm geblieben war, erkrankte in dieser Zeit schwer. Mich verwunderte das nicht: Kristina hatte immer gekränkelt, und wenn man berücksichtigte, daß die lange Auslandsreise des Majors sich nicht nur auf seine eigene Frau, sondern auch auf die meine ungut ausgewirkt hatte, dann war es peinlich, das hier bei Gericht zu erörtern.

Es gab eine Menge Aussagen gegen die Angeklagte. Am meisten Verwunderung weckten die Berichte, die die Sitten im Hause von Gretas Eltern in ihrer Kindheit schilderten. Ihr Vater, der selige Pfarrer von Lemland, Martin Buscherus, hatte im

Pfarrhaus anscheinend die seltsamsten Hobbys und Formen des gesellschaftlichen Umgangs gepflegt.

Man hatte sogar einen Ausschuß einsetzen müssen, um zu untersuchen, ob die Art, wie die Hausherrin des Pfarrhauses, Gretas Mutter, ihre Gäste unterhielt, als außergewöhnliche Gastfreundschaft oder als regelrechte Hurerei anzusehen war. Als zwei Ausschußmitglieder geneigt waren, die schlimmere Alternative anzunehmen, hatte Herr Martin gewünscht, sie möchten zur Hölle fahren, und es war dann so gelaufen, daß dieselben Männer bald nach der Sitzung ertrunken waren!

»Meine Mutter bekam deshalb einen schlechten Ruf, weil sie nicht bereit war, in der Ecke zu hocken mit einem Gesicht, als hätte sie Gift geschluckt, so wie die anderen Pfarrersfrauen«, sagte Greta.

»Sie entschied sich lieber für die Frivolität?« fragte ich.

»Mein Vater hat sich nicht über ihr Verhalten beklagt; heißt das etwa nichts?« entgegnete Greta.

Die Schöffen schüttelten den Kopf; sie wollten von Toten nichts Schlechtes reden, aber ein Gerücht besagte, daß Branntweindunst in mancher Beziehung die Urteilsfähigkeit des verblichenen Pfarrers getrübt habe.

»Greta trank ebenso wie die übrige Familie, und ihre Brüder waren die schlimmsten Lüstlinge«, erklärte einer der Schöffen.

»Ihr Bruder Måns pflegte damit zu prahlen, er habe von seinem Vater ein Buch bekommen, mit dessen Hilfe er so viel Gutes und Böses tun könne, wie er wollte«, erzählte ein Schöffe.

»Keiner von euch hat Spaß verstanden!« erwiderte Greta.

»Wenn Måns erfuhr, daß ein Knecht um eine hübsche Magd freite, benutzte er das Buch, um das Mädchen für sich zu gewinnen«, sagte der Schöffe.

»Die Frauen mochten ihn eben, da konnte man nichts machen!« sagte Greta.

Der Bezirksamtmann Per Andersson sagte aus, Greta habe, wenn sie sich sehr freute, zu sagen gepflegt: »Und wenn ich jetzt auch in der Hölle säße, würde ich trotzdem sagen, so ein Spaß!« Dieselbe Redewendung hatten auch ihre seligen Brüder Daniel, Måns und Nils verwendet.

»Vergiß nicht Isak!« sagte Greta.

»Warum habt ihr so geflucht?« fragte ich.

»Das war kein Fluchen, sondern eine Redewendung. Sie haben wohl niemals so richtig Spaß gehabt, wenn Sie solche Sachen fragen müssen!« antwortete Greta.

Später erzählte sie mir, daß sie sich heftig nach ihrer Jungmädchenzeit im Pfarrhaus zurücksehne und auch nach ihren vier Brüdern, die einzigen Menschen auf der Welt, mit denen man fröhlich sein und scherzen konnte.

»Ist denn nichts lustig außer Frivolität?«

Sie sah mich lange mit dem Hochmut einer alten Frau an. »Gerade darum geht es ja die ganze Zeit. Ihr könnt nicht anders, als dem, was ihr nicht versteht und was außerhalb eures Horizonts liegt, häßliche Namen zu geben!«

»Was war es denn dann?« wollte ich wissen.

»Man kann nicht alles erklären«, antwortete sie.

»Deine Brüder hatten einen schlechten Ruf«, sagte ich.

»Den hatten wir Månssons immer, aber das hat uns noch lange nicht schlecht gemacht!« erwiderte Greta.

Sie hatte sich die Haare kurz geschnitten, weil sie den Gedanken nicht ertragen konnte, daß der Henkersknecht das tun würde. Mit ihren abstehenden Ohren sah sie aus wie ein kleiner Junge mit der fleckigen und faltigen Haut einer Greisin. Sie war wütend, weil sie ihren Schmuck nicht tragen durfte, und besonders trauerte sie um ihre Ohrringe. »Dann hätten alle darauf gesehen und nicht auf meine Segelohren!« sagte Greta. Wieder etwas, das ich niemals begreifen würde: die weibliche Eitelkeit einer häßlichen Greisin in einer Situation, in der sie, hätte man meinen können, andere Sorgen haben sollte. »Schließlich ist das doch mein Begräbnis, oder etwa nicht?« fragte Greta. »Der Mensch sollte doch bestimmen können, wie er bei seiner eigenen Beerdigung aussieht!« beharrte sie.

»Nicht in diesem Fall!« entgegnete ich.

»Ja, vielleicht ist es zuviel verlangt, daß Nils von meinem abgeschlagenen Kopf den Schmuck abnimmt!« sagte Greta. Sie begann nervös zu kichern.

Ihr wurde es zum Verhängnis, daß sie ihren Nächsten zu oft Unannehmlichkeiten gewünscht hatte.

»Den Menschen passieren Mißgeschicke, was kann ich dafür? Wieso glaubt ihr denn, ich hätte Spaß daran, daß Justinas Neugeborenes gestorben ist?« schrie sie.

»Sie behauptet, du habest das Unglück auf sie herabbeschworen«, antwortete ich.

»Sie ist hypochondrisch und dumm!« sagte Greta.

Greta M. hatte mit ihrem Standpunkt keine Chance, den Prozeß zu gewinnen. Bisweilen schien es, als wäre ihr das auch ziemlich egal, aber ihr ursprünglicher Beschluß, nach Schweden zu fliehen, als sie gehört hatte, daß der Major auf die Insel zurückgekehrt war, zeugte von etwas anderem.

»Ich wußte, daß er mich anklagen würde!« sagte Greta.

»Wie konntest du das voraussehen?« fragte ich.

»Ein solcher Scheißkerl tut immer das Schlimmstmögliche!« antwortete Greta.

»Eine solche Wortwahl schickt sich hier nicht!« sagte ich.

»Du bist auch so einer!« erwiderte sie.

Greta dachte gar nicht daran, vor irgend jemandem zu kuschen. Ihr Mann sagte aus, sie habe in der Nacht vor der Gerichtsverhandlung erklärt, diese Sache werde sie das Leben kosten, aber der Teufel solle sie holen, wenn nicht andere ihr folgen müßten. »Warum sollte man dich zum Tode verurteilen, wenn du nichts Böses getan hast?« hatte ihr Mann gefragt, aber darauf hatte Greta nichts erwidert, sondern sich für den Aufbruch gerüstet.

»Ich bin doch nicht blind und taub. Hat denn eine einzige von den Frauen überlebt, die ihr aus dem Weg räumen wolltet, damit sie euch nicht mehr stören?« fragte Greta. Sie saß in derselben Zelle wie seinerzeit Anna B.; an der Wand sah man eigenartige Zeichen, die Anna dort angebracht hatte.

»Wir können Hexen nicht am Leben lassen!« antwortete ich. Sie lachte; sie hatte noch etliche Zähne im Mund, aber sie waren dunkel und rissig wie alte Ofensteine. »Soll ich sagen, was Hexerei ist?« fragte Greta. »Ihr habt euch Gesetze und Sünden ausgedacht, um euch selbst zu schützen, aber dann habt ihr bemerkt, daß dadurch auch andere geschützt werden. Deshalb mußtet ihr die Hexerei, d.h. einen Scheingrund erfinden, um auch jemanden beseitigen zu können, den man nicht nach den gewöhnlichen Gesetzen verurteilen kann!« sagte sie.

»Das Gesetz kennt die Hexerei sehr wohl!« widersprach ich.

»Aber das hat nichts zu bedeuten; jeder Richter kann ihm den Inhalt geben, den er will«, antwortete Greta. »Aber gebt acht, eines Tages wird sich auch das gegen euch wenden!« drohte sie noch.

Greta setzte ihren Fuß auf die Schlafpritsche, die ihrer Gebrechlichkeit wegen gezimmert worden war. Als sie am Fußboden geschlafen hatte, waren ihre Gelenke so steif geworden, daß sie nicht aus eigener Kraft hatte aufstehen können.

»Das ist Verfolgungswahn; warum sollte ich oder irgend jemand sonst dich aus einem anderen Grunde loswerden wollen als dem, daß du auf der Insel Aberglauben verbreitest?« wunderte ich mich.

»Ihr könnt niemanden ertragen, der euch durchschaut, so wie ich!« antwortete Greta. Mit einer ihrer blaugeäderten Hände rieb sie sich die schmerzenden Knie, mit der anderen zeigte sie auf mich. »Ihr müßt alle zum Schweigen bringen, die berichten können, was für Hohlköpfe ihr seid!«

Es ärgerte mich, daß sie in so schlechter Verfassung war, daß wir nicht wagten, sie zu foltern. Sie pflegte zu drohen: »Mich werdet ihr nicht foltern, von mir würdet ihr zu viele unangenehme Wahrheiten zu hören bekommen!«

»Wie zum Beispiel?« fragte ich.

»Zum Beispiel die Wahrheit über den Ring der Frau Majorin«, antwortete Greta.

Ich verstand ihre Anspielung nicht, so daß ich annahm, sie sei verbittert, weil sie das angenehme Leben einer Pfarrerstochter mit dem einer Küstersfrau und später mit einer noch schlechteren Position hatte vertauschen müssen, als man ihren Mann entlassen hatte, weil er trank.

Vom Ring der Majorin war schon bei den Verhören die Rede gewesen, darüber hatte es seinerzeit einen eigenen Streit und sogar eine Gerichtsverhandlung gegeben. Den Gerüchten zufolge hatte Greta Olof Beckius, dem Pfarrer von Jomala, einen ebensolchen Ring verkauft, wie Kristina Berg ihn bei einer Hochzeit in Norby verloren hatte. Weiter hatte man herausbekommen, daß Beckius' Sohn den Ring in Turku weiterverkauft hatte. Der Major glaubte, die Kette der Ereignisse beweise, daß Greta den Ring gestohlen hatte, aber die Sache war unentschieden geblieben.

»Ist das nicht klar? Wenn es nicht gelingt, mich als Diebin abzustempeln, bleibt nur die Magie übrig!« sagte Greta.

»Ich glaube auch nicht, daß du den Ring gefunden hast, weil du ihn nicht zurückgegeben hast«, antwortete ich. Von dieser Frau konnte ich mir alles Mögliche vorstellen; sie war genau so boshaft, wie ich es mir von jeder Verurteilten erhoffte.

»Ich habe ihn auch nicht gefunden!« gab sie zu. »Die Majorin hat ihn mir gegeben!« sagte sie.

»Das kann nicht wahr sein!« widersprach ich.

Greta verstand meine Worte absichtlich falsch. »Nein, das ist richtig, damals war sie noch Hauptmannsfrau!« stellte sie fest.

Greta erzählte mir eine unglaubliche Version vom Schicksal des Rings. Obgleich ich verstand, daß sie sie aus Verbitterung und Bosheit erfunden hatte, brachte es mich fortan doch durcheinander, wenn ich es mit dem Major und seiner Frau zu tun hatte. In Kristinas nervösem Lachen lag jetzt ein von Schuld herrührendes Klirren, und ihre Art, mir die Hände in die Achselhöhlen zu schieben, erschien mir nunmehr als eine aufdringliche und abstoßende Geste.

So wie Greta es darstellte, hatte Kristina Berg Greta M. den Ring auf der Hochzeit in Norby gegeben, wo sie ihn verloren zu haben behauptete. Greta war an diesem sommerlichen Abend auf ein Paar gestoßen, das vor dem lauten Festgetöse auf die Wiese hinter dem Pfarrhaus geflohen war. Greta sagte, sie habe keineswegs spioniert. Das Paar hatte sich so gut im Schatten einer großen Eiche verborgen, daß sie es erst bemerkt hatte, als sie direkt vor den beiden stand. Als Greta überraschend und ohne ihren Willen Zeugin einer an sich natürlichen Handlung wurde, die die beiden, gegen den Baum gelehnt, ausführten und an deren Natur auch nicht der Schatten eines Zweifels bestehen konnte, hatte sie sich zum Gehen gewandt. Da hatte der Mann sie zurückgerufen, ihr den Ring gegeben und sie gebeten, niemandem etwas von dem zu erzählen, was sie gesehen hatte. Sie hatte den Mann als Pfarrer Beckius' Sohn und die Dame als Frau Kristina erkannt.

»Damit machten sie einen Fehler«, sagte Greta. »Meine Augen sind schon zu schwach, als daß ich sie in dem Halbdunkel hätte erkennen können, und im übrigen kenne ich auch sonst nicht jeden nackten Männerarsch auf dieser Insel!« erklärte sie.

Ich schwieg, wußte nicht, was ich glauben sollte. »Es ärgerte mich, daß sie nicht mal so viel Vertrauen zu mir hatten, daß sie meinten, mich bestechen zu müssen!« sagte Greta.

»Wie eine Dienstmagd!« sagte ich spöttisch.

»Wie eine Dienstmagd!« sagte sie und schüttelte den Kopf.

»Warum hast du dann den Ring an Beckius verkauft?« fragte ich. Dieses Vorgehen hatte keinen Sinn, es war nicht folgerichtig, aber ich hatte vergessen, daß das Leben und eine aufgebrachte Frau selten der Logik des Verstandes folgen.

»Aus Bosheit! Dieser Kerl war mir immer zuwider gewesen, und ich wollte ihn demütigen. Ich erzählte Beckius, woher ich den Ring hatte, und fragte ihn, ob er dafür Verwendung habe oder ob ich ihn dem Hauptmann zurückgeben sollte«, erklärte Greta.

»Und da hat der Pfarrer ihn gekauft, um seinen Sohn zu retten?« fragte ich.

»Ja, und er befahl seinem Sohn, ihn in Turku weiterzuverkaufen, damit er sein Geld zurückbekam, aber diese Gier hat sich gerächt!« stellte Greta fest.

»Warum hast du das nicht vor Gericht erzählt?« fragte ich. Sie liebte es, die Menschen anzuschwärzen; warum hätte sie eine so ausgezeichnete Gelegenheit ungenutzt verstreichen lassen sollen?

»Aus zwei Gründen«, antwortete Greta. »Ich hatte Mitleid mit Kristina Berg, ich dachte, vielleicht liebt sie den Jungen wirklich, und als er ertrank, war das schon Strafe genug.«

»Und was war der zweite Grund?« fragte ich spöttisch, denn der erste überzeugte mich nicht.

»Ich hatte Angst vor dem Hauptmann; ich wußte nicht, was er tun würde, wenn er die Geschichte herausbekam und anfing, mich, die ich seine Ehre befleckt hatte, zu hassen«, erklärte Greta.

»Jetzt mußt du doch sowieso sterben«, sagte ich.

»Wenn ich die Familie des Majors vernichte, wird er nicht zögern, es meiner Familie mit gleichem Maß heimzuzahlen, und deshalb halte ich den Mund!« sagte Greta.

Ich vermerkte Gretas Bekenntnis nicht im Protokoll. Ich sagte mir, es sei das Gefasel einer redseligen Greisin. Ich kannte den Major und seine Frau seit vielen Jahren; unsere Begegnungen hatten sich immer im Zeichen derselben schläfrigen Geselligkeit abgespielt, die geprägt war von dem Takt und der Selbstzufriedenheit von vier wohlerzogenen Erwachsenen.

Der Gedanke, daß Gretas Geschichte den Tatsachen entsprach, verschaffte mir eine heimliche Genugtuung, aber durch unser zur Gewohnheit gewordenes Beisammensein war mir ein Panzer gewachsen, der niemals einen Pfeil durchlassen würde, der gegen unsere kleine, wenn auch vielleicht verlogene Gesellschaft gerichtet war.

Ich sagte Greta, daß ich ihr nicht glaubte. Sie antwortete, sie habe von Anfang an gewußt, daß ich genau das sagen würde. Und sie lächelte triumphierend, als sie unter Wanzen und Ratten zurückblieb, um ihren Tod zu erwarten, während ich nach Hause ging.

25. KAPITEL

Fünfundzwanzigstes Kapitel, in welchem der Richter von Greta M. weitere häßliche Behauptungen hört und sich deshalb Gedanken über das Wesen des Rechts machen muß.

»Uns Månssons hat man nicht toleriert, weil wir offen lebten, was wir sind, während die anderen das heimlich oder nur in Gedanken tun«, sagte Greta einige Tage vor ihrem Tod zu mir. »Mein Vater wäre niemals bereit gewesen, sich für eine Sache einspannen zu lassen, in der unschuldige Menschen ihr Leben lassen müssen, aber dennoch wurde er als Nichtsnutz geschmäht«, sagte sie und begann, wie es ihre Art war, Bryniel Kjellinus zu beschimpfen, der nach ihrer Ansicht alles Abscheuliche dieser Welt verkörperte.

Der Pfarrer hatte sich wieder erboten, die Angeklagte zu verhören, und ich hatte nachgegeben, weil mir kein triftiger Grund eingefallen war, ihm das zu verweigern. Ich hätte in jedem Fall einen Pfarrer als kirchliche Autorität hinzuziehen müssen, und Kjellinus kam diese Rolle am ehesten zu, weil er die Doktrin kannte und in Sund wohnte.

»Herr Bryniel tut so, als wäre er tugendhaft wie ein Kastrat im Kirchenchor, aber ich weiß, daß er sündiger ist als Satan selbst«, sagte Greta. Ich mochte den Pfarrer nicht, aber mein Taktgefühl veranlaßte mich, die Gefangene wegen der Art, wie sie von ihrem Vernehmungsführer sprach, zurechtzuweisen:

»Wenn du deine Zunge nicht im Zaum hältst, laß ich dich bei lebendigem Leib verbrennen!« sagte ich.

»Das tust du nicht, denn das Gesetz ist gegen dich. Man merkt, daß du das Drohen noch nicht richtig gelernt hast. Der Pfarrer bringt die Gefangenen dazu, sich zu beugen, denn er setzt seine Drohungen auch in die Tat um«, versetzte Greta.

Ich wollte wissen, was sie meinte, aber sie wechselte das Thema. Später, als wir über etwas anderes sprachen, brachte sie mich mit der Behauptung, Kjellinus foltere die Häftlinge, aus der Fassung.

»Was glaubst du denn, wie die Teufelsmale an euern Hexen zustande kommen, wenn nicht jemand sie ihnen während ihres Aufenthaltes im Gefängnis beigebracht hat?« fragte Greta.

»Satan kann die Zeichen jederzeit anbringen und wieder entfernen, um die Menschen zu verwirren«, sagte ich, indem ich Carpzov zitierte.

»Richtig, aber der Name des Teufels ist Kjellinus, und er hat ihnen diese Zeichen ins Fleisch gebrannt!« sagte sie.

Das mußte eine Lüge sein! Und wie konnte Greta M. überhaupt wissen, was im Gefängnis geschehen war?

»Ich habe da meine Quellen!« entgegnete sie.

Ihre Geheimniskrämerei bewies, daß sie Unsinn redete, aber von nun an beschäftigte mich die Sache.

»Warum haben die Frauen es mir dann nicht erzählt?« fragte ich.

»Du und der Pfarrer, ihr steht doch auf derselben Seite, nicht wahr!« antwortete Greta. »Außerdem brachte Kjellinus sie zum Schweigen, indem er drohte, ihre Lieben derselben Prozedur zu unterziehen«, fügte sie hinzu.

»Das wäre doch gar nicht möglich gewesen«, wehrte ich ab.

»Woher sollten die armen Frauen das wissen?« fragte Greta.

Das konnte und durfte nicht wahr sein. Die Folter mußte immer vor Zeugen erfolgen; zum Wesen des Rechts paßte weder Geheimniskrämerei noch Erpressung. Aber natürlich log Greta aus Verbitterung, das mußte ich mir immer vor Augen halten. Und dennoch! Jeder Fall hatte auf Teufelsmalen basiert; man hatte nie mit der Folter begonnen, solange sich keine unempfindliche Narbe gefunden hatte.

»Die verbrannte Stelle ist ohne Gefühl, wenn erst der Schmerz nachgelassen hat«, sagte Greta.

»Nicht alle Zeichen sind im Gefängnis erschienen, ich habe einige schon bei der ersten Untersuchung gesehen!« erklärte ich triumphierend.

Greta bat mich, ihr aufzuhelfen, und ich gehorchte widerstrebend. Sie griff mit ihren knochigen Fingern nach mir und drehte mich so, daß ich mit dem Rücken zu ihr stand. Die Alte war zu gebrechlich und in zu schlechter Verfassung, als daß sie mir hätte gefährlich werden können, aber ich fuhr dennoch zusammen, als sie meinen Umhang beiseite schob und ihren Finger überraschend fest zwischen meine Schulterblätter preßte.

»Wie viele Finger?« fragte sie.

Ich riß mich los. »Einer, natürlich einer!« antwortete ich.

Greta schüttelte den Kopf. »Nein, zwei!« sagte sie.

Das stimmte. Abends spielte ich dasselbe Spiel mit den Kindern. Wenn man zwei Finger in gewissem Abstand auf den Rücken drückte, spürte das Opfer zumeist nur einen davon. Die Häftlinge hatte man mit einer zweiendigen Pike getestet; wenn sie nur den einen Stich spürten, galt der Fall als klar. Und die meisten Teufelsmale waren gerade am Rücken gewesen. Wie war es möglich, daß nicht einmal der Profos wußte, daß einen der Rücken leicht täuschen konnte?

Ich versuchte mich damit zu beruhigen, daß die Entdeckung dieses Umstands nicht alles erklärte. Man hatte auch andere Proben gemacht, ganz bestimmt, obwohl ich mich an die Einzelheiten nicht erinnern konnte. Ich hatte oft weggesehen, denn ich fand den Anblick, wie man einem Menschen Nadeln in die Haut stach, widerlich.

Eines war sicher: Greta sprach über diese Dinge nicht mit dem Ziel, ihre Haut zu retten. Für ihre Zauberei und dafür, daß sie mit Hilfe der *Magia divinatoria* anderen Böses zugefügt hatte, gab es so viele Beweise, daß sie ihr das Todesurteil auch ohne weitere, durch die Folter erzielte Geständnisse einbrachten. Sie selbst würde keine Gnade bekommen, egal, als wie zutreffend ihre Reden sich erweisen würden.

Wenn das, was sie von dem Pfarrer behauptete, keine Lügen waren, was sollte man dann von ihren Enthüllungen über Kristina Berg halten? Wenn die Majorin, die trotz ihrer Langweiligkeit das Urbild lutherischer Tugendhaftigkeit war, sich unter höchst schamlosen Umständen schönen Pastorensöhnen hingab, wer lebte dann noch nach jenen Werten, die wir zu hüten vorgaben?

Ich mußte mir meine eigene Schlechtigkeit eingestehen, aber unser Herrgott wußte, daß ich es fast fünfzig Jahre lang versucht und auch geschafft hatte, unbefleckt zu bleiben. Mein Vater hatte mich gelehrt, an ein ideales Leben und an den Sieg über mich selbst zugunsten tugendhafter und ewiger Ziele zu glauben, und gerade durch dieses Bemühen hatte mein Leben seinen wichtigsten Inhalt bekommen. Auch dann noch, als ich der Sünde verfallen war, hielt ich die Prinzipien, die ich verletzt hatte, für richtig und würdig, und deshalb konnte ich mit gutem Gewissen Personen, die sich der Hurerei und des Ehebruchs schuldig gemacht hatten, zum Tode verurteilen, wenn die Schwere des Falls das erforderte.

Und wenn es nun so war, wie Greta es darstellte: daß nur diejenigen ohne Tadel blieben, die keine ordentliche Gelegenheit zum Umfallen bekamen! Luther lehrte, daß der Mensch von Natur aus schlecht sei, aber was hatte ein Glauben für einen Sinn, wenn er die Menschen überhaupt nicht besser machte, als Heiden und Ketzer es waren? Wenn wiederum auch Gott von vornherein von unserer unverbesserlichen Schwäche überzeugt war, warum machte er dann solche Gesetze, die man nicht einhalten konnte und wegen deren einige von uns andere zum Tode verurteilen mußten? Und verlangte Gott das überhaupt? So behaupteten es jedenfalls die Theologen, und auch ich selbst hatte in der Bibel die Forderung, des Todes zu sterben, gefunden, die freilich in demselben Testament widerrufen wurde. Ich las nicht viel in der Bibel, weil – das hatte ich mir verschämt eingestanden – ihre Inkonsequenz mich ärgerte.

Kurz vor dem Fall der Greta M. hatte ich eine Frau zum Tode verurteilt, weil sie gegen das vierte Gebot verstoßen und ihren Vater geschlagen hatte. Die Schöffen wollten sich meinem Urteil nicht anschließen, sondern begründeten ihren Widerspruch damit, daß sie meinten, »irgendwann würden alle einmal die Geduld mit den alten Leuten verlieren, wenn sie einem im Wege sind!« Zu meiner Verwunderung schloß sich das Hofgericht ihrer Argumentation an und milderte das Urteil ab. Das zeigte, daß nicht mehr alle Gebote gleichwertig waren, denn wie hätte man sonst das Herunterspielen dieses klaren Falles deuten sollen?

Und wenn man das Gesetz einmal modifizieren konnte mit der Begründung, daß wir alle irgendwann einmal unseren Eltern, die uns auf ihren letzten Tagen im Wege waren, eins überziehen, wann würde dann bei Hurerei als mildernder Umstand geltend gemacht werden können, daß wir doch alle einmal mit einer anderen Frau schlafen als mit unserer Angetrauten? Und wenn die Gesetze völlig wertlos werden und ihre Bedeutung verlieren würden, was für eine Welt wäre dann das Ergebnis: eine gewalttätige, barbarische, chaotische Hölle.

Nein! Ich konnte doch nicht einfach deshalb auf die angenehmste und leichteste Alternative verfallen, weil das anscheinend der Zeitgeist war. Auch die Durchsetzung des Rechts war Gewalt, aber das geschah, um die Menschen zum Guten zu zwingen, und bezog daher seine Berechtigung. Ich konnte doch meinen Kindern keine Welt vererben, in der nichts so sein würde, wie ich es ihnen geschildert hatte!

Sie fragen jetzt, warum ich Gretas Behauptungen nicht nachprüfte? Und antworten, ich hätte wohl den Gedanken, unschuldige Frauen zum Tode verurteilt zu haben, nicht ertragen. Sie glauben, daß diese Fälle deshalb nicht wiederaufgerollt wurden, weil ich dann meine Fehler hätte eingestehen müssen. Es ist so leicht, sich in allgemeinphilosophische Argumente und Ideen zu flüchten, wenn man etwas braucht, um die eigene nackte Feigheit und sein Gewissen zu bemänteln.

Aber sind nicht die Ideenkonstrukte letzten Endes gerade dafür da, um die egoistischen Bedürfnisse zu sanktionieren?

Wenn der Mensch ein erfülltes Leben führt, konstruiert er selten metaphysische Theorien, beziehungsweise wenn er es tut, sind sie wie Thesen einer euphorischen Verrücktheit und stehen der Kunst näher als der Wissenschaft. Mich aber schreckte der Gedanke an vergebliche Opfer nicht wegen ihrer Tragik oder wegen meines Rufes.

Wenn die Frauen keine Hexen waren, wäre dieses Wissen nur das Eingeständnis eines einzigen Irrtums in einer langen Reihe von Irrtümern gewesen. Und irgendwo in dieser Reihe gab es eine Masche, die ein gefühlvoller Mensch als Liebe bezeichnen würde; sollte ich sie umsonst fallen gelassen haben?

26. KAPITEL

Sechsundzwanzigstes Kapitel, in welchem die Hexe hingerichtet wird und man darauf wartet, daß das von ihr angekündigte Wunder geschehe. In diesem Kapitel vernimmt der Richter auch aus dem Munde seiner Frau seltsame Anspielungen und beschließt diesmal, Maßnahmen zu ergreifen.

Greta M. sorgte dafür, daß aus der Veranstaltung ihrer Hinrichtung ein richtig großes Volksfest wurde. Gegen Ende ihrer Haft teilte sie dem Aufseher mit, daß nach ihrem Tod ein Wunder geschehen werde. Erik Eriksson sagte, er habe das so verstanden, daß die Gefangene gedroht habe, Major Bergs Haus werde ebenso abbrennen wie Gretas eigenes Haus, das als ihr Scheiterhaufen dienen sollte.

Der Major und der Pfarrer hielten die Drohung für so besorgniserregend, daß sie deshalb ein weiteres Verhör veranstalten wollten, bei dem auch ich zugegen sein sollte. Es brachte nicht viel; Greta wand sich und machte Ausflüchte, gab zu, daß sie von dem Wunder gesprochen habe, stritt es aber einen Augenblick später wieder ab, verwies auf ein Zeichen, das sich beim Abendmahl zeigen und ihre Unschuld beweisen würde, aber gerade, als der Major erleichtert zu sein schien, sprach sie wieder von einem schweren Unglück. Der Major war um seinen Nachtschlaf gebracht und schlug mir vor, als Scheiterhaufen doch nicht Gretas Haus zu benutzen, es sei doch auf der Insel genug Holz vorhanden, für das es sonst keine Verwendung gebe. Ich hatte nichts dagegen, das Haus der Verurteilten zu verschonen, wenn das die Parteien beruhigte, und so wurde ausgemacht, daß der Major das Holz von seinen Pächtern beschaffen sollte. Greta war von dieser Aufmerksamkeitsbekundung spürbar erleichtert und bat sogar den Major und seine Frau wegen der furchterregenden Drohungen um Verzeihung.

Mir kamen Gerüchte zu Ohren, die Inselbewohner schlössen Wetten darüber ab, wen die angekündigte Strafe treffen werde. Würde es der Major sein, der Denunziant, der Greta schon lange verfolgte, oder ich, der Richter, der mit seiner Beschlußgewalt besiegelt hatte, daß man ihr den Hals brach, oder würde es Pfarrer Kjellinus sein, der sich weigerte, der Verurteilten das letzte Abendmahl zu reichen, weil sie nicht bereit war, den Pakt mit dem Teufel einzugestehen?

Kjellinus Beschluß – er nannte ihn die gemeinsame Entscheidung aller Pastoren der Insel – ärgerte mich. Denn er machte deutlich, für wie wichtig er es hielt, in den Akten vermerken zu können, daß die Gefangene im letzten Moment umgefallen war und alles gestanden hatte. Von Ingeborg hatte er kein Geständnis bekommen, und nun bestand die Gefahr, daß er ein zweites Mal scheiterte. Aber wenn der Pfarrer so fest an Greta M.s Pakt mit dem Teufel glaubte, warum fürchtete er dann so gar nicht ihre Drohungen? Das hatte etwas Verdächtiges und Widersprüchliches, das mir keine Ruhe ließ.

Es kam so, wie ich vermutet hatte. Greta ging ohne Abendmahl in den Tod, und Bryniel Kjellinus fiel es zu, in all dem Marktgetümmel den Zeremonienmeister ohne Programm zu mimen. Die fliegenden Händler hatten aus den früheren Hinrichtungen ihre Lehren gezogen und rings um den Scheiterhaufen ohne Erlaubnis ihre Buden aufgebaut. Sie bekamen eine Rekordmenge an Kunden, weil die meisten Zuschauer sich im Dezemberfrost mit einer frischen Semmel, einer Fettwurst oder heißem Kräutertee, der aufregend nach Schnaps roch, erwärmen wollten.

Ich glaube, daß der Pfarrer wegen Gretas Eigensinnigkeit wütend war, auch wenn er das nicht offen zeigte. Major Berg wiederum war so offensichtlich nervös, daß die Zuschauer sich zeitweise mehr für ihn als für die Todeskandidatin interessierten. Auch ich fand das Verhalten des Majors befremdlich, wenn man berücksichtigt, daß er auf dem Schlachtfeld dem Tod hatte ins Auge blicken müssen; ich hatte ihn trotz seiner Schwächen immer für einen mutigen Mann gehalten.

Zwei Wochen waren nach der Vollstreckung des Todesurteils vergangen, und nichts Außergewöhnliches war geschehen, der Major wagte sogar schon, über die Sache zu scherzen. Aber ich bemerkte, daß über den Fall Greta niemals in Anwesenheit von Frau Kristina gesprochen wurde.

In einem Anflug von Bosheit brachte ich einmal das Gespräch auf die tote Hexe, als Kristina ein paar Schritte entfernt auf dem Klavichord spielte. Der Major antwortete mir steif und zurückhaltend, und Kristina fing an, sich in dem einfachen Stück heftig zu verspielen. Danach brachte ich die Sache nie mehr zur Sprache.

Noch befremdlicher erschien mir zu jener Zeit aber der Fall einer Frau, die von Greta denunziert worden war.

Die Sache stimmte völlig mit der Hexendoktrin überein; die Beschuldigungen waren ebenso schwer wie die bei den früher Verurteilten, und es meldeten sich auch genügend Zeugen. Zu meiner großen Verwunderung bemerkte ich jedoch, daß ich die Anklage allein verfolgte. Bryniel Kjellinus war nicht im geringsten an dieser Hexe interessiert, seiner Ansicht nach roch der Fall nach Rache, weil Greta der Ansicht gewesen war, die Frau habe sie verfolgt. Als ich vorschlug, er könne sich der Sache doch wenigstens insoweit annehmen, daß er aufgrund der Ermittlungen seine Meinung sagen könnte, stimmte er widerwillig zu, schob dann aber dringende kirchliche Angelegenheiten vor und vergaß das Ganze.

Kjellinus war nicht interessiert. Was unterschied diese Anklage von den früheren? Nichts, außer daß es sich nicht um eine von Karin P. denunzierte Frau handelte. Aber warum sollte das eine so große Bedeutung haben? Hatte der Pfarrer einfach genug, war sein christlicher Durst nach Ketzerblut gestillt, oder hatte er die lückenhaften Geständnisse als so schlimme Rückschläge empfunden, daß er sein Prestige nicht mehr aufs Spiel setzen wollte?

Die Gleichgültigkeit meines wichtigsten Ermittlers machte aus mir einen zerstreuten und nonchalanten Richter; nach den Verhören ließ ich die Greisin frei, ohne ein Urteil zu verhängen. Die arme Frau konnte ihr Glück kaum fassen, sie hatte sich auf dasselbe Schicksal eingestellt wie jenes, das ihrer Denunziantin widerfahren war, und ich mußte noch Wochen danach diverse Dankesbezeugungen, angefangen von Weizenkuchen bis zur Lammkeule, zurückweisen. Ich wollte nicht in den Verdacht der Bestechlichkeit geraten.

»Manchmal kommt es mir so vor, als spielte Bryniel Kjellinus ein mir unbekanntes Spiel mit lebenden Spielfiguren«, sagte ich zu dem Major, als wir eines Abends bei ihm saßen.

»Wieso meinst du das?« fragte der Major.

»Nicht alle Spielsteine, die ich ihm anbiete, sind ihm gut genug, und im Spiel bedeutet das gewöhnlich, daß sie für den König nicht gefährlich sind, aber was das im wirklichen Leben bedeutet, das ahne ich nicht«, versetzte ich.

»Von welchen Spielfiguren sprichst du, zum Teufel?« fragte er in unschuldiger Verärgerung, obwohl ich dachte, daß er die ganze Zeit wußte, wovon ich sprach.

»Oder vielleicht ist das Spiel schon zu Ende, und ich habe es nur nicht bemerkt?« sagte ich.

Zu Hause sagte mir Elsa, daß ich in letzter Zeit zu viel trinke. Ich entgegnete, das liege daran, daß ich die Menschen in meiner Umgebung mit klarem Kopf nicht ertragen könne. Vor allem nicht den Major und seine Frau. Elsa sagte, sie schäme sich meinetwegen.

»Bryniel Kjellinus war an der Frau, die ich angeklagt hatte, nicht interessiert, und das beunruhigt mich.«

»Vielleicht liegt das daran, daß er nur an Jungen interessiert ist!« sagte Elsa.

»Was sagst du da?« fragte ich.

»So etwas wird geredet!« antwortete sie. Ich sah sie verdutzt an, und sie begann zu lächeln vor Freude darüber, daß sie mich hatte verblüffen können. »So etwas wird geflüstert!« fügte sie hinzu.

»Zu dem Pfarrer kommen so oft Jungen, daß es sich nicht um eine kirchliche Sache handeln kann«, sagte Elsa. Sie erzählte, daß eine Mutter ihren Sohn gefragt habe, was er bei Herrn Bryniel mache, und der Junge sei als Antwort nur rot geworden. Deshalb hätten alle fürsorglichen Mütter ihren Söhnen verboten, mit dem Pfarrer zu verkehren.

»Das ist ja eine fürchterliche Beschuldigung, und wenn sie begründet ist, dann …«, sagte ich, ohne zu wissen, was daraus letztlich folgen würde. Eine Amtsenthebung? Anklage wegen Hurerei? War dies für mich die Gelegenheit, mir Bryniel Kjellinus vom Halse zu schaffen?

»Und wenn das nun nur Verleumdung ist?« fragte ich.

»Das kann natürlich auch sein!« versetzte Elsa.

Ich hatte keine Beweise, ja nicht einmal die Möglichkeit, welche zu beschaffen, aber die Nachricht versetzte mich in Unruhe.

Außerdem bot sie mir eine Erklärung. Die Neigung zur Knabenliebe machte seine Grausamkeit gegenüber den armen Frauen, seine leidenschaftliche Unerbittlichkeit und die Entschiedenheit verständlich, mit der er sie verfolgte.

Ich verbrachte eine glückliche Nacht, indem ich darüber nachgrübelte, was doch Bryniel Kjellinus für ein widerwärtiger und gemeiner Mensch war. Hatte nicht auch Greta M. darauf hingewiesen? Warum nur hatte ich sie nicht genauer befragt?

Ich hätte es mir denken können, daß Kjellinus kein Mann der gewöhnlichen Laster war. Wenn er seine Soutane befleckte, dann tat er es auf die denkbar widerlichste Art und Weise! Welch eine Freude und Erleichterung für mich!

Wenn der Pfarrer so abgestumpft und doppelzüngig war, dann war es nicht ausgeschlossen, daß er mir in jener Nacht, als ich mir einbildete, Ingeborg zu retten, in voller Absicht eine Falle gestellt hatte. Sicherlich hatte auch Ingeborg gewußt oder zumindest geahnt, worum es damals ging. Hatte sie sich deshalb so abwehrend verhalten und mich gedemütigt, um mich vor einem schlimmeren Schicksal zu bewahren?

Bevor ich etwas Konkretes zur Klärung der Dinge unternehmen konnte, kam Bryniel Kjellinus zu mir.

»Eine gewisse Frau ist noch nicht untersucht worden«, sagte der Pfarrer. »Ich glaube, es ist ein klarer Fall von Hexerei!«

Er ist anstrengend. Dieser mein Richter.

All die Merkwürdigkeiten und Erklärungen, die er mir bietet, erscheinen mir jetzt nur widerwärtig.

»Um es ein für allemal festzuhalten: Ich will diese Geschichte so bald wie möglich hinter mich bringen. Keine Fisimatenten mehr, ist das klar?«

Ich öffne das Fenster, um dem Jüngsten zuzurufen, er solle sich eine Mütze aufsetzen. Auch wenn die Sonne scheint. Der Junge fuchtelt mit der Plastikente herum, die letzten Herbst verlorengegangen war, und lacht. Die andere Hand hat er zur Faust geballt; ich habe gesehen, wie er vor dem Fenster der Werkstatt Fliegen fing, aber er zeigt sie nicht her, weil er weiß, daß ich ihm sagen würde, er solle sie wegwerfen und sich die Hände waschen. Die armen Fliegen, ganz klamm vom Winter, so wie ich selbst.

»Ich versuche nur zu erklären, warum ich Ingeborg O. sterben ließ.«

»Erzähl es mir und erkläre nicht!«

»Aus Rache. Das einzige Mal, wo ich es wagte, meinen Gefühlen freien Lauf zu lassen, hat die Frau mich gedemütigt. Es ist schwer zu ertragen, daß einem jemand ins Gesicht lacht. So habe ich die Situation aufgefaßt, und deshalb bin ich nicht mehr zu ihr gegangen.«

Der Richter paßt nicht mehr hierher. Ich will ihn aus dem Weg räumen wie all den anderen unnützen, muffigen Plunder, der sich den Winter über angesammelt hat.

Er begreift nicht, daß er überflüssig ist, er ist hartnäckig.

»Willst du behaupten, daß du selbst niemals einen Menschen vernichten wolltest, der in der Liebe seinen Spott mit dir getrieben hat? Du meinst natürlich, vom Wunsch bis zur Umsetzung ist es ein langer Weg, weil du keine Gelegenheit gehabt hast, die Rache so zu bewerkstelligen, daß du nicht dafür bestraft würdest. Ich aber hatte sie, und ich habe sie genutzt!«

Noch zwei solche Wochen, und das Fenster des Arbeitszimmers ist von Grün überwuchert. Der Sommer kommt. Ich kann dieses Zimmer versiegeln, dann hört er auf zu existieren, und ich beginne wieder zu leben. Ohne Richter und andere Gespenster. Aber ein bißchen Freundlichkeit muß ich ihm noch entgegenbringen; hat er mich doch durch den endlos scheinenden Winter hindurch begleitet.

»Der Tod ist … darüber kann man nicht sprechen wie über eine Kopfnuß oder eine Tracht Prügel: ›Sie hat ihren Spott mit mir getrieben, ich habe sie bestraft, indem ich sie tötete.‹ … So kann man nicht reden!«

»Ich habe sie nicht getötet, aber mir fehlte die Kraft, sie zu retten, um ihr Leben zu kämpfen. Das ist ein Unterschied.«

Durchs Fenster strömt würzige Frühlingsluft herein. Ich hole tief Luft, drei-, viermal. Heimlich hoffe ich, daß der Richter nicht mehr da sein möge, wenn ich mich wieder dem Zimmer zuwende. Aber er wartet auf mich. Qualvoll geduldig.

»Ich bin ehrlich. Ich verstehe, daß es dich erschüttert, weil du ein Kind deiner Zeit bist. Eure Welt ist so aufgeklärt, daß auch der übelste Egoist es versteht, seine Enttäuschung als Trauer über das Mißgeschick der Mitmenschen … oder etwas anderes zu verkaufen.«

Der Hund bellt warnend: Der Junge ist an der Pforte zugange

und schaut sehnsüchtig auf den Weg, auf den er nicht hinaus darf.

»Es gibt auch eine andere Art von Liebe, eine, die aus etwas anderem erwächst als aus reiner Selbstsucht!« muß ich ihm vorhalten. Obwohl es eigentlich gar nicht zur Sache gehört.

»Natürlich, wenn man von der Zeit der Kindheit und Unschuld spricht. Früher oder später befleckt der Mensch sich so, daß er keine reinen Gefühle mehr haben kann!«

»Du hattest doch deine Kinder, die hätten dir doch ein großer Trost sein können ...«

»Du weißt nicht, was es bedeutet, im Brei deiner Gefühle zu waten, die man ins Lächerliche gezogen hat! Du versuchst nicht einmal, das zu verstehen!«

Was hatte ich denn hier wohl sonst versucht? Einen ganzen Winter lang! Aber nein, er ist immer noch nicht zufrieden. Ich kann einfach nicht mehr; irgendwann habe ich den roten Faden verloren. Es ist einer von der Sorte, die im Dunkeln leuchten, aber in der Sonne sieht man sie nicht.

»Die Welt ist voller Menschen, wie ich einer bin, aber sie verstellen sich. Doch wehe, wenn sie die Gelegenheit bekommen, es einem zu zeigen ...!« droht er.

Warum bringe ich ihn nicht um? Wahrhaftig, warum nicht! Ich liquidiere ihn auf eine glaubhafte Art und Weise: Er stolpert im Suff, schlägt mit dem Kopf auf, erfriert, bekommt die falsche Arznei.

Nein, jetzt weiß ich es: Ich lasse ihn sich selbst umbringen. Er begeht Selbstmord, weil er das Böse, das er angerichtet hat, nicht erträgt. Das ist doch ein effektvoller Schluß: Er sühnt seine Grausamkeit und besänftigt durch sein Opfer die zornigen Götter des Rechts.

Und ich kann endlich den Frühling und das wahre Leben genießen!

»Die Frau, die du bewundert hast, ist mit deiner Hilfe zu Tode gekommen, deine Frau liebst du nicht, dein engster Mitarbeiter ist ein Ungeheuer in Menschengestalt, dein lächerlicher Knecht steht moralisch auf einer höheren Stufe als du. Ich an deiner Stelle würde daraus meine Schlüsse ziehen!«

»Welche denn?« will der Richter wissen.

»Daß das Leben unmöglich ist. Warum hängst du dich nicht auf oder stürzt dich von einem Felsen herab?« Genau das. Soll er doch einen einzigen triftigen Grund nennen, wenn er kann! Mir wird er nicht leid tun, das ist jedenfalls sicher.

Der Richter sieht mich an. Sehr lange, und diesmal blickt er direkt in mein Inneres.

»Weil das die Entscheidung eines Feiglings ist. Und weil es nicht wahr ist.«

Er sieht mich an und lächelt. Man sollte denken, die Sonne würde ihn schmelzen, sich auflösen lassen, aber nein: Da sitzt er und sieht mich an. »Weil es nicht wahr ist!« sagt er. Er, der Mörder, lehrt mich Moral.

»Dies ist eine sinnlose Geschichte. Sie gefällt mir nicht.«

»Mir auch nicht, aber zufällig ist sie meine Lebensgeschichte.«

»Du hättest sie ändern können. Seinerzeit. Du hattest doch wohl die Möglichkeit, zwischen Gut und Böse zu wählen wie jeder andere auch?«

Ich möchte mit meinen Kindern nach draußen gehen, mit dem Hund herumtoben, den Garten umgraben, Beete für die Mohrrüben anlegen. Ich möchte gute und fröhliche Dinge tun und nicht über Falschheit und Gewalt brüten.

»Vielleicht hatte ich ungewöhnliches Pech?« wirft der Richter ein.

»Vielleicht hatten die Frauen, die du verurteilt hast, ungewöhnliches Pech?«

»Die auch, das ist wahr.«

27. KAPITEL

Siebenundzwanzigstes Kapitel, in dem der Richter eine neue Gefangene verhört, Margreta H., die von ihrem kleinen Kind getrennt und nach Kastelholm gebracht worden war.

Margreta H. wurde von ihrem erst einige Wochen alten Kind fortgerissen und in Untersuchungshaft gesteckt. Ich ließ das geschehen, weil ich hoffte, durch diesen Fall Bryniel Kjellinus endlich in den Griff zu bekommen. Warum wollte der Pfarrer Margreta so unbedingt anklagen, während die vorige Verdächtige ihn nicht im geringsten interessiert hatte?

Die Begegnung mit Margreta erschütterte mich. Sie war still und bescheiden, warf keinen einzigen anklagenden oder rebellischen Blick auf uns, aber als man sie auszog, um an ihr das *stigma diaboli* zu finden, waren ihre von Milch prallen, entzündeten Brüste ein einziger Vorwurf gegen uns. Dies hier ist grausam, dachte ich, dies muß ein Ende haben. Und als ich sah, wie qualvoll sie darunter litt, daß fremde Männer sie nackt sahen, schämte ich mich für uns, die Ermittler. Besonders schämte ich mich in dem Moment, als ich ihren unmöglichen Versuch begriff, die Sehnsucht nach ihrem Kind, die ihr Körper verraten hatte, zu verheimlichen.

Auf ihrem Rücken fand sich ein verdächtiges Zeichen, und als der Profos, von ihr unbemerkt, mit einer Nadel hineinstach, schien sie keinen Schmerz zu verspüren. Die Voraussetzung für die Folter war also gegeben, aber ich mochte nicht damit beginnen. Unter Berufung auf König, Waldschmidt und Freude erinnerte ich daran, daß der Teufel mit dem Setzen und Entfernen von Hexenmalen die Ermittler manchmal irreführte. Bryniel Kjellinus teilte mit, daß er für die Folter sei.

»Es liegt im Interesse aller Parteien, daß dieser Fall rasch abgeschlossen wird!« erklärte er.

Margreta gehörte zu den von Karin P. denunzierten Frauen, und außerdem war ihr Ruf durch seltsame Krankheiten belastet, die sie namentlich an Feiertagen plagten. Ihr Nachbar und der Pfarrer wußten zu berichten, daß man sie höchst selten an großen Feiertagen in der Kirche sah.

»Ich bin krank!« entgegnete Margreta. Und blieb hartnäckig bei ihrer Behauptung. Aber als man ihren Mann verhörte, gab er sofort klein bei, als er die Daumenschrauben sah.

»Margreta wagte es nicht, die Kinder allein zu Hause zu lassen, sie war nicht krank!« gab er zu.

Als ich der Gefangenen erzählte, daß ihr Mann aus Angst vor der Folter alles Mögliche gestanden hatte, begann sie zu weinen.

»Werde ich jetzt verbrannt?« fragte sie. »So wie die anderen?«

Ich antwortete nicht. Die Sache hatte eine für mich ärgerliche Wendung genommen. Ich hatte mich der Folter in der Hoffnung widersetzt, daß die Sache niedergeschlagen würde. Wie hätte ich ahnen können, daß ihr Mann schon beim bloßen Anblick der Daumenschrauben umfallen würde, dabei hätte man sie bei ihm in keinem Fall angewendet, weil der Mann Zeuge und nicht Angeklagter war.

»Dein Mann läßt dir ausrichten, den Kindern gehe es gut!« sagte ich. Sie hörte auf zu weinen. »Das Kleine ißt schon Suppe aus der Schweinsblase, und auch eine Nachbarin kommt vorbei und betätigt sich als Amme«, fügte ich hinzu.

»Es ißt schon Suppe?« fragte sie. Ich sah, daß sie wünschte, ich möchte gehen, damit sie sich ihrer Erleichterung und ihrem Schrecken überlassen konnte. Jetzt wußte sie nicht, welchen Gesichtsausdruck sie aufsetzen und wo sie ihre Hände lassen sollte.

»Ißt es wirklich schon Suppe?« wiederholte sie.

»Das hat dein Mann gesagt«, versetzte ich.

»Hat Lars gesagt, daß ich eine Hexe bin?« fragte sie.

»Nein, aber er hat gestanden, daß du Zaubersprüche gesagt und dich an den Feiertagen krank gestellt hast«, antwortete ich. Wenn ich hätte grausam sein wollen, dann hätte ich sagen können, daß ihr Lars, als er die Folterwerkzeuge auch nur gesehen hatte, bereit gewesen war, sie an den Tod zu verkaufen, nur um sich selbst vor der Marter zu retten.

»Bist du es denn?« fragte ich.

»Was?«

»Bist du eine Hexe?«

»Nein«, antwortete sie.

Ich betrachtete ihre geröteten Lider und die Nasenflügel, wo vom Weinen noch ein Tropfen schimmerte. Die Sonne drang durch das Gitter und malte auf ihrer Haut und meinen Händen warme, quadratische Flecke. Auf dem Handrücken hatte sie ein Muttermal, fast an derselben Stelle wie ich.

»Vielleicht gibt es gar keine Hexen?« fragte ich.

Sie glaubte, ich scherzte. Natürlich, was hätte das auch anderes sein sollen als ein Scherz? wunderte ich mich im stillen, erschüttert darüber, daß mir ein solcher Satz entschlüpft war.

»Es gibt sie, sicherlich gibt es sie!« sagte Margreta. Erschreckt und von ihrer Sache überzeugt.

»Ja, sonst wäre ja alles sinnlos!« entgegnete ich.

»Bist du von deinem Mann enttäuscht?« wollte ich wissen.

»Ich weiß nicht, nein, wohl nicht«, versetzte Margreta. Hinter ihrem Kopf war die Meeresbucht zu sehen, in der sich kleine Punkte, Fischer und steinewerfende Kinder bewegten.

»Überhaupt nicht?« fragte ich.

»Sie hätten ihn nicht in dieser Weise bedrohen sollen«, sagte Margreta.

Zorn durchfuhr mich wie ein unerwarteter Windstoß. Konnte denn eine Frau einen Mann gern haben, der dermaßen feige war? Wie konnte es sein, daß einige Menschen machen konnten, was sie wollten, sich so gemein benehmen konnten wie nur möglich und doch geliebt und verteidigt wurden bis zur Absurdität? Während anderen, wie sehr sie sich auch bemühten, gut und gerecht zu sein, solche Gefühle nicht zuteil wurden.

Ich dachte bei mir, daß ich diese Frau ganz umsonst bedauert und ihr lächerliche Botschaften über Schweinsblasen und andere Widerwärtigkeiten übermittelt hatte, wo ihre einzige Sorge anscheinend darin bestand, daß nur ja ihrem Mann nichts Böses angetan wurde. Und wer sagte denn, daß ihr Körper überhaupt nach dem Kind schrie, vielleicht verlangte er mehr nach diesem Taugenichts, der so ungeheuer bereit gewesen war, seine eigene Frau zu opfern.

»Macht es dir keine Sorge, daß deine Kinder in der Obhut eines Mannes mit so schwachem Willen bleiben?« fragte ich.

»Er sorgt gut für sie«, antwortete Margreta. Aus ihrer Stimme konnte man deutlich die Unsicherheit heraushören.

»Wo er einmal dich im Stich gelassen hat, kann er auch die Kinder im Stich lassen!« bemerkte ich. Die eiligen, vertrauten Schritte der Aufsehersfrau erklangen hinter der Tür, und Margreta horchte auf.

»Es gibt bestimmt Essen«, sagte sie.

Aber ich wollte nicht nachgeben.

»Er wird auch die Kinder im Stich lassen!« erinnerte ich sie hartnäckig. Margreta schüttelte den Kopf.

»Aber nein, bestimmt nicht!« versetzte sie.

»Warum hast du einen solchen Mann geheiratet?« fragte ich. Im stillen wunderte ich mich, was mich trieb, warum ich mich so dumm verhielt. In Margretas rotgeränderten Augen zeigte sich die Nervosität der Verfolgten. Sie versuchte krampfhaft so zu tun, als horchte sie auf die Schritte, die man vom Gang her hörte.

»Bestimmt bringen sie jetzt das Essen!« meinte sie.

»Konntest du keinen anderen kriegen?« fragte ich.

Da sah ich zum ersten Mal etwas wie Stolz in ihr aufscheinen.

»Lars war so schön, der schönste Mann der ganzen Insel!« sagte Margreta.

Daran also mußte sie abprallen, jede menschliche Bemühung und Weisheit. Lars war stattlich, und das genügte, ihm ewige Treue zu garantieren.

Ich sah Margreta lange an. Sie war als Frau nicht besonders hübsch, oder die fünf Schwangerschaften hatten ihr die Glut genommen, an der die Männer Feuer fangen.

»Hast du damals mit den Zauberkünsten angefangen, um ihn zu bekommen?« fragte ich. Ich wußte, daß ich sie verletzte, und war mir deshalb selbst zuwider, aber auf eine undefinierbare Weise hatte auch sie mich verletzt.

»Ich hatte auch andere Freier. Lars gefiel mir am besten!« sagte Margreta.

»Du bist also keine Hexe?« Der schale Geruch von Kohlsuppe drang durch die Tür; es war tatsächlich Essenszeit, so wie die Gefangene behauptet hatte.

»Nein!« antwortete sie.

»Was würdest du sagen, wenn ich dir helfe freizukommen?« fragte ich.

Sie sagte nichts, sondern wandte sich ab und blickte zum Strand hinunter, wo niemand mehr zu sehen war.

»Na?« drängte ich.

Sie schüttelte den Kopf, ihre mittelbraune Haarflechte pendelte gegen die Schulterblätter.

»Sie wollen mich ja doch nicht freilassen!« antwortete sie.

»Was gibst du mir, wenn ich dir helfe?« fragte ich.

Margreta wandte sich überrascht um.

»Ich besitze ja nichts, was Sie gern haben würden!«

In diesem Augenblick hatte ich genug von mir selbst. Ich klopfte böse an die Tür, und der Wärter, der hinter der Tür gestanden hatte, steckte sofort den Schlüssel ins Loch und öffnete die Tür einen Spaltbreit. In der Tür drehte ich mich um, um der Gefangenen etwas zu sagen, aber mir fiel nichts Vernünftiges ein, und so nickte ich dem Wärter zu zum Zeichen, daß er die Zelle abschließen konnte.

Ich ging nicht nach Hause, sondern zum Strand, den ich zuvor vom Fenster der Burg aus betrachtet hatte. Er war leer. Der Sand gab unter meinen Stiefeln nach, er war fein und naß. Die Möwen schrien draußen auf dem Meer; es schien, als wollte von dort Nebel aufsteigen. Ich rette sie! dachte ich. Über die Stiefelspitze stülpte sich eine offene Muschelschale, die voller Sand war. Daneben lag eine zweite, geschlossene, und ich hob sie aus Gewohnheit auf, als Kind hatte ich die Muscheln geöffnet, um eine Perle zu finden.

Aber die Muschel blieb zu; drinnen war eine Molluske mit starken Muskeln, deren schleimiger Fuß zwischen den Rändern heraussah. Ich drückte mit beiden Daumen die Ränder auseinander, aber nichts geschah. Schließlich schaffte ich es, den einen Rand zu zerbrechen, das war alles. Sie erinnert an das weibliche Organ, dachte ich und warf die Muschel auf den Sand.

Ich stapfte weiter durch den nachgebenden Sand und bückte mich nicht mehr, um nachzusehen, wohin mein Fuß trat. Ich wußte, daß ich dafür sorgen mußte, daß diese Frau nicht verbrannt wurde, wenn ich meine Selbstachtung zurückgewinnen wollte. Ich helfe ihr! dachte ich. Weil ich keinerlei Nutzen davon haben würde, wollte ich sie retten.

Als ich zum Waldrand kam, bemerkte ich, daß der Frühling schon weit fortgeschritten war, weiter als sonst zu dieser Zeit. Aber das Maimeer, das keuchte hinter mir wie ein kranker Hund.

28. KAPITEL

Achtundzwanzigstes Kapitel, in welchem der Richter beschließt, Kjellinus in die Enge zu treiben, jedoch bemerkt, daß er noch viel lernen muß.

Als ich Kjellinus' Bitte, die Gefangene verhören zu dürfen, abschlug, schaffte er es irgendwie, seine Enttäuschung zu verbergen. Aber als ich ihm erzählte, daß ich Margreta für unschuldig hielt, fuhr er auf:

»Du bist verrückt, ihr Mann hat ihre Schuld teilweise eingestanden!«

Ich sagte, vielleicht sei es an der Zeit, von etwas anderem zu sprechen. Zum Beispiel von den Jungen, die ihn besuchten, wie man so hörte.

Er ging auf meine Unverschämtheit gar nicht ein, er wollte eine Rede halten:

Meine Einstellung zu dem anstehenden Hexenprozeß habe gezeigt, daß mit mir eine bedauerliche Veränderung vorgegangen sei, was die christliche Sicht von Dämonen und die *magia divinatoria* im allgemeinen betreffe. Eine sehr bedauerliche. Eine nahezu ketzerische. Offenbar war ich mir dessen selbst nicht bewußt; sonst hätte ich ja Hilfe für mein Problem gesucht. Als Richter müsse ich doch wissen, daß das Los eines Irrgläubigen kein glückliches sei, für Irrlehren müsse man teuer bezahlen! Wer weiß, vielleicht würde ja irgend jemand argwöhnen, daß ich mit den Hexen einen regelrechten Pakt geschlossen habe; es gebe in dieser Richtung allerlei peinliche Beweise.

»Ist das eine Drohung?« fragte ich verblüfft.

»Nein. Ich bin Pfarrer, und als Seelenhirte ist es meine Aufgabe, die verirrten Seelen zum wahren Glauben zurückzuführen!« antwortete Kjellinus.

»Es heißt, daß selbst Martin Luther auf seine alten Tage zum Luthertum gezwungen werden mußte«, fügte er mit seltsamem Lächeln hinzu.

Ich lachte nicht, er amüsierte mich überhaupt nicht. Ein alter Mann hat eine andere Einstellung zur Welt als ein junger Idealist. Als Luthers Lieblingstochter in ihren besten Jugendjahren starb, konnte der Vater sich nicht mehr darüber freuen, daß sein Kind im Reich Christi wiedergeboren worden war. Möglicherweise mochte er auch dem gnädigen Tod nicht mehr danken, der das Mädchen vor der Bedrohung durch das Fleisch, die Welt, den Teufel und die Türken befreit hatte. Und die schwäbischen Bauern? Möglicherweise ist dem Reformator, der das traurige Schicksal der Bauern verfolgt hatte, durchaus der Verdacht gekommen, in einem politischen Spiel, dem Machtkampf zwischen Herrschern, Kardinälen, Kaisern und Papst, eine Spielfigur gewesen zu sein.

»Warum hätte Luther seine Lehre nicht präzisieren sollen dürfen? Kann die rechte Lehre nicht verändert, erneuert, verfeinert und damit immer aufrichtiger und menschlicher werden?« lautete meine Gegenfrage.

Ob ich nicht verstanden hätte, daß jede neue Idee ihren Hüter brauchte? Die Träumer, die Modelle für eine bessere Welt erdachten, könnten wohl für ihre Träume kämpfen, ertrugen es aber nicht, sie verwirklicht zu sehen. Weil die Wirklichkeit niemals mit der Schönheit der Träume übereinstimmen konnte. Martin Luther machte nur einen Fehler, aber der war um so größer: Er starb nicht für seine Idee.

Das Volk will das Feuer hier und jetzt, es will Blut fließen sehen und unter Qualen herausgepreßte letzte Worte hören. Dann glaubt es. Nur jene Wahrheit, die aus Leiden erwächst, hat Bestand; alles andere ist vom Antichristen!

»Du bist wohl nicht ganz bei Trost!« bemerkte ich.

Kjellinus schüttelte den Kopf. »Ich bin nicht der einzige, der sich um dich Sorgen macht«, sagte er.

»Wen meinst du speziell?« fragte ich gespielt sorglos.

»Wir haben hier auf der Insel eine Art ›Kreis der Weisen‹, der dann und wann zusammenkommt. Viele von uns haben dein eigenartiges Verhalten bemerkt!«

»Nenn wenigstens einen Namen!«

»Na, zum Beispiel Major Berg, er hat erzählt, daß ...«

»Schert euch zum Teufel mit eurer Besorgnis!« sagte ich. »Du selbst hurst mit Knaben herum und wagst es, über mein Tun und Lassen zu moralisieren!« fügte ich bitter hinzu.

Mir können die keine Angst machen! redete ich mir ein. Sie konnten mir nichts anhaben, ich hatte das Recht auf meiner Seite! Plötzlich kam mir ein erschreckender Gedanke.

»Gehört Pfarrer Olof Beckius zu eurer Geheimgesellschaft?«

»Das ist keine Geheimgesellschaft, wir sprechen lediglich über Glaubensfragen und ...«

»Gehört er dazu?«

»Ich verstehe nicht, was du mit diesem Wissen anfangen könntest.«

»Wenn es keine Geheimgesellschaft ist, dann kannst du es mir doch wohl sagen?«

»Na gut, er gehört dazu. Was weiter?«

Also auch Beckius! Vielleicht auch der Bezirksamtmann und die Großbauern und alle diejenigen, die hier auf der Insel eine Rolle spielten? Sie hielten zusammen!

Ich schwieg. Was sollte schon sein! Ich war Herr der Situation, wenn ich nur meine Phantasie nicht ins Kraut schießen ließ. Es hatte keinen Sinn, an einen Bischofsbrief zu denken oder diese Leute mit dem Hexenprozeß in Verbindung zu bringen. Und sie waren nicht gegen mich, sondern nur in Sorge um mich, wie Kjellinus sagte. Ich durfte mir ihre Macht nicht zu groß vorstellen; sie alle waren gewöhnliche Männer, so wie ich, sie waren geplagt von Rheumatismus, Bauchschmerzen, Hämorrhoiden und Einsamkeit. Sie wollten mir nichts Böses!

»Wir alle sind einhellig der Auffassung, daß Margreta H. verurteilt werden muß«, sagte Kjellinus.

»Weshalb ist euch das so wichtig?« wunderte ich mich.

»Gott hat mir mitgeteilt, daß er an diesen Inseln keinen Gefallen findet, solange die Hexen nicht verbrannt sind«, entgegnete er.

Er war so gelassen, so ruhig und überzeugt von seiner Sache. Wie konnte aus dem Hirngespinst eines Verrückten eine Mitteilung des Allmächtigen werden? Ich hätte nichts trinken sollen, bevor ich hierherkam: Ich begann, mir allerlei Absurdes vorzustellen. Wie zum Beispiel, daß Kjellinus der Karin P. die Namen auserwählter Opfer diktiert habe, als sie im Kerker auf die Vollstreckung des Urteils wartete!

Ich fragte ihn danach.

»Na, das war das beste verfügbare Mittel; die Hexe leistete dieser sündigen Insel gern einen letzten Dienst!« sagte Kjellinus.

»Wie ist das möglich? Wie hast du sie herumgekriegt?« fragte ich.

Was kann man einer zum Tode Verurteilten versprechen? Einer Frau, die nicht einmal eine Familie hatte? Womit konnte man ihr noch drohen?

»Sie besaß doch nichts«, sagte ich.

Der Pfarrer lächelte mich ruhig an: »Sie hatte doch einen Körper und die Fähigkeit zu leiden. Das Leiden, sieh mal, verlangt keinen Verstand; es ist die leichteste aller Künste!«

»Und als man sie zur Hinrichtung führte? Woher wußtest du, daß sie nicht alles widerrufen würde, verbittert von der

Aussicht auf den Tod, und vor der Volksmenge, die nach Sensationen gierte?«

»Jeder hat seine schwache Stelle«, antwortete Kjellinus. Sein Lächeln verriet weniger Grausamkeit als vielmehr Berufsstolz: Er las in den Seelen der Menschen, und er las gründlich.

»Und was war ihr Schwachpunkt?« fragte ich.

»Die Katze«, versetzte Kjellinus, »bei ihr war es die Katze.«

Ja. Es gab keinen Grund, seine Worte zu bezweifeln. Sechs Frauen waren wegen einer Katze gestorben, und der siebten würde es genauso ergehen, aber das war nicht erstaunlich. Ein Mann wie Bryniel Kjellinus verstand vom Leben so viel, daß er wußte, jedermann hat irgendeinen Freund. Niemand ertrug die absolute Einsamkeit. Und er verstand es, den zu Vernehmenden besser zuzuhören als andere: Was für mich Geplauder gewesen war, das nicht zur Sache gehörte, hatte ihm das Wichtigste verraten.

»Ich gab ihr nur zu verstehen, daß ich die Katze zu Tode quälen würde, wenn sie sich nicht an unsere Abmachung hielte; wenn sie ihre christliche Pflicht erfüllte, würde ich das Tier bis an sein Lebensende füttern und versorgen«, erklärte Kjellinus.

»Und sie hat dir geglaubt?«

»Sie hatte keine Wahl!« antwortete der Pfarrer.

Absurdität ist die Luft, die wir atmen: So lange hatte ich leben müssen, ehe ich das verstand. So nahe steht der Glaube der Magie und dem Zufall, daß niemand wahrnimmt, wann die vage Grenze überschritten wird und aus dem schöpferischen Geist ein sich selbst vernichtender wird. Was hat aus dem Streben nach dem organisierten Guten den Harnisch der Grausamkeit werden lassen, in dem die eigentlich rettenden Kreuzritter sich in ihr blindes Zerstörungswerk stürzten? Das Endergebnis war, daß erwachsene Männer wie abenteuerlustige und blutgierige Kinder in den heiligen Gebäuden der Kirche und des Rechts herumtobten.

Und die jahrtausendealte Weisheit vermochte bei diesen eigensinnigen Spielern nichts auszurichten, weil sie in diese Gebäude hineingehörten.

»Hast du dein Wort gegenüber Karin P. gehalten?« wollte ich wissen.

Kjellinus zuckte die Achseln. »Du kennst doch die Katzen. Wie hätte ich sie finden sollen?«

»Aber hättest du es gehalten, wenn du sie gefunden hättest?« fragte ich.

»Ich mag Katzen, ich habe nichts gegen sie«, versetzte er.

29. KAPITEL

Neunundzwanzigstes Kapitel, in welchem der Richter außer sich gerät und seine Meinung über die Notwendigkeit der Musik ändert.

An zwei Abenden stand ich in dem Wäldchen gegenüber der Kirche von Sund. »Wenn ich Beweise für einen Fehltritt des Pfarrers bekäme, hätte ich ein Mittel in der Hand, Erpressung gegen Erpressung zu setzen. Dann würde er sich in der Sache der Hexenverfolgung beugen. Dann müßte er sich notgedrungen beugen.«

Am ersten Abend geschah nichts. Nur ein ängstlicher Schilfrohrsänger tirilierte in der Nähe. Unzählige Male begann er sein Lied, während er an einem Schilfrohr entlangkletterte; dann stieg er senkrecht empor, wobei er rauhe und wohlklingende Töne durcheinanderzwitscherte und andere Vögel nachahmte, um schließlich wieder in den Schutz des Grüns einzutauchen. Vielleicht stand ich direkt vor seinem Nest, denn er kam so nahe heran, daß ich seine rostgelbe Brust und den Streifen über dem Auge erkennen konnte.

Am zweiten Abend sah ich zwei Jungen. Als sie in die Kirche hineingeschlüpft waren, wartete ich noch ein Weilchen und folgte ihnen erst dann. Ich schlich nicht, und ich horchte nicht an der Tür. So tief brauche ich nicht zu sinken! sagte ich mir. Es würde genügen, wenn ich ohne Vorwarnung hineinspazierte.

Was hatte ich erwartet zu sehen? Ekelerregende Ausschweifungen oder nekrophile Zeremonien? Ich erinnere mich nicht mehr daran, was mir durch den Kopf ging, als ich die schwere Kirchentür aufstieß. Ich wollte es nur wissen. Mich könnte nichts erschüttern, glaubte ich, es gab nichts so Schreckliches, als daß ich nicht darauf eingestellt gewesen wäre.

Aber ich irrte mich. Das Öffnen dieser Tür war das Schlimmste, was mir widerfahren konnte.

Durch die Tür erschallte ein Chor heller Stimmen, der in der Kirche eine funkelnde Angelus-Atmosphäre schuf. Die Knabenstimmen hatten einen Klang von intakter, starker Religiosität, bisweilen hell und spröde, aber immer erstaunlich rein. Die Jungen – es war eine stattliche Schar – standen vor dem Chor, flankiert auf der einen Seite von einer Skulptur der trauernden Maria und auf der anderen Seite von Bryniel Kjellinus, der das Lied abbrach, als er mich sah.

»Jetzt hast du die Überraschung verdorben!« sagte er. »Ich finde es sehr schade, daß du ohne Anmeldung gekommen bist.«

Ich nickte.

Den Jungen war das Versprechen, den Mund zu halten, meinetwegen abgenommen worden! Damit ich staunte, wenn in der Kirche eine Reihe bekannter Choräle erklang!

»Warum hast du damit angefangen?« fragte ich.

Er lächelte, die Jungen schauten einander mit rotglühenden Wangen verwirrt an.

»Es ist so beeindruckend, ich war mir sicher, daß es dich rühren würde und alle, die etwas von Schönheit verstehen«, versetzte er.

Er sagte nicht, Gott zu Ehren. Und auch nicht, was es doch für eine großartige Sache sei, daß auf unserer Insel und in unserer Kirche die Melodien einer richtigen Passion erklangen.

Er sprach von Schönheit. Gerade die hatte es ihm angetan. Die inbrünstige Schönheit von Trauer und Hoffnungsfunken.

»Was denkst du, wann du damit fertig bist?« erkundigte ich mich.

Kjellinus kam mir durch den Mittelgang entgegen. Auf seiner Stirn glänzte der Schweiß; der dicke Priestertalar war für einen Chorleiter nicht das geeignetste Kleidungsstück.

»Wir üben nur einen kleinen Teil, und ich weiß nicht, ob selbst der jemals fertig wird, aber ich hatte an den Marientag gedacht«, sagte er.

Die Jungen tuschelten miteinander, einer wagte sogar zu kichern, weil er glaubte, es hörte niemand.

»Die Hexe ist dann schon erledigt, und es herrscht Frieden im Land«, sagte Kjellinus. Er wischte sich mit dem Ärmel des Talars das Gesicht ab und seufzte. »Wenn du doch nur nicht so mißtrauisch gewesen wärst!«

Er begleitete mich hinaus. Erst jetzt bemerkte ich eine Reihe Holzschuhe in verschiedenen Größen.

»Muß sie denn sterben?« fragte ich. Bildete ich mir ein, daß dieser Augenblick, in dem er durch Schönheit und Harmonie empfindsamer geworden war, irgend etwas hätte ändern können?

Der Pfarrer zuckte die Achseln. »Diese Sache haben wir doch schon abgehandelt!« antwortete er.

Meine Augen brannten. So konnte das Leben doch nicht sein. Es mußte logisch und vernünftig sein wie die Gesetze, die gemacht worden waren, um es zu steuern.

»Warum gerade diese sieben Frauen?« fragte ich. Ich erinnerte ihn daran, daß Karin P. dreizehn Frauen denunziert hatte.

»Sechs waren Objekte ihrer eigenen Rachgier, die interessieren mich nicht«, sagte er.

»Aber warum? Ich muß das wissen!« sagte ich.

Bryniel Kjellinus schüttelte den Kopf. »Vielleicht wissen wir es auch nicht!« sagte er.

Wasser begann mir über die Nase herabzulaufen. Ich wandte mich ab, blickte zum Friedhof hinüber und versuchte, die Träne unbemerkt abzuwischen, aber es kamen ständig neue. »Wer weiß es dann, wenn nicht ihr?« fragte ich.

»Gott!« antwortete er. »Gott weiß es!«

Ich verstand nicht. War das ein Spiel, eine Art Lotterie, oder wie hatten sie sich ihre Opfer ausgesucht?

»Sie alle hatten sich der Zauberei schuldig gemacht, beweist das nicht, daß wir im Recht sind?« fragte Kjellinus. Ich betrachtete die langen, traurigen Schatten der Grabkreuze.

»Eine der Gefängnisinsassinnen sagte, daß jede Frau hier auf der Insel spätestens im Alter von fünf Jahren die Beschwörungen lernt!« sagte ich.

»Du hast unzählige Menschen zum Tode verurteilt, warum ist es bei dieser hier so schwierig?« fragte er.

»Ich habe sie aufgrund der Gesetze verurteilt, nicht weil ich den Zufall sprechen ließ!« antwortete ich.

»Gott und der Zufall sind ein und dasselbe, wir alle verlassen diesen Ort, wenn Er es will«, sagte der Pfarrer. »Es ist unsinnig und nutzlos, dagegen zu rebellieren!«

Ich bückte mich und hob einen der kleinsten Holzschuhe auf. Er war plump und rührend, der Abdruck einer Fußsohle zeichnete sich dunkel darin ab.

»Sie hinterläßt so viele Kinder, stimmt dich das nicht traurig?« fragte ich. Er antwortete nicht. Ich warf den Holzschuh zu Boden. Es war mir egal, daß er mich weinen sah. »Ich will diese Passion nicht hören!« sagte ich.

»Sei nicht kindisch!« versetzte Kjellinus. Er ging zur Tür zum Zeichen, daß er nicht mit ansehen wollte, wie ich mich zum Narren machte.

»Ihr Teufel habt alles verdorben!« sagte ich.

Er zog die Tür hinter sich zu. Was für eine Freude sollte man an Harmonie und Schönheit haben, wenn sie nur in der Musik leben durften?

»Das Leiden ist nicht schön, darüber darf man keine schönen Werke machen!« rief ich gegen die geschlossene Tür. Niemand antwortete mir.

Vielleicht hat er einfach gewürfelt! dachte ich. Und dann die Anzahl der gewürfelten Augen unter seine Freunde aufgeteilt, so daß jeder ein oder zwei Hexen aus seinem Umfeld auswählen durfte? Der Würfel war vielleicht genau so einer wie der, den Karl verwendete, wenn er mit seinen Höflingen spielte: eine Frau in Hockstellung, deren Arme am Hinterteil so anlagen, daß die Ellenbogen zwei Seiten des Würfels begrenzten. Karls Würfelfrau war üppig, mit breitem Rücken und vom Hinterteil her beachtlich, ihre Schultern waren wie die eines Soldaten, aber der Bauch flach und das kleine elfenbeinerne Gesicht hatte schöne und traurige Züge wie die einer Madonna. Die meisten Spieler hatten ihren Wurf hinausgezögert, wenn sie an der Reihe waren, um in Ruhe die runden Formen und interessanten Vertiefungen der kleinen Frau zu betasten; besonders die Sechs mußte man reiben und küssen, um Glück im Spiel zu haben. Das Gesicht zwischen den Knien brachte ein Auge, die linke Flanke zwei, die massigen Schultern drei, die gegen die Pobacken gepreßten Hände und der Rücken vier, die rechte Flanke fünf und die Fußsohlen und die untere Fläche der Pobacken mit den dazwischenliegenden zwei Löchern sechs Augen.

Was war der Zufall im Würfelspiel? Den gab es gar nicht. Wenn der Würfel statt fünf Augen nur eines zeigte, war das ein Gesetz. Niemand unterbrach lauthals das Spiel oder verlangte, noch einmal zu würfeln; in dem Augenblick, wo der Würfel sich aus der schweißigen Hand gelöst und in der Luft mehrere Drehungen vollzogen hatte, geschah etwas Heiliges und Absolutes. Etwas, dessen Aussage unanfechtbar war, das sich in den Verlauf der Ereignisse einmischte und an unserer Stelle den Gang des Spiels bestimmte. *Alea iacta est*, der Würfel ist gefallen, und eine Gruppe von Menschen hatte ihr Schicksal in die Hände eines kleinen Würfels gelegt. Und niemand sprach von einem unsinnigen Spiel, auch wenn das Spiel mit Blutvergießen einhergegangen wäre, nicht einmal diejenigen, die nicht an dem Spiel teilgenommen hatten und später erfuhren, daß sie der Einsatz gewesen waren.

Nur ich, der ich glaubte, daß die Welt mit Vernunft zu beherrschen sei, hatte das niemals verstanden. Eine Welt, die an Gesetze glaubte, konnte nicht an den Würfel glauben, bildete ich mir ein. Aber ich irrte mich. Einen Widerspruch, der so groß war, daß der Mensch ihn nicht akzeptierte, konnte es gar nicht geben. So wie jetzt auch die kleine Würfelfrau. In der verschwitzten Hand des Spielers mußte sie sich allem unterwerfen, sie war die Sklavin des Mannes, der sie festhielt; in der Luft und auf dem Spielbrett wurde aus ihr eine Herrscherin, und weder die Verzweiflung noch das Glück des Mannes ließen ihr elfenbeinernes Herz erbeben. So eine war sie, die kleine Dirne. Die gab, wem sie wollte, und die die anderen leer ausgehen ließ.

Auf das Verfahren kam es gar nicht so sehr an, das Endergebnis war jedoch unumstößlich. Die Spieler glaubten daran, und das genügte. Ich glaubte nicht daran, aber mein Schicksal war es, der Dummkopf und Feigling zu sein, der sich zu fügen hatte. Es war krankhaft, wenn man sich bemühte, in der Welt Klarheit und Logik zu finden; der Weise akzeptierte auch das, was er nicht begriff, wenn es ihm zum Besten gereichte.

Als ich nach Hause kam, erfuhr ich, daß ich erwartet wurde. In meinem Arbeitszimmer saß die Frau des Aufsehers. Margreta H. hatte sich ihr in ihrer Gewissensqual anvertraut. Worum ging es?

»Die Gefangene hat gestanden, den Teufel gesehen zu haben!« sagte die Frau.

»Weiß jemand anderes davon?« fragte ich.

»Nein, aber es ist am besten, wenn Sie gleich kommen, die Frau ist vollkommen außer sich!« antwortete sie.

30. KAPITEL

Dreißigstes Kapitel, in welchem der Richter erfährt, wie der Teufel aussieht und was sonst noch für Gespenster in der Seele einer Frau umherirren. Der Richter wird von einem Fleck gerührt, den er für ein Ehrenmal hält, und sieht von weitem zwei Kinder.

Die Gefangene hatte geweint. Daran bestand kein Zweifel. Sie war eine zarte, kleine Frau, und wenn in ihren rotgeränderten Augen ein erschrockener Blick lag, wirkte sie rührend.

»Ich habe den Teufel gesehen!« erklärte Margreta H. »Ich habe in der Nacht den Teufel gesehen, und jetzt fürchte ich mich!«

»Erzähle! Erzähl es mir in allen Einzelheiten!« forderte ich sie auf.

Doch nein. Das war zu schwierig, sie wollte sich die Scheußlichkeiten, die sie erlebt hatte, nicht ins Gedächtnis zurückrufen. Genügte es nicht, daß sie gestand, den Satan gesehen zu haben?

»Nein!« antwortete ich. »Wir müssen alles erfahren!«

Nach Tränen und Ausflüchten schälte sich die erstaunliche Wahrheit heraus, ein Alptraum über eine Frau, die mit ihrem

Säugling und ihrem zweijährigen Sohn in einer seltsamen Hütte kauerte.

Die Frau, sie selbst, gibt dem Jüngsten gerade die Brust, und der Sohn mit Namen Joachim spielt mit Stroh. Plötzlich schreit der Junge schrill auf und stürzt sich der Mutter in die Arme. Was ist los? versucht sie herauszubekommen. Aber Joachim weint nur ohne Unterlaß. Ihr Herz krampft sich vor Angst zusammen, auch der Säugling hört auf zu trinken, und die Milch schießt in haarfeinen Strahlen auf sein vom Weinen verzogenes Gesicht. Und endlich bekommt der Junge es heraus: Augen!

Was? Augen! Was für Augen? Dann sieht sie sie selbst: Die Augen, die sie aus der finsteren Ecke der Hütte heraus anstarren. »Sehen wir woanders hin!« fordert sie die Kinder auf. Aber als sie sich der anderen Wand zuwenden, sind die Augen auch dort. Gelb lodernde, gräßliche Augen. Entsetzen ergreift sie, doch mutig drückt sie die Kinder an sich. »Wir sehen da gar nicht hin!« sagt sie und spürt, wie Joachim mit seinen kleinen Fäusten ihren Hals so preßt, daß sie kaum Luft bekommt. Aber auch durch die geschlossenen Lider hindurch sieht sie die Augen und weiß, daß die Augen immer dasein werden, egal, wohin sie auch blickt.

Sie beschließt, die Kinder zu retten, indem sie sie aus der Hütte herausführt. Sie blickt durch die Fußbodenluke der Hütte und erlebt eine neue Erschütterung. Die Hütte befindet sich gar nicht in einigen Ellen Entfernung über dem Erdboden, so wie sie gedacht hatte, sondern so hoch oben, daß die Kiefern unter ihr wie kleine Grashalme wirken. Aber sie läßt es nicht zu, daß die Übelkeit und der Schwindel, die sie stets an hoch gelegenen Stellen überkommen, Gewalt über sie gewinnen, sondern reißt sich zusammen wegen der Kinder und wegen jener Augen, die sie von der Wand her anstarren.

Sie hält Joachim bei der Hand. »Mama probiert zuerst mit dem Baby die Strickleiter aus, und dann kommt Joachim in meine Arme«, ermutigt sie den Jungen, während sie mit ihrem Körper zugleich verhindert, daß der Junge hinunterschaut. Als sie die Hand des Knaben losläßt, nur für den kurzen Augenblick, um die unter ihren Füßen schwankende Stufe zu erreichen, schreit der Junge verzweifelt auf.

Da ist er, am Rande der Öffnung, in seiner ganzen Schrecklichkeit. Satan selbst. Und Joachim, der kleine, erschrockene Joachim, in seinen Armen! Inmitten einer unförmigen, blutverkrusteten Visage lodern die Augen, und es gibt nichts Abscheulicheres als sie. »Gib mir das Kind!« bittet sie. »Gib mir Joachim!« fleht sie Satan an.

Der trägt einen langen Umhang um seinen verwachsenen Körper; als der Junge auf seinem Arm zappelt, entblößt er ein Stück seiner äderigen Haut. »Gib mir das Kind!« flüstert die Mutter so demütig, wie sie nur kann. Und Satan neigt sich ihr zu. »Wolltest du dieses hier?« fragt er erstaunt. Sie nickt. »Ja, genau dieses, sonst nichts, den kleinen Jungen, er fürchtet sich, wenn ein Fremder ihn auf den Arm nimmt!« erklärt sie höflich und kann die Tränen kaum noch zurückhalten. Und Joachim streckt die Arme nach ihr aus und berührt den Ärmelrand mit seinen Fingern.

»Bitteschön!« sagt Satan. Er lächelt und läßt das Kind aus seinen Armen. Er löst seinen Griff und läßt das Kind fallen. Läßt Joachim an ihr vorbei in die finstere Leere fallen.

Da löst auch sie selbst ihren Griff. Sie weiß, daß sie an das Kind denken müßte, das jüngere, das sie auf dem Arm hat, das ihr Milch auf die Schulter spuckt, aber dennoch läßt sie es los. Ein schadenfrohes Gelächter ist das letzte, was sie hört …

»Das war ein Traum!« sagte ich. Sie schüttelte den Kopf und rieb sich mit den Zähnen die Knöchel.

»Ich hab ihn mit eigenen Augen gesehen! Den Teufel!« entgegnete sie.

Am Gitter schwirrte eine Schwalbe vorbei. Sie hatte ihr Nest jenseits des Fensters gebaut.

»Du wirst nicht wegen Träumen angeklagt!« beruhigte ich

sie. Die Flügel flatterten wieder vorüber. »Begreifst du denn nicht, daß das ein Alptraum war?« fragte ich.

Sie betrachtete die Spuren der Zähne an ihren Fingern. »Aber es war doch der Teufel, nicht wahr?« beharrte sie.

Der Traum war ein Vorzeichen gewesen, Margreta H. war sich dessen sicher: Der Teufel würde ihr Kind vernichten, weil sie schlecht war. Auch im Traum hatte sie gewußt, daß die Augen an der Wand gerade sie fixierten, gerade sie suchten. Nach diesem Alptraum verstand sie, daß ihre Lieben dafür bezahlen müßten, wenn sie die verdiente Strafe nicht auf sich nahm.

»Was meinst du damit?« fragte ich. »Was hast du getan?«

Margreta schluchzte. Egal, wie der Mann hieß, den Namen würde sie nicht preisgeben, und wenn man ihr noch so sehr drohte. Das Entscheidende war, daß sie so außer sich gewesen war, daß ihr ganzes Leben zum Stillstand kam. Sie, eine Mutter von vier Kindern, und das fünfte unterwegs. So war das gewesen.

»Hast du Ehebruch begangen?« fragte ich.

»Nein, das habe ich nicht, aber ich hätte es getan!« antwortete sie. »Wenn Sie mich nicht geholt hätten.«

Sie hatte es sich vorgestellt. Hatte sich heimliche, einsame, tiefe Begegnungen vorgestellt. Auch bittere, verzweifelte und doch bleibende Begegnungen voller Sinn. Im Wald oder im Bootsschuppen, in schwarzen Saunahütten oder Viehunterständen; auf den Ort kam es nicht an, wenn sie nur sicher sein konnte, daß sie nicht gestört würden.

Und all diese überspannten Träume wegen einiger langer Blicke, aus Dankbarkeit dafür, daß der Mann sie in all ihrer stillen Alltäglichkeit bemerkt hatte, gerade sie und nicht die noch freien Mädchen. Sie hatte ein Geschenk bekommen, das überraschend und unziemlich und deshalb so bedeutungsvoll war, daß sie ihm ein Gegengeschenk machen wollte.

Natürlich erzählte Margreta H. das nicht so.

»Ich habe mir alles Mögliche vorgestellt, denn ich hatte das

Gefühl, daß er mich sehr gern hatte!« sagte Margreta. »Und ich hätte es auch getan, wenn Sie mich nicht geholt hätten!«

»Im Ernstfall hättest du es dir durchaus noch anders überlegen können«, schlug ich vor.

»Hätte ich das?« fragte sie, so als sei ich im Besitz aller Antworten.

Ich war perplex. Sie war also bereit, so tief zu sinken? Man konnte es also von niemandem wissen, nicht einmal von den grauesten und gehorsamsten Hüterinnen des heimischen Herdes. Warum konnten wir ihnen niemals genug sein, wir, die wir ihnen unseren Glauben und unser Vertrauen geschenkt hatten, die wir unser Leben mit ihnen teilten, die wir einmal ihr Himmel und ihre Erfüllung gewesen waren? Niemand hatte uns davor gewarnt, daß sie versuchen würden, ihre eigenen Träume vor unsere Träume zu stellen.

»Hast du nicht daran gedacht, daß der Lohn einer Ehebrecherin der Tod ist?« fragte ich.

Nein, das hatte sie nicht beunruhigt. Das war ihr geringfügig erschienen neben all den Leiden, die die Untadeligkeit verursachte. »Ich wußte es wohl, aber ich dachte nicht daran!« versetzte sie.

»Ich verstehe das nicht, du hast doch einen guten Mann!« sagte ich. Wir saßen schweigend da und betrachteten die Lichter und Schatten an der Granitwand. Sie klopfte mit den Fingern gegen den Rand der Holzbank, die von der Benutzung ganz blank gescheuert war, den Takt für die Kirchenglocken, die in der Ferne dröhnend für eine Beerdigung läuteten. Eins, zwei, drei; der Sarg wurde schon hinausgetragen – wahrscheinlich durch die Tür der Sakristei, denn kein bedeutender Inselbewohner hatte in den letzten Tagen seinen Geist aufgegeben – vier, fünf, sechs. Ihre Finger waren fein und um die Nägel herum durchscheinend.

»Manchmal möchte man einfach … etwas Falsches tun oder …«, versuchte sie zu erklären.

Jeder fragt nach seinem Wert, ist es das? dachte ich. Eine

einzige Wertschätzung genügt nicht, nicht das Wort eines einzigen Mannes, wenn das Leben so lang und voller Ungewißheit ist. Man muß wenigstens für einen Augenblick einen Beweis dafür bekommen, daß man existiert.

Aber was war uns angesichts dieser Bedrohung geblieben? Die Frauen konnten uns doch all die Selbstachtung nehmen, die wir durch Jahrzehnte hindurch aufgebaut hatten, indem wir unsere Karriere aufbauten, unseren Leidenschaften und Hobbys nachgingen, für unsere Familie sorgten. Herrgott, die bloßen Paragraphen genügten ihnen nicht mehr, sie waren durchlässig geworden wie alte Netze für einen großen Fisch. Man brauchte härtere Mittel, aber woher sie nehmen?

»Jetzt weiß ich, daß es der Ruf des Teufels war, die ganze Zeit!« gab Margreta demütig zu. Draußen hatte es angefangen zu regnen. Gleichmäßig fielen große Tropfen jenseits des Gitters. Margretas Augen waren noch gerötet, und wieder füllten sie sich mit Tränen.

Wahrhaftig: der Teufel! Gott weiß, daß nicht viel Phantasie vonnöten war, um ihn zu erfinden: Für einen Mann war jeder Verführer, der die Hand nach seiner Frau ausstreckte, so gut wie Satan!

Als Kirchenstrafen und Gesetze nicht ausreichten, um die Frauen unter Kontrolle zu halten, trat der Teufel auf den Plan, und mit ihm zeichneten sich Ruhe und Frieden ab. Jetzt erschraken auch sie, die Frauen selbst, sie würden erschrecken und glauben, wenn sie überhaupt glauben konnten. Glänzend, schlau und zugleich genial einfach!

Wer hat behauptet, daß gerade die Frauen nicht fähig waren, »den Willen des Allmächtigen« zu offenbaren?

Ein wenig gegenseitiges Aufhetzen, gekränkte männliche Eitelkeit, Freundesschwüre beim Glase, und bald fiel es niemandem mehr schwer zu glauben, daß die geliebten Monster in Menschengestalt, die uns Männer gepeinigt, verletzt, gedemütigt, verachtet, betrogen, verlockt und mißbraucht hatten, ihre teuflische Kraft direkt vom Bösen bekamen. Mehr bedurfte es gar nicht, um das heilige Feuer zu entzünden und einen Kreuzzug anzuzetteln, denn im verletzten Innersten gab es Zündstoff genug!

Der Regen hörte ebenso rasch auf, wie er begonnen hatte. Auf dem Vorderteil von Margreta H.s roter Jacke war ein kleiner Fleck erschienen, der allmählich größer wurde wie eine aus den Tiefen des Meeres aufsteigende Meduse. Sie bemerkte meinen Blick und legte die Hand auf ihre volle Brust.

Nein! dachte ich, der Mensch kann nicht die schmutzigsten Winkel seiner Seele bloßlegen und sich gleichzeitig wegen eines Tropfens Milch schämen, weil dieser an die unter der Kleidung liegende Brust erinnert.

Die Kirchenglocken läuteten nicht mehr; das Gitter bot nur noch die melancholische Leere eines Regentages. Aber der Fleck auf der Brust der Gefangenen, wo gelbe Ringe davon zeugten, daß ihr schon früher ähnliche Mißgeschicke passiert waren, beschäftigte mich.

»Du hast die Milch nicht versiegen lassen?« fragte ich.

Sie nickte schüchtern.

»Du hast die Hoffnung also doch noch nicht aufgegeben«, stellte ich fest. Sie verstand nicht oder wollte nicht antworten.

Sie schämte sich für den Fleck, der in meinen Augen ihre Dummheit und Schwäche, ja sogar ihre Falschheit wettmachte. Für mich war der Milchfleck wie ein Ehrenzeichen auf der Brust eines verdienstvollen Soldaten, eine Anerkennung für Tapferkeit: Man darf die Schlacht nicht verlorengeben, bevor sie zu Ende gekämpft ist! Der Mensch ist nicht geschlagen, solange er noch am Leben ist.

»Erzähle niemandem von deinem Traum!« sagte ich.

»Warum nicht?« fragte Margreta.

»Ich weiß nicht, aber es ist besser, du läßt es«, antwortete ich ausweichend.

Auf der Heimfahrt wählte ich den Strandweg. Das Meer war ebenso grau wie an dem Tag, als mein Vater es mir zum ersten Mal gezeigt hatte. Dasselbe Meer, aber an dem einen Tag grau und abstoßend, an dem anderen blau und voller goldenem Glitzern. War darin eine Botschaft verborgen, ein Geheimnis, dem man auf die Spur kommen konnte?

Zwischen den Kalksteinen standen zwei nackte Kinder. Sie hatten beschlossen, baden zu gehen, obwohl das Wasser noch viel zu kalt war. Die weißen Körper und die spitzen Schreie durchstachen die Luft und warfen einen Schimmer von Leben auf den traurigen Vorhang. Die Kinder liefen bis an die Knie ins Wasser, taxierten einen Augenblick des Verschnaufens lang, wie mutig das andere und wie kalt das Meer war. In demselben Augenblick, da das eine sich zurückwandte, um vor Kälte zitternd und mit den Armen zwischen den Knien auf dem Sandstrand zu bleiben, warf das andere sich kopfüber in die Wellen und tauchte lange unter. Als ich sie schon lange hinter mir gelassen hatte, hörte ich noch ihre spitzen Schreie, als sie um die Wette zu ihren Kleidern rannten.

Die Szene hatte etwas Vertrautes, der Geruch des Meeres genau in diesem Augenblick, die sich von fern nähernden Boote, das überraschende Drehen des Windes. Ich wußte noch, wie das war. Wenn man versuchte, die Hosen über die nassen Beine zu ziehen. Hatte ich es gewagt, ins Wasser zu gehen, oder war ich am Strand geblieben?

Ich war es, der untergetaucht war. In jenem Augenblick war mir das Wasser nicht kalt erschienen, nur vorher und danach. Damals war ich kühn gewesen, als Kind. Hatte ich mich nicht einmal in ein Brennesselgesträuch geworfen, nur um zu zeigen, daß ich keine Angst hatte? Was hatte mir die Kraft, Widerstand zu leisten, genommen und aus mir einen passiven Zuschauer gemacht? Der Alltag? Das Ausgeliefertsein an die Gesetze der Alltäglichkeit? Die Gleichgültigkeit der Mitmenschen?

Ich brachte das Pferd zum Stehen und stieg ab, um zu Fuß zu gehen. Draußen auf dem Meer schwankten weiße Dreiecke, Rahsegel, die nicht den Winden ausgeliefert waren, sondern sie nutzten. Selbst die Boote sind klüger als ich! dachte ich. Selbst die Boote nahmen die Herausforderung an, ich aber zauderte immer noch.

Wir hassen die Frauen nicht! sagte ich mir. Gott bewahre, wir verehren, lieben, vergöttern sie mehr als unsere Kinder, mehr als uns selbst.

Nein, das nun doch nicht. Wann hat sich das Heilige in das Böse verwandelt? Als man sich kennenlernte, heiratete, vereinigte, sich aneinander klammerte und wundscheuerte und dennoch kleben blieb? Das Zusammenleben legt immer die Krallen bloß, bei einem oder bei beiden, aber getrennt zu leben ist noch grausamer. Liebe ist Gefangenschaft, aber heilige und privilegierte Gefangenschaft. Deshalb beklage man sich lieber nicht über die dicken Mauern und frage, warum immer derjenige die Schläge austeilt, der eine Gelegenheit dazu bekommt. Im Gefängnis gibt es keine Menschen, sondern nur Gefangene.

Das Pferd versuchte verstohlen die unter dem alten Gras hervorsprießenden tiefgrünen Halme zu rupfen, reichte aber nicht heran.

»Friß nur!« sagte ich. Der Wolkenvorhang riß ein wenig auf und ließ einige Strahlen zu uns durch. Und das zufriedene Mahlen des Pferdes übertönte das Rauschen des Meeres.

31. KAPITEL

Einunddreißigstes Kapitel, in welchem der Richter nächtlichen Besuch bekommt und herausfindet, daß das Feuer nicht alles verbrennt und die Zeit nicht alle Wunden heilt.

Nachts kam Ingeborg mich besuchen. Ich hatte die Tür nicht verriegelt, so als hätte ich schon etwas geahnt. Ingeborg schob mir sofort die Hände unters Hemd, auf die Brust. »Sind sie nicht kalt?« sagte sie.

Ich konnte meine Rührung nicht verbergen. Ihr Erscheinen war ein Wunder, das die unabänderlichen Gesetze von Leben und Tod außer Kraft setzte. Aber sie wollte nicht erklären, wie das möglich war. »Ich habe mich so nach dir gesehnt!« sagte ich. Ich schlang die Arme um sie, wagte aber nicht, sie fest an mich zu drücken. »Ich hab dich vermißt!« sagte sie. »Sehr?« fragte ich. Ingeborg schmiegte ihren Kopf gegen meinen Hals. »Ja!« antwortete sie. »Ich hab mich mehr gesehnt!« sagte ich. »Nein, ich!« versetzte sie.

Ich setzte mich im Bett auf, um sie genauer betrachten zu können. Ein bleiches Gesicht, in den Haaren ein wenig matter Glanz. Schultern und Knie so rund wie früher, am Hals dieselbe pulsierende Ader. »In dir fließt ja immer noch Blut!« sagte ich verwundert. »Natürlich! Jetzt, wo ich hier bei dir bin!« entgegnete sie. Meine Rührung wuchs und sprengte mir fast die Brust, ich mußte sie mit aller Kraft drücken, selbst auf die Gefahr hin, sie zu zerbrechen. Aber sie blieb da, noch lebhafter und wirklicher als zuvor. »Und so schlecht, wie ich dich behandelt habe!« sagte ich. Sie rieb ihre Wange an meiner Brust. »Das ist vergeben!« erklärte Ingeborg. »Vergeben und vergessen!«

Die Erinnerung quälte mich. Ingeborg am Fußboden des Gefängnisses im Schneidersitz, mit hängendem Kopf. Und ich ging nicht hinein! Ich tat es nicht. »Was heulst du?« fragte sie. Die Stimme war immer noch freundlich, abgesehen von einer Nuance von Ungeduld. »Du weinst sehr häufig in letzter Zeit!« sagte sie. Ich wischte mir eilig die Augen. »Ja, dies ist schon das dritte Mal«, entgegnete ich. Ingeborg nahm mein Gesicht in ihre Hände und fing eine entlaufene Träne mit der Zungenspitze ein.

Sie kam unter die Decke geschlüpft. Lange lagen wir schweigend, aneinandergedrückt, da. »Hast du keinen Kummer?« fragte ich. »Keinen Kummer, aber dafür Träume!« antwortete sie. Sie schob ein Bein zwischen meine, nicht in verführerischer Absicht, sondern um es bequemer zu haben. »Was für Träume?« fragte ich. Ihr Bein war nicht kalt, sondern warm, und es glühte, obwohl sie das gar nicht beabsichtigte. »Ich träume davon, alt zu sein«, sagte Ingeborg. »Eine alte Frau, die gebrechlich und würdig am Ende des Weihnachtstisches sitzt, wo alle Kinder und Kindeskinder sie verwöhnen.« »Ich hab dir das Alter genommen!« klagte ich. Sie beugte sich über mich, um mein Gesicht zu betrachten. »Fang nicht wieder davon an, vielleicht wäre ich ja auch gestorben!« sagte sie.

Ich verstand, daß sie alles wußte. Alles sah, alles hörte. Das gehörte zu ihrer Natur jetzt, wo sie tot war. Sie wußte, was ich tat und dachte, aber ich wußte nichts von ihr. »Hast du dort Bekannte getroffen?« fragte ich. »Wo?« fragte sie zerstreut, während sie sich in meinen Armen reckte und streckte wie ein erwachendes Kind. »Dort im Jenseits!« entgegnete ich. »Ach da, ja, da sind viele, meine Mutter, mein erster Mann, und dann ist da Niklas Sicherhand«, fügte sie hinzu. »Schießt er immer noch mit brennenden Pfeilen auf dich?« fragte ich eifersüchtig. »Manchmal, wenn die Zeit lang wird«, versetzte Ingeborg.

Sie war mir sehr nahe. Mit ihrem dunklen Haar und den runden Knien, die sich gegen meine Schenkel drückten. Aber ich traute mich nicht. Ein fürchterlicher Gedanke überfiel mich. »Dort wird man ja wohl nicht ... ihr werdet dort wohl nicht ...?« »Miteinander schlafen?« half sie mir. Ich nickte. »Das ist dort Teil des Gottesdienstes, der Religionsausübung«, antwortete sie. »Nicht so wie die Liturgie, sondern wie ein Gebet«, erklärte sie.

Es war also gar nicht der Himmel, wenn man dort an etwas Jenseitiges glaubte? Aber die Leidenschaft dort kam von Gott und nicht vom Teufel. Und sie war mit keinem anderen Leiden verbunden als der Enttäuschung, die ein unerfülltes Gebet mit sich bringt. Denn auch dort gab es unerfüllte Hoffnungen, einseitige Liebe, ein Dasein ohne Partner.

Ihre ruhige Stimme löste meine Erstarrung und mein Mißtrauen. Sie war tot, aber lebendig. Entspannt, warm, aufregend. Und die kleinen Brüste zeichneten sich unter dem Hemd wie Quallen ab. »Können wir?« fragte ich. »Wir können«, sagte sie.

So wärmte ich ihren Schatten mit meinem glatten Körper, wir weilten ineinander wie im Haus eines Freundes. »Du meine Liebste!« sagte ich. »Ja!« antwortete sie. »Ja, ja!«

Sie wußte mehr als ich, weil sie tot war. Vielleicht wußte sie all das, was auch Gott wußte. Und niemand konnte davon träumen, mehr zu wissen als das. Aber warum war sie zurückgekehrt? Wie hatte sie von dort zurückkehren können, von wo es für niemanden eine Rückkehr gab?

»Ich bin zurückgekehrt, weil ich eine Heilige geworden bin«, erklärte sie. »Wieso heilig?« fragte ich verblüfft. Ingeborg küßte mich leicht auf die Wange, aus ihren Augen leuchtete der Triumph. »So wie Katharina von Alexandrien oder Margaretha von Antiochien, die als Ketzerinnen starben«, antwortete sie stolz. »Sie waren Märtyrerinnen, und heute weiß man, daß ihre Mörder Ketzer waren und nicht sie!« »Wurde aus dir meinetwegen eine Heilige?« fragte ich. »Ja«, antwortete Ingeborg. »Ihr habt versucht, unser Feuer mit einer gewöhnlichen Flamme zu löschen, aber es hat uns nur getötet!« sagte sie.

Ich lag lange schweigend da, den Kopf auf ihrer Brust. Sie schwieg auch, weil sie wußte, daß ich horchte. Es schlug tatsächlich, ihr Herz, das verbrannt und begraben worden war. Jetzt wußte ich, daß ihre Worte keine reine Angeberei waren. Das Feuer war nicht erloschen, und es würde auch nicht erlöschen, selbst dann nicht, wenn wir noch weitere hundert Frauen abschlachten würden. Vielleicht müßten wir sie alle vernichten, bevor wir Ruhe hätten vor der Angst, verbrannt zu werden.

Ich hatte das Gefühl, daß ich eigentlich wie ein Verbrecher von ihr hätte fortschleichen müssen, aber weil Ingeborg mir, der ich für ihren Tod verantwortlich war, so großzügig verziehen hatte, blieb ich an meinem Platz. »Warum bist du nicht verbittert?« fragte ich. Sie kicherte jungmädchenhaft. Wie meine Töchter, wenn sie sich gegenseitig Geheimnisse erzählten. »Hast du schon mal etwas von verbitterten Heiligen gehört?« versetzte sie. Ich verstand noch immer nicht, was daran so komisch war. Sie gab mir kleine Küsse, um meinen ärgerlichen Gesichtsausdruck wegzuwischen. »Du tust mir sehr leid, aber ich wäre ja nicht hier, wenn ich verbittert wäre!« sagte Ingeborg. »Ich will kein Mitleid!« sagte ich. »Du willst schon, aber das hilft dir überhaupt nicht über das hinweg, was du getan hast!« erwiderte sie.

Zornig stand ich auf und trat ans Fenster. Gegenüber war ein verfallener Speicher zu erkennen, davor verschlafene Sanddornsträucher. Neben dem Misthaufen lagerte ein Stapel Bretter, der mich in gewisser Weise an meinen Wagen erinnerte, aber das konnte er doch nicht sein, so morsch und kaputt! Und wann war aus den Ebereschen eine so üppiggrüne Wand zwischen dem Haus und dem Meer geworden?

»Warum sieht es dort so schlimm aus?« fragte ich. »Daran hat die Zeit ihr Werk getan, aber gegen deine Verzweiflung kann sie wohl nichts ausrichten«, antwortete Ingeborg. »Ich bin doch kein Heiliger! Warum sollte ich ewig leben?« widersprach ich. Sie streckte ihren ewigen Körper und kratzte sich am Kopf. »Vielleicht gehört auch die Schuld zu den Dingen, die durch nichts getilgt werden können. Nicht einmal durch den Tod!« schlug sie heiter-versöhnlich vor, so als hätte sie mir Süßigkeiten angeboten.

Ich wurde böse. »Ich soll also ewige Schuld empfinden und die anderen nichts?« Sie lachte: »Ich bin das Opfer, du kannst nicht erwarten, daß ich …« »Ich gebe zu, daß ich euch Schmerz bereitet habe, aber es gibt auch einen zärtlichen Schmerz, und wenn es darum geht, den einzusetzen, seid ihr darin Meister!« »Ist dies jetzt der richtige Moment, in den Dingen herumzuwühlen …?« »Und ich bin mir keineswegs sicher, daß ich die allerschlimmsten Grausamkeiten begangen habe!« schrie ich.

Ich wollte sie nicht sehen, ihr triumphierendes Wesen, ihr herablassendes Lächeln und ihre belehrenden Gesten. Ich betrachtete den Hofzaun, der häßlich und ungepflegt war. Es war noch niemandem in den Sinn gekommen, ihn abzureißen. »Ich würde mich auch nicht wundern, wenn sich erweisen sollte, daß meine grenzenlose Bosheit ihren Ursprung in eurer zärtlichen Art hat, uns zu zerfleischen!«

Natürlich bereute ich meine Worte sofort. Die Folgen konnte ich mir vorstellen: Als ich mich umdrehte, war niemand mehr im Zimmer. Das Bettzeug hing teilweise auf den Boden herab, aus einer Ecke des Kopfkissens ragten Federn heraus, so als hätte jemand hineingebissen. Ein Schmerz durchfuhr mich; warum tat sie mir das an? »Es ist wohl leichter, als Märtyrerin zu sterben als Kritik zu ertragen, oder?« rief ich ihr rachgierig in die Leere nach.

Auf dem Federbett zeichnete sich noch die Druckstelle von

Ingeborgs Körper ab. Sie war nicht mehr warm. Ich preßte meine Wange hinein und begann zu weinen. Ich nahm das Federbett in die Arme und drückte es an mich, als wäre es Ingeborg, aber der Schmerz wurde immer schlimmer.

Kicherte da jemand? Ein leichter Stoß in meine Lenden und lauter werdendes Gekicher. Ich begriff, wie lächerlich ich aussehen mußte, der Kopf in die Kissen vergraben, der Hintern vom Weinen geschüttelt ...

Ich bekam einen nackten Fuß zu fassen, der meine Hoden kitzelte. Ingeborg stöhnte vor Schmerz. Ich drehte ihn so kräftig, wie ich nur konnte. Ein scheußliches Krachen verriet, daß etwas gebrochen war, ein Knöchel oder die Zehen. Sie versuchte immer noch, sich loszustrampeln, aber ich zerrte sie halb auf den Bettrand und drückte das Kissen auf den spuckenden Mund. Wollen doch mal sehen, wie lange du über mich lachst! Ich drückte auf das Kissen und zerrte an den Haaren, damit der Kopf sich mir nicht entwinden konnte. Ein großes Büschel sandfarbener Haare löste sich, und ich stopfte es ihr in den Mund, um das Endergebnis zu sichern. Jetzt saß ich rittlings auf ihrem Brustkorb und hämmerte mit ganzer Kraft und mit meinem ganzen Gewicht auf sie ein. Dabei meinte ich zu hören, wie einige Rippen krachend zerbrachen.

Schließlich gab sie ihren Widerstand auf und lag ganz still unter mir. Um mich zu vergewissern, preßte ich ein Ohr auf das Kissen, aber darunter war nichts mehr zu spüren. Ihre Arme lagen schlaff zu beiden Seiten des Körpers wie bei einer Ertrunkenen.

Ich wälzte mich von ihr herab und rollte mich in ihrer Achselhöhle zusammen. Der Brustkorb hob und senkte sich nicht. »Mußtest du mich auch ärgern!« murmelte ich, um Verzeihung bittend. Sie antwortete nicht.

Ich ertrug es nicht, ihre Leiche zu sehen. Ich mußte sie loswerden. Ich ertrug es nicht zu sehen, was ich diesem guten Menschen angetan hatte ... wie ich ihren schönen Körper zugerichtet hatte ...

Ich packte sie bei den Beinen, der eine Fuß hing in unnatürlicher Haltung herab. Behutsam zog ich den Körper vom Bett. Der Kopf polterte auf den Fußboden. Aber es ertönte noch ein anderes Geräusch, ein sehr eigentümliches: wie ein Kichern!

Im selben Moment hatte sie sich losgestrampelt und war ins Bett zurückgesprungen. Sie lachte so heftig, daß sie kein Wort sagen konnte. Patschte mit ihrer kleinen Hand auf das Federbett und lachte so, daß ihr die Tränen aus den Augen liefen. Auch ihre Zehen zogen sich bei diesem Anfall von ausgelassener Fröhlichkeit zusammen. Sie waren überhaupt nicht mehr verletzt.

»Wie komisch du bist!« sagte Ingeborg, als sie endlich wieder sprechen konnte. »Und da hockst du wie ein aus dem Nest gefallenes Vogeljunges!« fuhr sie fort. »Hast du tatsächlich geglaubt, du könntest es mir zeigen?« fragte sie, höchst verwundert, immer wieder.

Doch da, wo sie sein sollte, wo das Bett sein sollte, liegt ein Steinhaufen. Zwischen den Steinen wachsen lebenskräftige Bäume hervor, deren Namen ich nicht kenne.

Und ihre Stimme, Ingeborgs Stimme, ist vor Hunderten von Jahren verhallt.

32. KAPITEL

Zweiunddreißigstes Kapitel, in welchem der Richter feststellen muß, daß kein Mensch sich jemals solche Ränke ausdenken kann wie das Leben.

Die Gerichtsverhandlung? Die letzte?

Seltsamerweise fällt es mir gerade bei dieser Verhandlung am schwersten, mir die Einzelheiten ins Gedächtnis zu rufen. Ich hatte Zeit, alles zu überdenken. Es fällt einem alles Mögliche ein, wenn man jahrelang die Felshänge und Meeresstrände abwandert: Eine tiefe Höhlung im Fels wurde von einem Stein ausgekehlt, aber der Stein hat sich dort nicht von allein bewegt, vielmehr haben gewaltige, geheimnisvolle Wassermassen ihn hin- und hergeschleudert. War ich vielleicht schuldiger als der Stein? Hat nicht auch mich jemand in Bewegung versetzt, ja, mich gezwungen, mich zu bewegen!

Der Fall der Margreta H. entlastete mich nicht von meinen Taten. Ein Dieb wird nicht dadurch zu einem anständigen Menschen, daß er einmal einen ehrlichen Handel tätigt.

Nach so langer Zeit ist es leichter, sich an seine schlechten Taten zu erinnern als an seine guten. Ich war zweifellos eloquent, geißelte mich selbst und das ganze Rechtswesen, legte meine Mißerfolge, die falschen Beweise, die durch Folter erzwungenen Lügen, die Intrigen und Possen bloß. Ich war der Held, der sein Hemd den spitzen Pfeilen öffnete, und ich genoß es.

Kjellinus zog ich nicht in den Schmutz, obwohl er es verdient gehabt hätte. Ich weiß nicht, ob ich ihn schonen oder nur verhindern wollte, daß er mir die Schau stahl.

Die Schöffen waren verärgert. Indem ich mich selbst demütigte, demütigte ich auch sie. Man hatte sie zu falschen Urteilen verleitet, man hatte kritiklose Dummköpfe aus ihnen gemacht. Meine Erklärung wurde für das Protokoll abgeschwächt, »Einzelheiten, die für den zu verhandelnden Fall unwesentlich sind«, wurden gestrichen.

»Ich werde selbst ans Ende des Protokolls eine Erklärung setzen!« sagte ich dem Schreiber. Er war sichtlich verlegen.

An das Ende der Sitzung erinnere ich mich am besten.

Margreta H. rührte sich nicht, obwohl der Hammer gefallen war. Ihre Augen hatten vom Weinen oder vom Wachen rote Ränder. Sie stand da, die Arme fest an den Körper gedrückt.

Die Tür hinter ihr war offen. Feiner, grauer Staub stieg im Gegenlicht auf, der Wind nahm zu. Im Fenster zeigte sich das plattgedrückte Gesicht eines kleinen Mädchens. Wahrscheinlich versuchte das Kind vergeblich, in dem dämmerigen Gerichtssaal etwas zu erkennen. Niemand kam durch die Tür herein oder ging hinaus. Die Schöffen warteten darauf, daß die Frau irgend etwas tat, aber es war, als hätte der Fall gar nicht sie selbst betroffen.

Mir kam der Gedanke, daß sie diese Schritte vielleicht schon allzu viele Male getan hatte, in Gedanken getan hatte. Durch den Saal zur Tür, die Steinstufen hinab auf das Gras, durchs Tor auf den Sandweg hinaus. Vielleicht glaubte sie nicht mehr, daß all diese Dinge anderswo sein konnten als in ihrer Vorstellung!

»Geh jetzt, es ist Zeit zu gehen!« sagte ich ein wenig enttäuscht. Ich hatte etwas anderes erwartet, offene Freude oder zumindest ein Zeichen von Erleichterung.

»Es ist vorbei, verstehst du?« fragte ich.

»Ja, natürlich«, antwortete sie.

Draußen fing ein Kind an zu weinen. Sicherlich nicht ihr Kind, aber die Stimme tat ihre Wirkung. Sie machte ein paar Schritte wie zur Probe, und als sie bemerkte, daß niemand versuchte sie aufzuhalten, ging sie rasch zur Tür.

Dann nichts mehr. Der Fall war abgeschlossen. Abgesehen von den sauberen, weißen Seiten, die darauf warteten, beschrieben zu werden. Sie waren dazu da, die Fehler wiedergutzumachen, reine Schöße, die mich endgültig von dem Bösen erlösen würden. Ich würde mich ergießen und leer werden, sie würden sich füllen. Opfer, Sühne und Erlösung! dachte ich.

Ich wählte nicht den kürzesten Weg nach Hause. So eilig hatte ich es nicht, an den Schreibtisch zu kommen. Die Pferde konnten unter dem Felsen stehenbleiben, wo es nach Heringsnetzen und Taxus duftete.

Von oben gesehen wallte das Meer wie eine große Samtdecke am Fuße des Felsens, in seinen Falten bebten Silberbänder. Weiter unten, an Land, bewegte sich etwas. Torsten hatte zu Beginn des Frühlings einen schwarzen Wolf erlegt. Er erzählte, er sei eine Mischung aus Hund und Wolf gewesen. Grausamer als eine gewöhnliche Bestie, sagte er. Der Hund darin hatte keine Scheu, sich dem Menschen zu nähern, der Wolf wiederum hatte keine Tötungshemmung. Vielleicht war es ihm schwergefallen, die zwei Merkmale in sich zu vereinen, und die Unvereinbarkeit der beiden Triebe machte das Tier zu einem Monster. So vermutete Torsten.

Unten bewegte sich etwas, während ich da auf dem Felsvorsprung saß. Ich dachte an den Wolf, den der Knecht getötet hatte. Er hatte Ringe von Rauhreif um die Schnauze gehabt, im Pelz durchscheinende Eistropfen, die klirrend gegeneinanderschlugen, als der Kadaver weggetragen wurde. Woher war ein solches Tier auf die Insel gekommen? Über das Eis, oder war es hier geboren? Wie konnte es sein, daß der Hund keine Angst vor dem Wolf gehabt und sich mit ihm gepaart hatte?

»Hoffentlich nimmst du es mir nicht übel, daß ich mich ohne besondere Einladung zu dir geselle!« rief Kjellinus, als er hinter den Weißdornbäumen auftauchte. Sein Gesicht war von der Anstrengung des Kletterns verschwitzt.

»Natürlich nicht«, entgegnete ich, »ein Hund kommt, wenn man ihn ruft …«

Auf dem Meer war nichts zu sehen. Keine Boote, keine Männer, nicht einmal Vögel.

»Bist du gekommen, um mich hinunterzustoßen?« fragte ich.

Kjellinus zog sich den Schuh aus und schüttelte ihn ohne Eile aus. Der Wind packte den Sand und die Nadeln und trieb sie über die Landzunge.

»Solche hysterischen Entladungen von Reueanfällen kann ich nicht verstehen«, sagte er. »Ich begreife nicht, warum du dich unbedingt blamieren wolltest.«

»Ich habe beschlossen, eine vollständige Erklärung über den gesamten Hexenprozeß zu schreiben, und wenn du mich auch noch so sehr bedrohst«, erklärte ich.

Kjellinus zog sich den Schuh wieder an den Fuß, der ohne Schuh genauso verwaist ausgesehen hatte wie eine Schnecke ohne Haus. »Du solltest weniger trinken«, versetzte er trocken.

Ich schaute aufs Meer, er ins Tal. Ich wartete darauf, daß er es aussprechen würde: Dies alles ist dein, wenn … Oder zumindest boshafte Anspielungen in der Art, wie würde es deiner Familie ergehen, wenn ich nicht …

»Die Choräle üben wir nicht mehr«, teilte er mir mit, nachdem er sich eine Weile mit den Schuhen zu schaffen gemacht hatte. »Einige Jungen sind in den Stimmbruch gekommen, da kann man nichts machen, sie sind halt in dem Alter«, erklärte er.

»Wie schade«, entgegnete ich verwundert.

Aber es tat mir keineswegs leid. Was war die Musik anderes als eine Art, schön zu lügen? Sie hatte nichts zu tun mit dem wirklichen Leben, das verworren, unerklärlich und traurig war. Mit welchem Recht suchten und fanden die Komponisten heimliche Bedeutungen in eitlen Werken? Mit welchem besonderen Recht vergoldeten sie das qualvolle Dasein?

»Wozu brauchen wir rührende Choräle?« fragte ich.

Kjellinus lächelte. »Um gerührt zu werden«, antwortete er.

»Ich möchte nicht gerührt werden!« erklärte ich.

»Doch, das möchtest du«, behauptete er, »du hast nur das Trinken gewählt.«

»Ich bin kein Säufer!« bemerkte ich gekränkt. Kjellinus stand auf.

»Die Menschen haben ein so ungeheures Verlangen danach, gerührt zu werden, daß sie deswegen die lächerlichsten Dinge tun«, sagte er.

»Wie zum Beispiel?«

»Wie zum Beispiel, daß sie sich verlieben!« antwortete er.

Die Dämmerung verdichtete sich rasch. Dadurch würde die Erde sich in Asche, das Gras in Haar von Toten, die kleinen Steine in Stückchen von Fingernägeln verwandeln. Ich sehnte mich nach dem tröstlichen Quietschen der Weinkellertür.

»Wenn du deinen Ruf und dein Amt ruinieren willst, indem du lächerliche Geständnisse ablegst, werde ich dir wohl einen Gegendienst erweisen und die Seiten vernichten müssen!« sagte Kjellinus.

»Wofür willst du mir einen Gegendienst leisten?« fragte ich.

Wir gingen und stiegen den Abhang hinunter. Er wollte also unsere Lügen heiligen, auf daß wir lange und erfolgreich lebten auf dieser Insel. Er glaubte sicherlich, nur seine Herde zu schützen und dort Ruhe und Ordnung zu schaffen. Trugbilder, Illusionen und Träume waren wie ein kaputter Zaun, der die wildgewordenen armen Schafe in die Vernichtung führte.

»Du hast doch wohl die Aufzeichnungen der Ingeborg O. vernichtet, nicht wahr?« fragte er.

»Welche Aufzeichnungen?« fragte ich und lachte schamlos.

»Das jämmerliche Geschreibsel, in dem sie bekennt, sich in mich verliebt zu haben«, antwortete Kjellinus.

Um die Pferde herum flatterten Schmetterlinge, weiße, unruhige, blinde Tänzer. Es war Frühling, das durfte man nicht vergessen. Ebensowenig wie den Schmerz und den Tod.

»Ich schätze das als einen Freundschaftsdienst, obwohl ein solches Vorgehen juristisch zweifelhaft war!« sagte er.

»Was meinst du damit?«

Er seinerseits verstand nicht, was es an der Sache zu verstehen gab. Ich hatte mir doch wohl keinen Augenblick lang eingebildet, daß der in den Aufzeichnungen genannte Peiniger wirklich der Teufel gewesen wäre? Ich müsse doch begreifen, daß es sich um eine Intrige gehandelt habe, damit die Närrin ihren Kopf verlor. Woher hätte die Hexe sonst das Schreibzeug gehabt? Wozu sonst hätte es sich in den Kerker der verstockten Verbrecherin verirrt als dazu, daß sie damit ihr eigenes Todesurteil unterschrieb.

»Ein Mann tut sonst was, wenn die Frau ihre Bluse aufknöpft, eine Frau dann, wenn der Mann so tut, als öffnete er seine Seele!«

»Sie und du, ja?« fragte ich. Um uns herum flatterten viele Schmetterlinge. Ich streckte meine Hand nach ihnen aus, aber sie wichen mir gekonnt aus. Irgendwo in der Ferne bellte ein angeketteter Hund.

»Als du wegen des Schreibzeugs keine Untersuchung anstelltest, sondern selbst ins Gefängnis gingst, um sie zu vernichten, begriff ich, daß du auf meiner Seite warst. Warum hast du später alles durcheinandergebracht? Du wirst sicherlich auch in Zukunft einen Ermittler brauchen, der etwas von den

Schwachstellen der Verbrecher versteht. Ich versichere dir, daß man einzig und allein mit Hilfe des Profos und der Daumenschrauben nicht weit kommt!« sagte Kjellinus.

Ich stieg in den Wagen. Ich fragte nichts weiter, sagte nichts mehr. Vielleicht war das seine Art, mich zu strafen, sich durch Lügen zu rächen. Sicher war, daß ich ihn nie durchschauen würde. Nicht einmal mit Daumenschrauben.

»Du vernichtest doch selbst, was du schon geschrieben hast?« rief er mir nach.

Ich dachte an Margreta H. Wie sie unter äußerster Selbstbeherrschung den Gerichtssaal verließ, so als ginge sie zu Außenarbeiten aus dem Hause. Wie sie ebenso ihr Kind auf den Arm nehmen würde, das Jüngste und das Zweitjüngste, so wie nach irgendeiner kurzen Abwesenheit. Sie würde wahrscheinlich nicht einmal weinen.

Das Pferd lief rasch, weil es wußte, daß es nach Hause ging. Die Dunkelheit senkte sich herab. Zum ersten Mal fürchtete ich sie nicht: Wenn es richtig finster ist, sieht man das Licht am besten.

Und ich hatte keinen Grund, mich zu beklagen. Noch einen Augenblick zuvor hatte ich nichts gehabt. Jetzt hatte ich die Wut. Sie erfüllte mich wie die Liebe und ebenso wie die Sehnsucht.

Tief atmete ich die Frühlingsluft ein. Wie hatte ich mir einbilden können, durch Schreiben und Bekennen aus mir, einem Sklaven, einen Menschen machen zu können?

Das konnte nur ein anderer Mensch tun, der mich packte und häutete und dann hegte und pflegte, bis mir eine neue Sklavenhaut wuchs, die wieder abgerissen werden mußte.

Wenn man anerkannte, daß das Leiden ein Baustein der Welt war, mußte man es kennenlernen.

So habe ich meine Schuld beglichen. Tag für Tag, Jahr für Jahr. Habe für diejenigen gelebt, die nicht leben durften. Die Schuld ist noch nicht getilgt, aber der Tag wird kommen, wo sie klein und leicht geworden ist wie eine Feder.

Dann lege ich sie mir auf die Hand und puste. Sie verschwindet mit dem Wind, und ich werde nicht mehr sein.

Ich, der Kreisrichter Nils Psilander, schwöre, daß dieses alles so geschehen ist, wie ich es erzählt habe, ohne, daß ich zu der Wahrheit irgend etwas hinzugefügt oder etwas davon weggelassen hätte. So wahr mir Gott helfe.

Einen Augenblick noch, Richter! Du hast noch nicht alles erzählt: Wer hat die Seiten aus dem Gerichtsbuch herausgerissen?«

»Du kannst nicht einfach verschwinden, hörst du? Du hast mich monatelang in Atem gehalten, mich mitten in der Nacht aus dem Bett geholt, meine Gedanken verwirrt und meine unschuldige Familie geplagt.«

»Richter?«

»Es war überhaupt nicht der Sinn der Sache, daß du anfingst zu trinken und die Vorstellungen eines Paranoikers darzulegen. Warum hast du deine Schuld nicht ertragen wie ein Mann? Die Unschuldigen haben schon unzählige Schutzheilige, eine lange und ermüdende Reihe von Märtyrern, aber die Schuldigen haben keinen einzigen. Warum willst du dir diese Krone nicht aufsetzen?«

»Warum verschwindest du gerade jetzt, wo wir endlich ganz gut miteinander auskommen? Der trockene Humor, mit dem du den Zugang zu mir fandest, gefiel mir. Ich bin kein bierernster Mensch, auch wenn du das irrtümlich angenommen haben magst.«

Was ist das für ein Dunst, in dem es uns bestimmt ist zu

wandern, zu wandern und Gestalten zu begegnen und niemals sicher sein zu können, daß sie uns nicht schon bekannt sind? Zu so früher Morgenstunde wie gerade jetzt begreife ich qualvoll, daß das Leben gemächlich seiner Absturzstelle entgegenströmt, und ich habe nichts von den Landschaften und den Menschen verstanden, die an mir vorbeigeglitten sind.

Bin ich ein Glockenspiel, das nach vorherbestimmten und von Anfang an bekannten Regeln funktioniert? Ist meine Seele von der traurigen Leere vorherberechneter Ereignisse erfüllt? Ist es das, was ich gerade sehe, während ich am Meeresstrand stehe?

»Richter, ich suche nach einer Antwort! Du solltest mir die Antwort geben.«

(Aus dem Untergeschoß ertönt Musik. Wie merkwürdig, so mitten in der Nacht. Ich horche angespannt. Ach, es ist das Weinen eines Kindes. »Ich muß jetzt für einen Augenblick hinuntergehen, aber, Richter, falls du noch in der Nähe bist, geh noch nicht gleich weg!« Diesmal ist es der Älteste, der Vierjährige. Er hat keinen Durst, und er muß auch nicht zur Toilette. Er kann nicht sagen, was ihn zum Weinen gebracht hat. Vielleicht hatte er einen bösen Traum? Das kann er nicht sagen, aber er möchte, daß ich ihn bei der Hand halte, bis er wieder eingeschlafen ist …)

Am Strand entlang geht ein Mann. Es ist weder stürmisch noch völlig windstill. Die Landschaft ist wie ein Gemütszustand, und dieser Anblick muß dämmerig sein, aber nicht finster. Es sind die frühen Morgenstunden, die Sonne kann jeden Moment aufgehen. Vom Meer her weht ein leichter Wind.

»Wie lautet dein Urteil? Ist er nur ein willenloses Teilchen, geschaffen von einem namenlosen Jemand? (Das ist möglich … eine Kinderhand in der Hand eines Erwachsenen weckt alle möglichen Überlegungen.) Sollte ich ihm das Leben umsonst gegeben haben? … Möglich ist es …

Es kann sein, daß es das Meer nicht ohne den Mann am Strand gäbe. Daß es Millionen von Jahren umsonst wogte, sich höbe und senkte, plätscherte und die Pflanzen an seinem Grund losrisse, lautlos und unsichtbar in der Nacht des Nichtseins.

Wie er da so am Strand steht, wirkt er in seiner Kleinheit lächerlich, zumal wenn er sich einbildet, den endlosen Wassermassen trotzen zu können. Aber dennoch ist gerade er derjenige, der sie geschaffen hat.

Vielleicht finden in ihm hundertmal mehr Widersprüche Platz als in dem Mischling eines Hundes und eines Wolfes.

»Mörder und Opfer, Richter. Aus deiner Sicht eine bemerkenswerte Kombination. Aber außerdem noch tausend andere. Oder tausend hoch zehn, fünfzehn, zwanzig.«

»Weckt das in dir nicht den Wunsch zurückzukommen? So vieles ist unklar, ohne Antwort geblieben.«

»In der Grausamkeit warst du maßlos und in der Zärtlichkeit mangelhaft, eine bessere Grabinschrift wirst du nicht bekommen. Wenn du geglaubt hast, deine Erzählung könnte irgend etwas ändern, hast du dich geirrt! Du hast wohl versucht zu lehren, daß das Vorhandensein des Bösen nicht das Fehlen des Guten bedeutet, daß das moralische Bemühen, das Böse zu eliminieren, es gerade hervorbringt. Aber das alles kann mich nicht mehr so recht berühren, es erscheint mir nicht mehr wichtig ...«

Klug sein wie eine Schlange und sanft wie eine Taube. Aber dennoch ein Mensch.

»Richter?«

Vor mir liegt die halbbewölkte Meeresbucht. Es ist weder stürmisch noch völlig windstill. Dies ist keiner von den Tagen, an denen das Meer angreift, aber auch keiner, an dem es sich scheu dem Strand nähert. Nein, die Landschaft ist wie ein Gemütszustand, und dieser Anblick muß grau und ein wenig melancholisch sein, aber nicht trostlos.